Désirée par le *Gladiateur* d'Evernor

Passion Xiveri tome 8

Elizabeth Stephens

Quelques mots sur la traductrice

Julia est la traductrice de Taken to Evernor et la fondatrice de FIT Found In Translation.

Née en région parisienne, elle est amoureuse des livres et des belles histoires depuis son plus jeune âge.

Passionnée par les voyages, Julia lit aussi bien en français qu'en anglais et se plaît à noircir des carnets dans lesquels elle conte ses évasions.

En 2019, lors d'un séjour sur le continent américain, elle se met à traduire quelques nouvelles et elle décide d'entrer en contact avec des autrices talentueuses.

De retour en France, elle propose ses services à Elizabeth Stephens et se lance dans de nouvelles aventures !

Pour toute demande de traduction, veuillez contacter FIT Translation à l'adresse blackwomanreading2@gmail.com.

Table des matières

Glossaire

Asgid *(ass - gidd)*
Espèce endémique de Lemora ; caractérisée par une peau d'ébène, deux bras et deux jambes. Ils sont souvent de petite taille.

Centare *(cent - are - ray)*
Centare signifie « non » en langage meero, la langue des Niahhorrus. C'est la langue communément utilisée pour le commerce dans les différents quadrants.

Eck *(eck)*
Juron eshmiri employé couramment.

Egamas *(egg - ahm - a)*
Guerriers ressemblant à des géants, reconnaissables à leur peau vert olive et à leur immense et unique œil.

Eshmiris *(esh - mi - ree)*
Pirates de l'espace (plus grand peuple de pirates après les pirates de Kor) connus pour leurs corps trapus, leur langue semblable à des éclats de rire et leurs fosses de combat situées sur l'astéroïde Evernor.

Evernor *(evv- err - norr)*
Astéroïde contrôlé par les Eshmiris. Les principales activités sur l'astéroïde sont le commerce, les jeux d'argent et les tournois de gladiateurs.

Hiannru *(hi - ann - rou)*
Pointes en forme de lances qui dépassent de la colonne vertébrale du mâle Niahhorru.

Hypha *(high - fa)*
Deuxième espèce endémique comptant le plus de membres de Lemora. Les hyphas présentent une peau orange, de grands yeux noirs et quatre nageoires sur les côtés du visage.

Kor *(kohr)*
Ville de commerce et d'échanges gouvernée par les Niahhorus, considérés comme des pirates de l'espace. Leur chef n'est autre que Rhorkanterannu, un pirate redoutable. Cette ville est située dans la zone grise entre les quadrants 4 et 5.

Krisxox *(chris – zawcks)*
Chef des forces militaires de Voraxia.

Lemorans *(Lehm - oh - ran)*
Espèce principale (la mieux représentée) de Lemora. Elle est connue pour sa morphologie rocheuse et ses cornes massives gris foncé.

Mok bir *(mock brr)*
Jeu de table joué avec des bâtons dans lequel les joueurs tentent de se lancer des bâtons les uns aux autres et de bloquer les bâtons qui sont projetés ; les paris sont courants, la tricherie aussi.

Mok biz *(mock bzz)*
Version plus populaire du mok bir, qui se joue avec des jetons plutôt qu'avec des bâtons.

Ontte *(aunt-tay)*

Ontte signifie « oui » en langage Meero, la langue des Niahhorrus. C'est la langue communément utilisée pour le commerce dans les différents quadrants.

Oosas *(Ooh - sah)*

Espèce du Quadrant 8 gouvernée par Reoran. Les Oosas se caractérisent par leurs grandes silhouettes semblables à des blocs de gélatine bleue qui s'illuminent de l'intérieur lorsqu'ils parlent ou expriment des émotions. Ils sont extrêmement difficiles à tuer.

Pirate Niahhorru *(Ni - ya - hou - rou)*

Espèce sans planète ; ils gèrent le comptoir commercial de Kor, patrouillent et contrôlent la majeure partie de la Zone Grise. Ils sont connus pour leurs prouesses technologiques. Ils se caractérisent par une peau grise recouverte en grande partie d'un exosquelette épais composé de plaques blindées, de pointes de hiannru qui dépassent de l'arrière de leur tête et de leurs épines, et de visières argentées rétractables qui recouvrent leurs yeux extrêmement sensibles.

Rekkarus *(rek - ka - rou)*

Espèce endémique de Lemora. Les Rekkarus ont un petit corps, deux bras et deux jambes, avec de grandes ailes semblables à celles des chauve-souris, qui leur permettent de voler.

Shrov *(shrohv)*

Juron en langage meero.

Sky *(skay)*

Planète itinérante conçue de toutes pièces, connue pour ses prouesses technologiques ainsi que les tueurs redoutables et infâmes qui s'y trouvent. Les assassins de Sky comptent parmi les êtres les plus craints de tous les quadrants connus.

Tokens *(to - kens)*

Les tokens sont des crédits, il représentent la monnaie échangée entre les Quadrants. Les crédits sont transportés dans divers dispositifs appelés jetons. Le plus souvent, les jetons sont faits de yamar et ont la forme de boîtes noires. Toutefois, des modèles plus sophistiqués ressemblent à des disques et sont faits de yeeyar.

Yamar *(Yeam -are)*

Le yamar est un précurseur du yeeyar. C'est une source d'énergie statique non biologique, et un outil de communication et de traduction des pilleurs eshmiris.

Yeeyar *(yeeh - yare)*

Le yeeyar est une source d'énergie révolutionnaire utilisée par les pirates Niahhorrus de Kor. C'est un organisme biologique qui peut être fusionné avec d'autres métaux statiques et du verre pour créer des vaisseaux spatiaux, des disques de paiement et des jetons de communication niahhorrus.

Aux amateurs de livres bien salaces,
Aux passionnées de monstres et d'action bien sanglante,
À tous ceux qui aiment les intrigues chaudes,

Ce livre est pour vous.

1

Nalia

Les cris de la foule s'amplifient, s'intensifient et augmentent au fur à mesure que l'on me fait descendre dans l'arène. C'est exactement ce qui s'est produit le premier et le deuxième jour, je ne devrais pas être surprise. Je suis sans doute moins surprise qu'inquiète. Si les mimiques agressives de l'un de mes ravisseurs m'ont appris quelque chose, c'est que je me trouve à un tournoi.

Et je suis l'un des prix.

Je fronce les sourcils. Le rugissement de la foule m'empêche de réfléchir. Je suis complètement nue, brûlée par les soleils au-dessus de ma tête. Il y en a trois en ce moment au-dessus de moi, et il y en a jusqu'à six à certaines périodes. La cellule rose cristalline dans laquelle je me trouve reste fraîche même si elle laisse passer les rayons du soleil. Je remarque que mon cul pâle devient de plus en plus rose au fil des jours, et ce, malgré le dôme gris translucide supplémentaire qui scintille au-dessus et encercle entièrement cette arène.

L'arène est dominée par des créatures violentes : des gladiateurs venus pour tuer et qui ne s'en privent pas. Le sable coloré est couvert du sang rouge, blanc, gris, noir, vert et rose provenant d'espèces différentes.

C'est du sang qui s'écoule des veines d'espèces *extraterrestres*.

Cette pensée m'assaille sporadiquement et violemment, comme un bélier contre lequel je n'ai aucune défense. Elle me prend à chaque fois au dépourvu. Ces êtres sont des extraterrestres. À leurs yeux, c'est *moi* qui suis étrange. Je ne suis pas sur Terre. Où suis-je ?

C'est pas ça le plus important, putain ! *Reprends-toi Nalia.* Une voix que je n'ai entendue qu'une fois, ou peut-être deux, se glisse dans la brume de ma panique. Je tends la main pour la saisir, mais elle s'envole rapidement et, à la place, des larmes s'échappent entre mes cils.

La main gauche sur le front, j'essaye de résister à la douleur du mal de tête qui me fend le crâne en plein milieu. Depuis que je me suis réveillée dans une cuve de liquide bleu et que j'ai été enchaînée à côté de deux géants, je suis prise de violents maux de tête quand ma mémoire revient – ce qui ne dure jamais très longtemps. J'étais terrifiée par les géants, mais il s'avère qu'ils n'étaient pas une véritable menace.

La vraie menace c'était *lui*. Lui, le mâle à la peau rouge à moitié recouverte de métal – ou faite de métal – et au bras bionique argenté qui lui sert d'arme.

La foule rugit et je sais, sans avoir à baisser les yeux pour voir les portes s'ouvrir, que c'est exactement ce qu'ils font. Je peux sentir le grondement de la machinerie vibrer dans l'air, je le sens agiter ma cage, et je me crispe.

Je me demande qui sortira de l'obscurité à travers ce métal rouillé pour combattre dans l'arène en contrebas.

Je suis une putain d'idiote. J'étais à bord du vaisseau avec les géants et le psychopathe rouge, et quand il a été attaqué par d'autres extraterrestres, j'ai paniqué et j'ai pris une capsule de sauvetage. Comme je ne savais pas naviguer avec, je suis partie sans savoir où j'allais. Qu'est-ce que je croyais ? Qu'elle me conduirait automatiquement vers la Terre ? La bonne blague. Au lieu d'atterrir sur ma planète, j'ai atterri ici. Les extraterrestres qui ont capturé l'enfoiré rouge avaient l'air plutôt sympas, certains d'entre eux en tout cas, et il y avait des femmes – des femelles – avec eux. Ici, personne n'a l'air sympa et je ne connais *rien...*

Enfin, sauf *lui.*

Le cinglé.

Je le revois dans les bribes de mes souvenirs déchiquetés. *Ses yeux argentés me transpercent tandis qu'il m'attire contre sa poitrine. Je suis assise à côté d'une femelle extraterrestre et il me berce. Le visage de la femelle a la même forme que le mien mais sa peau est d'une autre couleur. Elle est rouge.*

Je regarde mes bras. Ma peau, autrefois blanche et parsemée de taches de rousseur, est maintenant rouge – pas rouge comme celle de l'extraterrestre, ça ce n'est pas possible ; mais elle est *brûlée* par le soleil. Je fronce les sourcils tandis que les souvenirs de ce vaisseau, les souvenirs du passé, repoussent les limites de mon esprit. C'est comme si un poing frappait du caoutchouc et que ce caoutchouc se trouvait dans ma tête. La DOULEUR irradie mon corps. Le mal de tête me reprend. Je gémis, je lutte contre la souffrance... *Je suis une battante. Comment ai-je pu devenir aussi larmoyante et morose ? Je dois me battre... je ne vais pas mourir dans cette foutue cage.* Non, je ne vais pas mourir.

Je n'ai pas baissé les bras face au tueur en série cyborg, je ne me suis pas laissé abattre quand j'ai atterri en catastrophe sur cette planète, je ne vais pas abandonner juste parce que je suis l'un des prix de ce tournoi. Je ne vais pas abandonner parce que je suis susceptible de devenir la propriété de l'un de ces tarés.

J'ouvre les yeux. Le mal de tête s'estompe et se transforme en une pulsation sourde. Le poing se relâche et le caoutchouc redevient une flaque.

Je regarde l'extraterrestre aux écailles grises, aux yeux brillants et aux pointes sortant de l'arrière de son crâne faire un tour de piste. La foule l'adore et ma cage tremble à nouveau lorsque l'annonceur prononce son nom. Je ne pourrai pas reproduire les cris aigus qu'ils poussent même si ma vie en dépendait, mais je sais que c'est son nom d'après leur ton et leur inflexion – après tout, je l'ai entendu une demi-douzaine de fois maintenant. De toutes les batailles que j'ai vues se dérouler ici, les siennes ont eu tendance à être... exceptionnelles. C'est pour cela qu'il a reçu plus de prix que les autres. Je sais qu'il va gagner, je sais que je vais lui appartenir... et je vais survivre.

Je ne sais pas ce qu'il a prévu de faire, mais je vais survivre.

Je jette un coup d'œil aux six autres cages qui planent juste en-dessous du toit du dôme, à côté de moi. Quelques créatures enfermées elles aussi ont l'air plus mal en point que moi. Certaines d'entre elles soutiennent activement un champion ou un autre. L'une d'entre elles a l'air de s'ennuyer à mourir. J'adresse un signe de la main à la créature orange. Elle est incroyablement grande et ressemble à une enfant. Elle lève un bras en réponse, mais il n'est pas orange comme l'autre. Il est argenté et élancé. Cela *devrait* me rappeler le quart d'heure d'angoisse que j'ai passé avec le cyborg tueur, mais ce n'est pas le cas. Les yeux de cette créature ont l'air gentils et curieux, même d'ici. Du moins, quand elle me regarde. Quand elle baisse les yeux, elle a l'air... ennuyée, ou peut-être résignée à ce que ces sables lui réservent.

Je suis son regard, malgré moi, jusqu'au champ en contrebas. Je vois du gris. *Le cinglé est entièrement gris.* Il a quatre bras et en ce moment même, l'un d'eux est pointé vers moi. Il me pointe toujours du doigt, comme pour rappeler aux annonceurs ce qu'il veut.

Le dôme tremble encore une fois et l'un des présentateurs passe en trombe sur une plateforme métallique d'aspect plutôt décrépit, assez large pour qu'il puisse se tenir debout. La balustrade est soutenue par des tuyaux rouillés, elle est juste assez haute pour qu'il puisse y appuyer ses bras encombrants. Il est torse nu, avec une tête et des hanches minuscules. Des haillons couvrent chaque centimètre de son corps brun et volumineux, mais je ne me soucie pas de son apparence. Tout ce qui m'intéresse, c'est de savoir pourquoi il rit autant et s'il va s'arrêter un jour. Il est toujours en train de rire, putain. C'est pénible à la fin.

Mon mal de tête éclate et je marmonne des jurons jusqu'à ce que le rugissement de la foule étouffe le dernier ricanement de l'annonceur. Ça semble apaiser le sauvage aux quatre bras argentés. Il avance sur le sable rouge plus vite qu'avant. Je n'aime pas ça. Je n'aime pas du tout ça... Parce que je sais ce qui va suivre...

Il y a un choc et je serre les dents, mais je ne me

bouche pas les oreilles et je ne ferme pas les yeux. J'ai vite compris qu'il est plus effrayant d'imaginer ce qui se passe et de ne voir que les conséquences que de regarder comment ça se passe. Je garde donc mes paumes appuyées sur le sol de cristal rose et je regarde le type gris qui m'a poursuivie à travers l'univers mettre en pièces la bête verte.

La créature est énorme – bien plus grande que lui. Elle a une peau verte tachetée et des cornes. Cela n'empêche pas le type gris de lui arracher les bras. Le tueur gris détruit son adversaire plus grand que lui. Lorsqu'il a terminé, il est baigné de vert et ses quatre mains sont brandies au-dessus de sa tête en signe de victoire.

C'est fait, c'est fini. Merci. Je me laisse tomber sur ma hanche droite et me frotte le visage. Il faut que je sorte d'ici. Il faut que j'aille dans un endroit normal. Normal ? Est-ce que ce mot a encore un sens ? Si oui, lequel ? Je dois faire disparaître ces putains de maux de tête. J'ai besoin d'un Doliprane. Ouais, un Doliprane ce serait top. Le dôme se met à vibrer.

C'est nouveau, ça n'est jamais arrivé auparavant. La nouveauté n'est jamais une bonne chose dans cet endroit. Je jette un coup d'œil vers le bas. Le vainqueur, bien qu'il ait gagné, roule les épaules en arrière et se positionne à l'une des extrémités de l'arène. Les sièges de pierre qui s'élèvent de tous les côtés sont occupés par des spectateurs de toutes les couleurs. Tous crient, hurlent et agitent leurs membres durs ou mous tout autour. De l'écume sort de leurs bouches fourchues, les tentacules se froncent, tandis que le portail de métal rouillé s'ouvre et que deux géants borgnes se pavanent dans l'arène au son d'une musique qui rendrait fou n'importe quelle personne sensée.

Et *merde*. Je pensais que le type vert à cornes était grand, mais apparemment ce n'était qu'un rigolo comparé à ces nouvelles créatures. Ces enfoirés sont énormes et appartiennent à la même espèce que ceux qui étaient coincés à bord du vaisseau avec le cyborg et moi. J'ai un peu pitié d'eux jusqu'à ce que je voie la soif de sang inscrite sur leurs visages. Je me suis trompée, ce n'est pas l'espèce du vaisseau. Ma gorge se noue lorsque je jette un coup d'œil au type gris. *Il va perdre.* Je ne sais pas pourquoi ça me dérange, mais c'est le cas. Ça me contrarie.

« Il est deux fois plus petit qu'eux… » Je me mets à genoux et regarde vers le bas à travers le sol transparent maculé. Je transpire et jette avec dégoût un coup d'œil aux taches que ma sueur laisse derrière elle. J'essaie de les effacer avec mes mains, mais ça ne fait qu'empirer les choses. « Putain… Qu'est-ce qui se passe ? » je marmonne. Ce qui se passe est pourtant très clair. Il s'est battu une fois. Il va devoir se battre à nouveau; cette fois contre deux adversaires, des opposants deux fois plus grands et deux fois plus larges que lui. « Seigneur… »

Mes doigts se crispent comme s'ils souhaitaient attraper quelque chose, mais je ne sais pas quoi. Une brume traverse mon esprit et je me sens momentanément étourdie. Elle disparaît tout aussi rapidement et se brise sur la cime d'un autre mal de tête. Le bruit d'un coup traverse les deux et je sursaute à la vue du type gris qui pousse un cri de guerre et se met à foncer.

Je me crispe, je retiens mon souffle et je le regarde patiner sur le sable compact. Il se déplace extrêmement vite étant donné sa taille et le fait qu'il porte une armure. Est-ce bien une armure ? Peut-être que c'est juste sa peau… Le premier géant se retrouve face au type gris au centre de l'arène tandis que l'autre se tient à l'écart. Je me demande pourquoi, jusqu'à ce que le vainqueur se glisse sous le bras du premier géant. Il se met à genoux et se relève en abattant ses griffes massives gris foncé sur l'arrière du genou du premier géant.

Le géant plie, mais la blessure n'est pas suffisante pour l'immobiliser. Il tourne et se déplace lentement par rapport au vainqueur. Toutefois, il est assez rapide pour que son poing touche l'épaule du vainqueur. Il est puissant. Je peux le sentir d'ici; du moins, mon bras ressent quelque chose, comme si le coup se répercutait en moi. Ce n'est évidemment pas possible. Je n'ai aucun lien avec le vainqueur. Il me terrifie. Je devrais souhaiter sa mort, mais…

Mes tripes se serrent lorsque le vainqueur tourne en rond et se retrouve nez à nez avec l'autre géant, qui lui assène un coup de pied au centre de la poitrine. J'entends le craquement, même à travers la bulle protectrice dans laquelle je me trouve. Je me couvre la bouche ; le goût de la graisse et de la sueur assaille alors mes papilles. Le vainqueur heurte le mur de l'arène et les spectateurs au-dessus de lui balancent leurs jambes grêles et leurs griffes aiguisées pour essayer de l'atteindre. Je ne sais pas pourquoi mon cœur bat si fort lorsqu'il se relève, mais je me ronge les ongles en l'observant. Ce ne sont déjà plus que des moignons déchirés. Il ne reste plus rien.

Je me surprends à marmonner : « Lève-toi, lève-toi, lève-toi… »

Il lève les yeux, comme s'il m'avait entendue, et nos regards se croisent une seconde. Je me fige. Je scrute les détails de son visage. Ses yeux immenses et brillants s'étirent jusqu'à la racine de ses cheveux… enfin, là où se trouverait la racine des cheveux s'il en avait. Au lieu de cheveux, deux grandes crêtes se dressent et glissent le long de l'arrière de sa tête – elles sont d'un gris plus foncé que le reste de sa peau et ressemblent à des tresses.

Elles s'arrêtent sur la nuque et, entre elles, d'énormes pointes acérées sortent de l'arrière de son crâne et descendent le long de sa colonne vertébrale pour se terminer en haut de son pantalon gris. Ces… épines ? Ces lances ? Je ne sais pas comment les appeler. En tout cas, elles sont aiguisées comme des épées. Les bouts sont plus foncés que les bases. Je me demande si cette coloration est naturelle ou si elles ont été tachées par le sang parce que, quel que soit leur nom, il est clair qu'il s'agit d'armes. Il s'en sert comme d'une arme en ce moment même.

Son regard se détache du mien. Il bondit vers l'un des géants qui avancent sur lui. Il tourne sur lui-même et attrape le géant qui tente de le frapper. Les pointes de son dos ouvrent la main du géant. Le géant recule. Alors que son sang éclabousse le sable, il attaque une seconde fois. Le vainqueur donne un coup de pied dans le genou du géant tout en tournoyant et en attrapant le deuxième géant qui s'approche toutes griffes dehors.

Le combat, la lutte, les tiraillements et les coups de poing se poursuivent jusqu'à ce que l'un des géants commette une erreur et jette le vainqueur loin de lui, mais directement contre l'autre géant. Les pointes du vainqueur s'enfoncent dans la chair du second géant. Ce dernier pousse un terrible gémissement à glacer le sang et se déplace en glissant sur le côté. Il atterrit sur un genou et, alors que le vainqueur s'élance vers l'avant, il s'effondre en s'agrippant aux blessures qui lui marquent la poitrine.

Je tressaille lorsque le vainqueur se tourne vers le géant et saute sur son torse. Il le frappe sur les flancs, puis au visage, mais il ne peut pas s'agripper à lui. Il est déjà couvert de sang. Et le vainqueur est trop rapide. Il esquive le coup du géant et lui enfonce deux mains dans la gorge. Mes cils s'agitent. J'ai des frissons en voyant le vainqueur arracher la langue du géant par le trou dans son cou et lancer l'organe dans les gradins.

Elle atterrit au milieu de créatures pelucheuses roses avec des lumières clignotantes accrochées à de longs fils ou antennes. Ce sont peut-être des yeux, je ne vois rien d'autre qui puisse leur servir à voir. Elles poussent des cris perçants, semblables aux sons produits par des cornes. Ces cris ont des intonations différentes lorsque la langue verte sanglante se pose parmi les créatures pelucheuses. Je ne sais pas s'ils expriment de l'horreur ou de la joie.

J'ai la tête dans un étau. Je lutte contre cette sensation et contre ce fulgurant mal de tête. J'émerge de la douleur à temps pour voir le vainqueur se lancer sur le géant restant. Il essaie de le percuter à la jambe mais… CRAC. Le son se répercute dans l'arène, la foule retient son souffle. Je serre les dents. Une douleur s'insinue dans ma jambe droite avec suffisamment de force pour me paralyser un instant. Je retiens mon souffle moi aussi.

Son corps traverse l'arène. Il atterrit presque directement sous moi. Il est allongé sur le dos, ses pointes s'enfoncent dans le sable. Il ouvre les yeux.

– Lève-toi !

Je tape du poing sur le fond de ma cage.

Ses lèvres se retroussent et il me sourit avec des dents qui brillent d'une couleur inhabituelle, je ne sais pas laquelle. Puis, alors qu'il se trouve à plusieurs mètres sous ma cage, le vainqueur me fait *un clin d'œil. Un clin d'œil.* Comme le ferait un humain. C'est la première fois qu'un visage reflète une expression qui m'est familière. Je suis tellement distraite que je ne remarque pas le géant. Ce dernier tend sa jambe valide, mais le vainqueur la relève et lui donne un coup de pied au menton. La tête du géant bascule en arrière et du sang vert foncé s'écoule de sa lèvre inférieure.

Il pousse un cri de guerre et abat son poing sur l'estomac du vainqueur, mais celui-ci *attrape* son poing – un poing de la taille de son propre crâne – contre sa poitrine, puis, à l'aide de ses deux mains, il fait tourner le poing du géant sur son poignet, presque jusqu'à son point de rupture. Le géant rugit et retire son bras, ce qui a pour effet de remettre le vainqueur sur ses pieds. Il frappe avec son autre poing, mais le vainqueur parvient à bloquer le coup avec deux de ses quatre bras.

Il s'appuie sur son seul bon pied pour l'enfoncer dans le sol, tandis que l'autre jambe reste pliée à un angle grotesque et s'accroche au poing du géant. Le géant retire sa main libre pour tenter de le frapper à nouveau, mais il est trop lent. Cela lui prend deux secondes de trop. Le vainqueur abat ses deux poings libres sur le bras du géant et cette fois, le craquement est encore plus fort que le premier.

Le géant parvient à se dégager en poussant un cri plein de salive. Le vainqueur s'élance pour attaquer – sûrement pour tuer, cette fois – mais il tombe. Je reste figée, les tripes serrées. Le géant *s'éloigne* du vainqueur, vers l'extrémité de l'arène où gît son ami tombé au combat. Il se tient sur le dos, près de son ami ensanglanté et il fouille dans les poches du mâle. Il en sort un objet brillant, plat comme un disque et qui émet une douce lumière pulsée.

La plateforme de l'annonceur virevolte dans les airs. La créature qui s'y trouve prend le disque du géant et l'examine pendant un bon moment. Puis il dit quelque chose à la foule, qui le hue collectivement avant que les huées ne se transforment en cris, coups de pied et acclamations lorsque le vainqueur émerge des sables. Le vainqueur salue le géant et le géant le salue en retour de la même façon.

Le géant sort ensuite par la porte métallique par laquelle il est entré, son bras cassé serré contre sa poitrine. Une multitude d'objets différents, que je ne peux pas identifier, sont jetés sur le sable. Le vainqueur lève les bras et les applaudissements augmentent, mais il ne semble pas se préoccuper de ses fans ou des prix qu'ils jettent dans l'arène à ses côtés. Il ne s'en soucie pas le moins du monde. Il me regarde.

Il a toujours les yeux fixés sur moi quand les gradins commencent à se vider et qu'une foule d'autres créatures sortent de nulle part – ou plus précisément, émergent des gradins métalliques – pour commencer à nettoyer. Enfin, un morceau plat de matériau noir sort du tunnel noir derrière les portes métalliques. C'est le même morceau de matière noire qui est venu chercher le vainqueur auparavant. Ça ressemble à un tapis volant, mais il reflète la lumière comme une surface huilée. Il s'y assoit, s'y effondre plutôt, et le tapis se met immédiatement en mouvement.

Je l'observe jusqu'à ce qu'il disparaisse par l'unique porte de l'arène. Il prend le même chemin que le géant. Il ne se retourne pas vers moi, ce qui est étrange. Il se retourne toujours vers moi d'habitude. Il reste aussi toujours près de la porte à attendre que mon étrange cube descende derrière les gradins de l'arène, dans les fosses où j'ai été enfermée pendant ces chaudes journées d'une longueur abominable.

Je fronce les sourcils tandis que les ténèbres l'emportent et que d'autres créatures en émergent avec des baguettes, des bâtons lumineux et d'autres outils électriques qui nettoient toute la surface, et rendent au sable taché de sang son rouge habituel.

Ce n'est qu'une fois que la plupart des spectateurs ont quitté les bancs de pierre et de métal de l'arène pour s'engouffrer dans les sorties construites dans leur base que les annonceurs qui ne cessent de ricaner se montrent à nouveau pour venir nous chercher, nous, les prix. Cependant, cette fois-ci, alors que les autres prix sont emmenés derrière les gradins de l'arène, là où nous sommes habituellement séparés en cellules, l'un des annonceurs vient se placer juste en face de moi. Il me sourit, visiblement excité, mais je croise les bras sur ma poitrine. Sous mes aisselles, mes mains forment des poings. Le connard répète son geste et rit aux éclats en me regardant avec une expression indéchiffrable.

Je suis toujours en train de le regarder quand le système connecté qui maintient ma cellule se rompt. Ma cellule se met alors à osciller dans les airs. Je flotte derrière la plateforme rouge rouillée. Cette fois, on m'emmène… Oh non. Cette fois, il ne me conduit pas vers les sièges de l'arène, vers les cellules construites directement dans le sol. Cette fois, il me conduit vers les portes métalliques rouillées de l'arène. Nous les franchissons, puis je suis plongée dans le noir.

Merde.

N'aie pas peur. Je jette un coup d'œil par-dessus mon épaule, j'observe les autres prix au moment où ils sont libérés de leur suspension. La femelle orange me regarde avec de grands yeux. Ses deux paumes sont appuyées sur l'extérieur de sa cellule. Elle me dit quelque chose, mais je ne comprends pas sa langue. Vu son visage, je suppose qu'il s'agit de mots d'encouragements.

Je grogne à cette idée. Peut-être qu'elle souhaite que j'aille *au diable*.

J'appuie mes mains sur la vitre. Étrangement, il me semble que mon destin est maintenant scellé. Ma cellule est emportée vers la gauche et je suis transportée dans l'ombre. L'obscurité m'envahit, un froid instantané s'abat sur ma peau. J'ai l'impression d'être toute moite. J'imagine toutes sortes de choses. Le tournoi est-il terminé ? C'est le moment où je vais être décernée comme prix ? Si c'est le cas, pourquoi les autres prix ne sont-ils pas déplacés eux aussi ? Je ne pense pas qu'ils... ils ne peuvent pas envisager de me faire combattre, si ? Merde... Est-ce que je sais me battre ? Je regarde mes ongles crasseux et mes mains sales. Je me sens... pitoyable.

Ça suffit.

Je serre mes ongles crasseux dans mes paumes sales et je me tourne vers l'avant. Je prends fermement une respiration et je me prépare à toute éventualité alors qu'on m'emmène dans un long tunnel. J'ai l'impression que nous passons sous terre et je tends l'oreille, mais il ne fait jamais complètement noir. Le monde entier est éclairé par ces lumières fascinantes construites directement dans les murs autour de nous. Des orbes qui brillent dans des tons variés de blanc, de jaune et d'orange flottent de haut en bas dans les couloirs encombrés. Des gens – des êtres – nous font de la place pour passer, mais ne se préoccupent pas de notre arrivée, car ils vont et viennent en transportant divers objets, des objets *extraterrestres*, des objets étranges, dont je ne peux que deviner les fonctions.

Le couloir s'élargit de plus en plus... Mes yeux se... mon esprit commence à... Putain ! Je suis sans voix. Ma peur se détache de mes épaules comme une robe de soie. Elle est remplacée momentanément par une admiration sans borne lorsque le paysage apparaît soudain devant moi.

– Wow !

Je ne sais même pas ce que je vois. L'espace est immense. J'ai l'impression d'être face à un pays, tout un monde se déroule sous mes yeux. Je pensais que l'arène en haut représentait l'essentiel de l'espace disponible ci, mais en dessous... Là… Comment aurais-je pu imaginer qu'il y aurait tout ça ici ? Je n'en crois pas mes yeux. L'arène n'est qu'une goutte d'eau dans l'océan, ou plutôt une feuille flottant à sa surface. La pointe d'un iceberg brûlant. J'ai immédiatement envie de vomir car mon mal de tête revient en force. Je suis submergée. Je suis abasourdie. C'est de la folie. *C'est tout simplement magnifique.*

L'espace caverneux s'étend au-delà de ce que mes yeux peuvent percevoir. Il est jonché de plateformes flottantes de toutes sortes. Je n'y vois aucune organisation particulière. Des passerelles métalliques descendent dans les entrailles de cette planète. D'énormes plateaux flottants s'élèvent à partir de rien, comme s'il s'agissait de rochers suspendus sur des échasses. Le rocher se réduit, il présente une grande plateforme au-dessus, mais il forme en-dessous en une tige étroite, comme une fleur en éclosion.

Je ne vois pas ce qui relie les plateformes au sol – je ne

vois pas de sol du tout – juste des plateformes, des passerelles et des structures qui zigzaguent dans ce monde souterrain dément, éclairé partout par des orbes flottants. Il fait *clair* ici, presque autant qu'en haut. Les murs rouges grossièrement taillés qui délimitent cet endroit irradient de couleurs et de chaleur.

Des *tentes* couvrent la plupart des structures visibles et, pour l'instant, nous nous dirigeons vers une tente particulièrement grande, plantée seule au sommet d'une plateforme rocheuse plus petite que les autres. Cette plateforme rocheuse est en fait reliée à une autre plateforme, située quelques centaines de mètres plus bas, qui semble elle-même se détacher du mur le plus proche.

En survolant cette plateforme rocheuse, mon estomac s'alourdit. La panique et l'inquiétude se logent en moi comme des pierres lancées dans une eau limpide. Je pense deviner qui ou plutôt *ce que* je vais trouver au-delà des volets de cette tente massive. Lorsque nous nous arrêtons juste devant l'entrée fermée d'une tente, je me mets à respirer plus fort. Je me sens soudain très consciente de ma nudité et de ma vulnérabilité : je n'ai aucune arme.

D'un geste de sa main à onze doigts, le monstre rieur détache l'avant de ma cage. La porte se fragmente comme du sucre dans l'eau. Il fait un geste vers les volets de la tente. Ils ressemblent à de la toile, mais c'est couvert de poils, et ils ne sont séparés de moi que par six pieds. Il n'y a qu'un pied entre ma cage et le sol rouge et rocailleux. L'air est différent ici... Je respire profondément. L'air sent le métal, les machines, l'air recyclé et la sueur; mais il sent surtout la roche. *Cette odeur me rappelle les déserts d'Arizona. J'ai toujours aimé cet endroit.*

Je secoue la tête, minée par le mal de tête qui me déconcentre, et je jette un coup d'œil au type qui ricane. Il se contente de m'observer avec d'énormes yeux noirs et de me sourire avec sa petite bouche pleine de crocs.

– Qui est dans la tente ? je demande.

Je ne sais pas pourquoi j'ai posé cette question : je le sais déjà. Je cherche juste à gagner du temps. Je veux gagner du temps parce que je sais qui est dans la tente... Ce que je ne sais pas, c'est ce qu'il attend de moi.

Il répond par un autre rire aigu.

– Je ne comprends pas. Qui est dans la tente ?

Les rabats qui lui servent d'oreilles tressaillent. Il rit et pointe du doigt la tente en reproduisant le geste que je fais avec mon bras, mais il hoche aussi frénétiquement la tête. Comme je ne bouge toujours pas, ses oreilles s'agitent plus rapidement à leur extrémité. Elles vibrent presque, en fait. Son sourire disparaît. Oh mon Dieu ! Voilà donc à quoi ressemblent ces créatures lorsqu'elles sont agacées. Il tend la main et ébouriffe les cheveux sur le dessus de sa tête puis fait tourner la fourrure qui s'y trouve pour qu'elle se dresse sur la pointe. Elle est brune, de la même couleur que sa peau et la plupart de ses vêtements.

– Je ne sortirai pas de cette cage, je déclare.

Il répond de manière fébrile et pressante, dans une langue étrangère dont je n'arrive pas à saisir le sens.

Je lui coupe la parole.

– Je ne sortirai *pas*.

Si je sors de cette cage et que je descends sur cette plateforme, je serai piégée. Cette plateforme est isolée, elle n'est reliée à rien, sauf à une autre corniche rocheuse quelques centaines de pieds plus bas. La large plateforme se réduit à une base extrêmement mince et je ne suis pas une grimpeuse – je ne pense pas l'être, en tout cas. Je n'ai aucun moyen de descendre en rappel jusqu'à la prochaine corniche sans corde et il n'y a rien d'autre sur cette plateforme que la tente. Pour obtenir une corde, je devrais d'abord combattre celui qui se trouve à l'intérieur.

Le type gris, le vainqueur.

Il faudra que je me batte contre lui.

– Je ne sortirai pas ! Ramène-moi de l'autre côté.

Quelle ironie du sort ! Cela fait des jours – ou des semaines ? Difficile à dire sur dans cet endroit pourri – que je veux sortir de ma minuscule cellule et de cette horrible cage de verre rose. Maintenant que j'en ai l'occasion et que j'ai devant moi une grosse créature inconnue et effrayante, la cellule n'est plus si mal.

Ses yeux noirs s'écarquillent et il commence à marmonner. Il sort une boîte noire de sa robe, l'ouvre, et commence à manipuler des gadgets à l'intérieur. La cage de verre vacille. Je tends la main comme pour m'agripper à quelque chose, mais il n'y a plus rien. Je glisse et ma sueur grasse lubrifie ma sortie.

– Arrête ! je hurle.

Les mots restent coincés dans ma gorge lorsque la cage bascule complètement vers l'avant. Je n'ai pas d'autre choix que de glisser vers la sortie.

Mes jambes s'emmêlent. Je ne parviens pas à les ramener sous moi et j'atterris brutalement sur le côté, sur la roche rouge en contrebas. C'est une roche molle. J'ai l'impression que je pourrais y faire un trou assez facilement avec mes ongles, mais cette idée ne m'inspire rien qui vaille étant donné la fragilité de cette montagne. Même maintenant, je la sens osciller lentement sous moi comme un navire. *Non, elle oscille comme un bateau pneumatique de combat des forces spéciales. Ou comme un char d'assaut de la Marine.*

– Oh non… je gémis.

Je me redresse lentement sous les éclats de rire du petit con qui me sert de geôlier.

– Tu te crois marrant ? Va te faire foutre !

Il répond en criant quelque chose. On dirait « eck » ou peut-être « ick ». Pour une raison ou une autre, ça sonne comme une insulte. Je n'en reviens pas du culot de ce type.

– *Ick* toi-même, connard !

Je me retourne sur le dos et je le regarde inspirer de surprise. C'est tellement théâtral que j'ai du mal à ne pas avoir envie de rire.

Il se couvre la bouche d'une main et, de l'autre, se passe la main dans les fesses… Qu'est-ce que ce type est en train de faire, bordel ? Il répète un mot encore et encore et continue à se tripoter les fesses. Je finis par comprendre. « Ick » signifie *trou du cul*.

J'éclate de rire. Mon rire est profond, il passe de ma gorge à ma poitrine et à mon abdomen. Je ris au point d'en avoir mal au ventre. Le rire jaillit de moi comme de la bile le lendemain d'une cuite. J'ai l'impression que je vais vomir. La créature s'est mise à rire aussi, ou plutôt, elle a recommencé à rire, comme à son habitude. Il tape sur la rambarde de son engin volant, attire l'attention des autres, et bientôt, deux autres créatures de la même espèce volent à ses côtés et se joignent à nous, en riant bruyamment eux aussi. Je ne suis même pas sûre qu'ils sachent ce qui est censé être drôle.

La cage de verre dans laquelle je me trouvais se soulève et s'éloigne de la plateforme lorsque j'essaie maladroitement de l'attraper. Elle se referme et, alors que je continue à rire, ils se passe quelque chose de vraiment incroyable. La cage commence à rétrécir. Elle devient de plus en plus petite, jusqu'à ce qu'elle soit assez petite pour tenir dans la paume de la main de la créature. Il l'attrape et la glisse entre les plis de sa chemise. Pouf ! En quelques instants, c'est fini. La seule illusion de sécurité que j'ai connue sur cette planète a disparu, réduite à la taille d'une bille. Les créatures s'éloignent bruyamment et disparaissent sous l'aile d'un autre planeur, bleu vif celui-là. Il se trouvait à quelques dizaines de mètres de là.

Je ne vois ni propulseurs, ni fusées, ni quoi que ce soit qui puisse propulser ces engins volants. Ils se sont envolés comme par magie. Une magie que je ne maîtrise pas. Ce qui veut dire que pour descendre de ce rocher rouge, il faudra faire preuve d'esprit et d'astuce. Je prends le temps de me lever. Derrière moi, la tente se trouve au centre du plateau rocheux rouge. Elle n'est séparée du bord – et d'une mort certaine – que par une trentaine de pieds. J'ai donc assez d'espace pour manœuvrer alors que je fais lentement le tour de la corniche. Ce faisant, j'évalue mes options et parviens à la conclusion que je n'en ai absolument aucune.

Zéro. Rien de rien. Niet. Nada. Pas une seule issue ne se présente à moi. Je m'enhardis même à m'allonger sur le ventre et à pencher la tête sur le côté. Je regarde le dessous de la surface. Je vois qu'elle est bien escarpée, mais je ne suis pas assez hardie pour essayer de m'évader par là. Même s'il me restait des souvenirs d'une époque où je m'entraînais à devenir la plus grande escaladeuse de l'univers, je n'aurais aucune chance de survivre à ce type de descente en rappel.

Mon estomac gargouille. Je me remets à quatre pattes

en gémissant et je respire profondément. L'air ici est léger, d'une certaine manière. Je jette un coup d'œil autour de moi en m'émerveillant de toutes les espèces qui poursuivent leur petit bonhomme de chemin ici sans souci. Elles escaladent les chemins de métal et de bois qui grimpent et descendent le long des parois rocheuses. Parfois, les chemins disparaissent dans la roche, mais la plupart du temps, ils suivent les limites du réseau de grottes qui s'étendent si loin et sont si profondes que je n'en vois pas la fin. La grotte n'en finit pas de s'étendre.

De temps en temps, des îles métalliques flottantes ou des formations rocheuses apparaissent et semblent abriter différents bâtiments. Certains sont assez petits pour n'abriter qu'une seule structure – comme celle-ci – tandis que d'autres sont si massifs qu'ils semblent abriter des Colisées entiers. Est-ce que... Je fixe une formation rocheuse plus basse que celle-ci, très loin à l'horizon... Est-ce que c'est un autre Colisée ?

Je marmonne en revenant face à l'entrée de la tente. Elle est de couleur havane et ressemble à de la peau non traitée. C'est magnifique, marbré, et d'une couleur feu plus foncée. Elle s'étend sur près de trois mètres de haut et est suffisamment large pour abriter plusieurs pièces.

Je déglutis bruyamment. Je refuse de montrer ma peur, ma tension ou mon anxiété. « Je dois donner le ton. C'est moi qui dois décider de la façon dont ça va se passer entre nous. » Si je ne le fais pas, et si j'agis comme une proie, alors j'en deviendrai une.

« Ok, c'est bon. » Je fais un pas en avant. « Vas-.y » Je recule d'un pas. « Nalia, *vas-y*. Fais ce que tu as à faire ». J'avance rapidement, j'entre par les volets de la tente et je crie à l'extraterrestre à quatre bras :

– Je ne suis pas un prix ! Je suis une personne et

j'exige d'être traitée avec dignité !

Je cligne des yeux. Puis je cligne à nouveau des yeux plusieurs fois rapidement.

La tente est vide et je viens de dire mes quatre vérités aux meubles. Ce sont de *beaux* meubles, il n'y a pas à dire. Ils sont beaucoup plus beaux que ce à quoi je m'attendais. La déco est étrangement familière. Des bois sombres évoquent des images de *salons* avec des chaises à quatre pieds et à quatre bras et des coussins à la base faits de tissus soigneusement cousus. Il y a même des tapis qui jonchent le sol, couverts de rouges audacieux qui ressemblent à du sang et de jaunes vifs qui me rappellent des fleurs... des fleurs dont je ne me souviens pas précisément, mais qui se dessinent dans mon esprit avec une telle clarté que je suis sûre de les avoir déjà vues.

Je les ai déjà vues... dans une autre vie.

De grands troncs reposoirs trônent, accueillants, comme des poussins qui attendent impatiemment le retour de leur mère. Toutes sortes de pierres, de rochers, de métaux, d'armes et de tissus sont posés dessus. Je m'approche de l'une des piles et touche de la fourrure. Elle est d'un rose très agréable et elle est divinement douce.

Je frissonne. J'ai l'impression de connaître cette fourrure et cela me fait peur. Je retire ma main. Tout ici m'est étrangement *familier*. Tout, sauf les filets. D'énormes poutres en bois soutiennent la tente. Elles sont énormes, plus lourdes que leur fonction ne le laisse supposer. Un panier en forme de chaise est suspendu à une poutre entre deux coffres. Je m'en approche et m'y assois, mais je m'effondre en arrière car c'est beaucoup, beaucoup trop grand pour moi. Je commence à paniquer en me débattant pour en sortir.

– Aaaaah !

Je grogne et m'effondre sur le sol. Le panier se balance au-dessus de moi comme s'il me narguait. Je brosse ma peau nue et me lève.

Je poursuis ma visite de la tente spacieuse. Je passe devant une petite table sur laquelle se trouve une vasque. Elle est en or et semble avoir été intentionnellement martelée grossièrement. Je caresse l'intérieur avec mes doigts et je fronce les sourcils à la vue de mes ongles, tout ébréchés et rongés. *Je n'avais pas l'habitude de me ronger les ongles. Je n'ai commencé à le faire qu'au moment des guerres. Pour être plus précise, j'ai commencé à me ronger les ongles quand j'ai compris ce que ces guerres provoqueraient : la fin du monde.*

Je lève les yeux, secouée par cette pensée et le mal de tête qui l'accompagne. Je m'attends à voir un miroir, mais il n'y en a pas. Je jette un coup d'œil autour de moi. Je ressens une déraisonnable et irrépressible envie d'en trouver un. Je ne me suis pas vue depuis mon réveil. Les pointes de mes cheveux, qui s'étalent sur ma poitrine et mon estomac, ont l'air ébouriffées. Mes cheveux sont trop longs, et... Non, ce n'est pas exactement ça. J'ai toujours voulu avoir les cheveux longs... *Avant, tu n'avais pas le droit de les laisser pousser. Ton travail t'en empêchait...* Mon travail ? Je grimace alors qu'un autre mal de tête m'assaille.

Je marche pour le faire passer en titubant légèrement. La douleur est profonde. Je tends la main et me rattrape à une petite table. Sous ma main, une lame résonne contre le plateau en bois. Je saisis le couteau et le retourne dans ma main en attendant que ma vision se clarifie et que la pièce se stabilise autour de moi. Cela prend plus de temps que lorsque je me suis réveillée pour la première fois dans ce vaisseau spatial, dans cet endroit horrible, aux côtés de géants mutilés et près de l'homme au bras d'argent et aux yeux vides. L'un d'eux était noir et rouge. Il avait une tête composée d'une étrange matière mouvante, mais l'autre œil brun était encore plus étrange... Il était... touchant. Il émanait de lui quelque chose de familier. Il m'a donné de l'espoir. Puis il l'a impitoyablement écrasé.

Je ne me laisserai plus jamais avoir.

Je saisis le couteau avec détermination. Ma main tremble un peu au souvenir du mâle à la peau rouge et métallique. Il n'est pas ici pourtant. Rassurée par mon arme, je repousse le souvenir et continue à faire le tour de la pièce, à la recherche d'une corde ou d'un miroir. Je ne trouve ni l'un ni l'autre. Étonnamment, ce que je ne trouve pas non plus, c'est... un lit.

– Donc personne ne dort ici ? je marmonne.

Je jette un coup d'œil autour de moi en écoutant attentivement. Il n'est pas aisé d'entendre les bruits chaotiques du monde des cavernes au-delà de ces murs. Je m'approche d'un mur à l'arrière de la tente et y colle mon oreille, mais... le mur de la tente vacille. Ce n'est pas du tout un mur. C'est un rideau. Je le repousse pour voir ce qu'il cache.

– Oh !

J'ai du mal à prononcer les mots qui me viennent à l'esprit. Je ricane en avançant, hypnotisée par la grande baignoire. Elle est en bois je crois... mais je n'en suis pas sûre. Honnêtement, je n'en sais rien. Mais elle est magnifique, d'un brun foncé profond, strié de variations de la même teinte. L'eau chaude ondule à la surface et libère de la vapeur par à-coups.

– Ooooh oui…   je répète en plongeant mes doigts dans l'eau.

Ça ressemble à de l'eau, ça ne sent rien. J'en déduis que c'est donc sans danger. Je n'hésite pas et je saisis ma chance. Je laisse tomber ma lame dans la baignoire, j'y plonge un pied, puis l'autre et je m'assois dans un bruit d'éclaboussure.

– Oh oui ! je m'exclame.

Une voix inconnue, sombre et profonde gronde :

– Svrennu giar hitata tansuey eyu.

Je lève les yeux. Juste au niveau du rideau où je me tenais quelques instants auparavant se tient une bête d'un mètre de plus que moi, couverte de sang.

Je reste bouche bée.

– Oh non…

2
Herannathon

Eh bien, eh bien, eh bien… Je suis satisfait. Non, le mot est faible, je suis plus que satisfait, je suis incroyablement heureux. À cet instant – à cet instant précis – tout le sang, la mort et les batailles menées sans jetons de sauvetage en valent la peine. Je lève les bras en l'air en formant des poings; puis, j'agite les deux mains de droite; ce qui fait sursauter l'humaine.

– Wahou ! je rugis. *Enfin* ! Après des dizaines et des dizaines… beaucoup trop de tournois… te voilà enfin dans ma tente. Shrov !

Je me mords la langue. Il vaut mieux ne pas jurer en présence d'une femme. D'après le manuel humain que j'ai réussi à obtenir grâce à un jeu de mok biz qui a mal tourné, il n'est pas correct de jurer en présence d'une femme humaine. Elles sont sensibles ou un truc du genre.

Je souris sauvagement à la femelle qui s'agrippe aux bords de la baignoire. Elle a l'air surprise de me voir. On dirait que les Eshmiris ne lui ont pas expliqué pourquoi elle a été amenée ici. Elle n'a pas l'air de savoir qu'elle n'a plus à dormir dans ce putain de trou à rats de shrov où elle dormait avant, toute seule, sans accès au monde du Dessous.

J'ai pu admirer bien des prix aux pistes de Gogo dès le début de la lune. Manila, qui possède elle-même plusieurs pistes de Gogo et commande tout le tournoi de mok bir, adore parier et causer toutes sortes d'ennuis. C'est probablement dû à l'influence de Sky, que les Eshmiris n'ont pas réussi à éliminer. Toutefois, la plupart des prix ne viennent pas de ces régions, ne sont pas là volontairement et ne connaissent pas Evernor. Ils ne savent pas que *tout* est possible et que le mensonge, la tricherie, le vol et la fuite ne sont pas seulement tolérés, mais recommandés.

La femme que j'ai choisie n'est pas aussi sournoise qu'une femelle pirate; cela devrait me contrarier, mais je me rappelle que c'est cette même femme qui a volé l'un des vaisseaux d'Ashmara avant de s'écraser ici. Centare, cette femme – *ma* femme – n'aura besoin que d'un peu de conviction pour s'enhardir et perdre son regard inquiet.

– Qu'est-ce qu'il y a ? Tu ne t'attendais pas à me voir ? je grogne.

Je m'approche de la baignoire, pose mes deux mains inférieures de chaque côté et saute rapidement à côté d'elle. L'eau lui éclabousse le visage. Elle pousse un cri, lève la main droite et...

– Qu'est-ce que… Put… Par toutes comètes ! je crie.

L'humaine m'a poignardé en plein dans le plastron. Elle m'*a poignardé* !

– Shrov ! Qu'est-ce qui te prend ?

Je baisse les yeux vers le manche du couteau qui dépasse des plaques épaisses qui recouvrent ma poitrine.

Elle m'a frappé de toutes ses forces et la bataille précédente m'a affaibli, alors il est enfoui profondément – presque assez profondément pour atteindre la chair la plus sensible.

Je retire le couteau et le jette contre le mur.

– Je viens de sortir de la cuve de merilliens ! Je n'ai aucune envie d'y retourner !

Le couteau s'enfonce aisément dans le bardage wego de la tente et reste suspendu un instant avant de glisser. Je peux apercevoir quelques éclats du chaos qui règne à Evernor par le petit trou dans notre tente créé par la lame.

La femelle humaine sursaute en heurtant le sol. Ses dents sont férocement pressées contre le dessous de ses lèvres rouges. Sa peau est toute rouge – elle s'enflamme comme le feraient les couleurs d'un Voraxian furieux. Elle est en colère, de toute évidence. Mais pourquoi ? Veut-elle me tuer ? Après tout ce que j'ai fait pour elle ?

– C'est quoi ton problème ? Tu ignores donc combien de batailles j'ai menées, combien d'êtres j'ai tués, pour pouvoir te faire sortir de ta cage ? N'as-tu pas vu la raclée que j'ai reçue dans l'arène ce solaire ?

Raclée n'est pas le mot approprié, il ne convient pas à l'avalanche de violence qui s'est abattue sur moi, mais je suis trop fier pour employer une autre expression.

J'avance l'une de mes mains et pointe du doigt son nez.

Elle la repousse d'une claque et s'élance hors de la baignoire en m'aspergeant d'eau. Elle se dirige vers le côté de la tente, arrache le couteau du sol où il est tombé et… Shrov ! Cette petite cinglée revient vers moi. Elle saute de nouveau dans la baignoire et plonge vers ma poitrine, ses genoux frappent mes côtes et me coupent le souffle.

Je l'attrape contre ma poitrine. Mes pointes heurtent le fond de la baignoire et s'écrasent sur l'extérieur horaci. Expressément conçu pour accueillir mes pointes, il leur permet de s'enfoncer sans laisser l'eau s'écouler. Elle place de nouveau le couteau contre ma poitrine. Je suppose qu'elle pense que mes organes vitaux se trouvent là, même si c'est faux.

– Est-ce que tu essaies de me tuer ? Parce que si c'est le cas, tu n'es pas douée.

Je couvre sa main avec la sienne et repositionne le couteau contre le centre de mon torse.

– C'est là que se trouve mon cœur, sous des couches de muscles, de plaques lourdes et d'os. Le tien est ici, sous ton monticule de poitrine ? Les humains appellent ça un *sein*, n'est-ce pas ?

Je prends son sein dans ma main gauche inférieure, et je pousse un *cri*.

– *Putain de merde* !

Deena aime bien cette expression. Et moi aussi.

– Ta poitrine est merveilleuse !

Oh… *centare*.

Ma bite est sur le point d'être dégainée, la plaque épaisse qui s'écarte un peu de mon corps est prête à se détacher. Quand cela arrivera – ma bite sortira complètement de mon corps et touchera l'air. Je sais que ce sera douloureux.

J'ai besoin… J'ai besoin de me ressaisir. Centare, j'ai besoin de me *soulager*.

Je relâche sa poitrine, mais pas assez vite. Elle n'aime pas la façon dont je la touche. Sa peau devient encore plus rouge et son couteau tranche avec plus de précision. Elle m'entaille la joue. Elle est couverte par une plaque, mais elle est plus fine. Je ne m'en inquiète pas pour l'instant.

– Shrov ! Putain de shrov ! je siffle.

Si ma bite se libère de son enveloppe extérieure, nous aurons un problème. *Il faudra absolument que je jouisse.* Je n'ai pas de vagin synthétique entre les mains – il est quelque part dans l'un des coffres – mais une femelle *très* douce s'agite près de moi… Elle n'a aucune défense et je serais honoré d'exécuter un shekurr sur elle, mais comme elle est en train d'essayer de me tuer, je ne sais pas trop si c'est envisageable.

Elle se jette à nouveau sur moi et je m'éloigne d'elle en courant frénétiquement. La vue de ses seins qui se balancent pendant qu'elle charge m'excite au plus haut point.

– Arrête ! je crie par-dessus mon épaule en me faufilant entre les meubles que je me suis procurés avant son arrivée.

Je pousse une chaise pour lui barrer la route, mais je constate avec agacement qu'elle l'enjambe et écrase l'oreiller.

– Eh ! C'est de la soie de catacat ! C'est très précieux et je l'ai achetée pour toi !

Je me laisse tomber à côté d'un des coffres ouverts. Il y a du tissu sur le dessus, je sais donc immédiatement que ce n'est pas le bon. Je passe au suivant, puis au dernier, et je trouve celui-ci rempli de toutes sortes d'objets bizarres que j'ai rassemblés en bas, pas pour elle, mais pour moi.

Il s'y trouve des vagins synthétiques – quelques modèles différents au choix, des armes, des morceaux de yamar et de yeeyar que j'ai essayé sans succès d'assembler pour créer un communicateur extérieur, un écran holo voraxian dont le seul contenu est un guide sur les femmes humaines et leur parade nuptiale partiellement achevé et presque incompréhensible à cause d'une mauvaise traduction. Enfin, tout au fond, il y a quelques blocs de kintarr pur qui ont plus de valeur que tous mes autres gains – tous, sauf *elle*. L'humaine que presque tous les autres gladiateurs désiraient et voulaient ramener dans leurs secteurs. Elle a plus de valeur que tout le reste. Et plus encore...

L'espèce humaine a été découverte récemment, et elle reste la chasse gardée des Niahhorrus et des Voraxians. Elle est connue et convoitée pour être reproductible avec d'autres espèces et pour son incomparable douceur. Les humains ont une peau douce et lisse d'oroshi, une peau qui peut changer de couleur comme celles des Voraxians, des cheveux fluides et colorés comme ceux des princes et princesses du Quadrant 1... Les humains ont tout pour plaire, ils sont donc convoités. Les autres gladiateurs peuvent les convoiter autant qu'ils le veulent. *Celle-ci est à moi. Elle est à moi depuis le début.*

Mes poings se raidissent autour du vagin synthétique. Je repense à la première fois que je l'ai vue, et ma vision se trouble. Elle n'était qu'une humaine parmi tant d'autres, suspendue dans sa cuve bleue, mais mon regard s'est arrêté sur elle. Je ne savais pas pourquoi. Toutefois, je suis sûr d'une chose, à l'époque, comme aujourd'hui : je n'ai pas besoin de savoir pourquoi.

Je jette un coup d'œil par-dessus mon épaule. Elle continue à me suivre, bien qu'elle aille plus lentement qu'avant. Elle a la main pressée au centre de son front et oscille entre deux coffres, l'autre main tendue pour prendre appui sur l'un de mes grands sièges en filet. Il pend des chevrons et n'offre que peu de soutien.

– Oui, c'est ça, arrête-toi, petite humaine. Reste là, je

souffle.

Mes efforts pour ne pas fixer sa poitrine restent vains. Ses seins doivent être incroyablement *doux*... Je me mets à chauffer de l'intérieur et mes plaques commencent à s'agiter en réponse. Elles battent presque imperceptiblement, ce qui permet à mon corps d'évacuer de la chaleur – et ce n'est pas une bonne chose avec elle qui manie ce couteau comme elle le fait. Shrov ! Si elle parvient à m'embrocher sous une de mes plaques, elle pourrait faire plus de dégâts que les putains d'égamas que j'ai affrontés.

– Calme-toi, femelle. Cache tes seins et tout ira bien !

Elle n'en fait rien. Elle secoue rapidement la tête, comme si elle se débarrassait d'une pensée, et s'approche de moi par derrière. Elle a les bras le long du corps et les pieds écartés dans une posture de guerrière qui semble si naturelle qu'elle me donne un moment de répit. Puis mon regard s'arrête sur une goutte d'eau qui coule sur son ventre.

Je suis la trace qu'elle fait sur son abdomen plat. Elle n'a pas les formes rebondies de Deena, la compagne de Rhorkanterannu, mais elle m'attire tellement que cela n'a aucune importance. Les mèches sauvages et scintillantes de ses cheveux m'enchantent. *Ses poils poussent aussi entre ses cuisses, comme une barrière qui empêche mon regard de se régaler.*

Si elle ne se couvre pas pour m'empêcher de perdre la tête, peut-être n'est-elle pas là pour me poignarder, après tout. Peut-être que j'ai mal lu le manuel qui explique que les femelles humaine ne pratiquent pas la chasse pour trouver leur partenaire. Veut-elle que je la chasse ?

L'espoir et le désir s'affrontent dans ma cage thoracique, attisant les flammes de la vague de désir qui menace d'emporter ma raison.

– Ok. Écarte les jambes ! j'ordonne.

Ma voix est ferme et autoritaire, mais elle ne s'exécute pas. Au lieu de cela, elle s'élance.

Je lève une main pour la repousser. Les trois autres mains sont aux prises avec ce fichu vagin synthétique. Je l'attrape juste à temps, parce que ma bite n'en peut plus. J'arrive à coincer le synthétique sur ma bite en le tenant avec mes deux mains supérieures. Mes deux mains inférieures stabilisent l'objet, juste au moment où ma bite sort de sa plaque et durcit complètement.

Je pousse un gémissement et je serre la femelle contre ma poitrine alors que la première semence commence à sortir de moi. Ce n'est pas une véritable éjaculation – pas encore – donc la violence du jet me surprend.

Cela fait longtemps que je n'ai pas participé à un shekurr – *bien trop* longtemps – et que je n'ai pas eu le désir de fréquenter l'une des maisons de plaisir. La plupart des Niahhorrus ne s'en seraient pas privés. C'est un honneur de jouir avec une femelle. La plupart du temps, je le fais avec mes frères – nous sommes cinq, dix, jusqu'à seize à la fois. Mais Rhorkanterannu nous a ouvert une autre voie. Qu'est-ce que cela ferait d'avoir une femelle pour moi tout seul ? Que ressentirais-je si je pouvais faire d'elle ma compagne, ou même... mon âme sœur Xiveri.. ?

Shrov. C'est ce genre de réflexion qui m'a mis dans ce pétrin.

– Shrov…Ooooh...

Mes yeux se révulsent, mes épaules tremblent. À genoux, je relève le menton et je la contemple, les yeux bridés. Tendu jusqu'au bout des orteils, je regarde son expression passer de la peur, à la colère, puis au choc.

C'est cette émotion qui l'emporte. Le rose illumine tout son visage – pas le rouge, le rose. Elle est toute rose. Je ne sais pas quoi en penser. Ses yeux passent de mon visage à ma gorge et à ma poitrine. Elle se penche en arrière et observe l'espace entre nous. Son couteau pendouille mollement dans sa main tandis que son regard parcourt mes genoux avant de s'arrêter sur le vagin synthétique dans ma main. *Souhaite-t-elle prendre la place de ce piètre substitut* ? Cette seule pensée fait jaillir des jets de semence, je jouis encore plus fort.

Je gémis.

– Putain ! s'exclame-t-elle en ouvrant de grands yeux.

Je glousse en pensant au livre sur les humains que j'ai consulté. Il y était recommandé de ne pas jurer devant les femmes, ces douces créatures facilement offensées. Mais elle, elle est là, les jambes écartées autour de mes hanches, les cuisses en équilibre sur mes bras inférieurs tandis que mes bras supérieurs entourent son dos. Je suis son regard vers le bas et je vois mes deux mains serrées sous ses fesses, autour du synthétique. C'est un objet massif, presque aussi long que son bras et aussi épais que sa cuisse. Il exerce une pression sur ma bite, il la presse doucement. J'ajuste les réglages à l'arrière. Des doigts, je serre l'outil tout en essayant de ne pas céder à la pression du stress généré par la situation.

Elle a l'air surprise – pour l'instant – et je vais tout faire pour qu'elle reste aussi calme, je n'ai *pas du tout* envie qu'elle me poignarde pendant que je la contemple.

– Tu es en train de te branler ? demande-t-elle abasourdie.

Bien que le son de sa voix soit déformé par le jeton de traduction dans mon oreille, plusieurs choses sont claires. La première : sa candeur n'est peut-être qu'une illusion. La deuxième : elle a la langue bien pendue et cela me fait sourire.

– Tu sais... je ne...

Mes hanches se soulèvent à chaque mot alors que je vide ma semence dans la machine. J'aurais tant aimé me vider en elle...

– Je dois utiliser... le vagin synthétique... je... Oh ouiiiiiiiiii...

Je gémis, puis je roule vers l'avant et je m'effondre sur mes mains et mes genoux. Je la fais tomber sur le dos sur le tapis rouge. Ses cheveux également rouges éclaboussent le décor comme le sang s'échappant d'une artère. *Shrov, elle est magnifique.* Plus magnifique encore est la vue qui s'offre à moi : ses cuisses écartées, leur intérieur pâle luisant, la partie de sa fourrure inférieure rouge s'écartant pour me donner une vue complète de sa fente rose.

J'ai envie de la toucher, mais quelque chose me dit de ne pas essayer, alors je continue à caresser le synthétique, à m'y enfoncer plus fort, à le maintenir entre ses jambes écartées.

– Ça te plaît ? Regarde ce que tu as fait de moi... Je ne suis qu'une bête en rut sans cervelle quand tu es à mes côtés.

Je souris avec gourmandise à cette idée.

– Tu es merveilleuse, tout simplement merveilleuse.

J'essaie d'insuffler un peu de sarcasme dans mon ton, mais ce n'est pas très efficace. Mon plaisir est exorbitant.

Je gémis comme un animal alors qu'une décharge, plus forte que la précédente, remonte le long de ma colonne vertébrale. Mon cul et mes cuisses se raidissent.

– *Putain de merde*, je gémis en répétant le mot dans sa langue.

Je regarde ses yeux. Ils s'écarquillent au point que le blanc apparaît de tous les côtés de leur intérieur brun et noir. Elle me fixe sans ciller et, alors que je commence à atteindre un point culminant qui m'engourdit, elle émet un petit bruit : un bruit qui tient du souffle et de la supplication. Un bruit qui me ravage.

– Ooooh..

Je grogne, et contre tout attente, elle me touche. Elle tend une main délicate à cinq doigts vers le haut et attrape l'arrière de mon bras droit.

Sa caresse – même sur mes plaques dures – me fait *perdre la raison*. J'attrape son cou avec ma main supérieure droite. Je ne serre pas, je pose simplement ma paume sur le devant de sa gorge. Elle n'essaie pas de me poignarder ou de me griffer à nouveau. Au lieu de cela, ses yeux, qui clignotaient frénétiquement de haut en bas... se ferment.

– Ooooooooooh…

Mon gémissement s'échappe suivi d'un souffle court et je m'enfonce davantage contre son corps doux. Je réduis la distance entre nous, mais pas assez. Je ne peux toujours pas presser mes plaques de poitrine contre ses seins et m'en régaler, la marquant ainsi comme mienne.

– Femme… je gémis.

J'aimerais l'appeler autrement mais je ne connais pas son nom. Mon autre main supérieure s'enfonce dans ses cheveux, les attrape près de la racine avant de les plaquer au sol. Je la sens résister momentanément, comme si elle voulait s'assurer qu'elle pouvait le faire mais... elle ne peut pas.

– Tu ne peux pas bouger, je murmure. Tu es à moi.

– Oh… gémit-elle.

L'explosion finale me fracasse comme un lent

glissement de terrain. Je me hisse sur le synthétique et j'y vide ma semence jusqu'à ce que mon corps s'enflamme, que mes plaques se soulèvent et que mes poumons se bloquent. Même avec mes plaques soulevées et ma peau inférieure exposée, elle ne me tue pas. Au contraire, elle semble avoir une réaction inconnue, étrangère, qui lui est propre. Ses yeux sont brillants et remplis de désir. Je retire une main du synthétique et saisis l'intérieur de sa cuisse supérieure.

– Tu es si douce, je gémis.

Elle commence à respirer plus fort. Je peux sentir chacune de ses inspirations sous ma paume rugueuse.

– Femme...

J'expire en finissant de vider les dernières gouttes de mon sac interne et en libérant enfin ses cheveux et son cou. Elle déglutit plusieurs fois. Je caresse la longueur de son cou, je la touche plus ouvertement que je ne le devrais. J'inspire précautionneusement, j'essaie de contenir mon souffle lourd. Il faut du temps pour que ma bite gonflée se ratatine et redevienne une coquille. Il faut autant de temps pour que je me sente à l'aise et capable de retirer le synthétique et de le remettre dans le coffre.

Elle ne bouge pas. Elle reste allongée sur le sol, elle semble attendre que je revienne la rejoindre.

– Il se nettoie tout seul, je précise.

Je suis à peu près sûr qu'elle ne connaît pas les vagins synthétiques. D'après ce que j'ai cru comprendre, les mâles de son espèce n'éjaculent pas de la même manière que nous, les pirates, et leurs bites sont mieux conçues pour l'air oxygéné. Je me demande si elle préfère les bites humaines, avant de balayer cette idée. Il vaudrait mieux que ce ne soit pas le cas.

Je fronce les sourcils.

– Pourquoi ne me parles-tu pas ? je reprends. J'ai lu le manuel sur les humains écrit par la conseillère Svera. Des copies de son ouvrage circulent sur le marché noir, dans les souterrains. Depuis qu'une humaine est devenue reine de Voraxia, tout le monde est fasciné par ton espèce. J'ai appris que vous, les humains, vous aimez la *vire ginité,* vous craignez un peu le sexe. C'est pour ça que tu ne parles pas ? Je t'ai fait peur quand j'ai...

Je commence à m'éloigner d'elle. Je me sens mieux... beaucoup mieux; mais avant que je ne puisse aller plus loin, elle attrape mon poignet; celui de la main qui s'était appuyée sur le haut de sa cuisse.

Elle le remet à l'endroit où il était... puis elle le déplace plus haut.

– Oh... femme, je grogne. Ça t'a plu de me voir jouir ?

Elle ne répond pas, mais tire plus fort sur mon poignet. Elle force ma main à monter de plus en plus haut, jusqu'à ce qu'elle recouvre entièrement sa fente. Elle pousse alors un gémissement aigu et je perds presque tous mes moyens. Si ma bite n'était pas épuisée, et si je connaissais son prénom, je ne pourrais pas me retenir de la pénétrer. Il y a longtemps que je ne me soucie plus du fait qu'elle était sur le point de me tuer il y a quelques instants.

– Laisse-moi t'aider...

Je siffle en descendant le long de son corps, bien décidé à la lécher, à lui permettre de jouir encore et encore... Ma paume recouvre entièrement sa fente. J'exerce une légère pression, je me sers de son pubis comme d'un appui pour me repositionner entre ses cuisses. Je suis prêt à rester là toute la lune s'il le faut – je n'ai aucune idée du temps qu'il faut pour qu'une femelle humaine jouisse. Toutefois, avant même que ma langue et mes lèvres ne s'approchent de ses cuisses, son dos s'arque, ses hanches se soulèvent, elle saisit mes poignets, ferme les yeux et se *caresse* avec ma main.

Sa peau trop douce glisse contre les plaques juste en dessous de mes doigts et je sursaute. Je ne voudrais pas lui faire de mal avec mes plaques rugueuses.

– *Centare*, s'il te plaît...

Elle me supplie dans sa propre langue.

– Ne t'arrête pas. Plus fort...plus...

Je frotte ma paume contre son mamelon. Lorsque j'atteins le motif circulaire tourbillonnant qui se trouve à la pointe, ses gémissements s'intensifient. Ma bite s'agite, même si elle est épuisée. Avec elle, je pourrais bien jouir encore... mais je n'ose rien tenter. Elle est si réceptive que cela m'effraie. Elle me submerge. C'est une adversaire qui pourrait causer ma perte, parce qu'elle mène une bataille que je n'ai jamais menée auparavant et qu'elle me surpasse dans ma propre arène.

Je suis haletant, mon souffle déchire mes poumons.

– Ontte, laisse-moi voir comment tu fonds pour moi.

Sa tête part sur le côté, ses hanches s'agitent fébrilement contre ma main, sa bouche s'ouvre et je rétracte rapidement, dans un moment de folie, les griffes de ma main inférieure droite pour enfoncer un doigt dans sa fente.

Je perce l'entrée et trouve une sorte de moiteur délirante qui me déconcerte complètement. Il n'y a pas de structure ici, il n'y a rien, c'est juste... chaud et humide. C'est le fantasme de tout mâle, quelle que soit son espèce. Un tentacule Oroshi... un nœud Egama... une queue Voraxiane... les deux bites d'un Lemoran... Tout pourrait pénétrer cette entrée et être ravagé par le plaisir. Pas *étonnant* que le Lemoran ait payé le prix qu'il a payé pour son humaine. Avec une telle douceur, elle pourrait tout prendre... elle pourrait s'ouvrir pour *moi*. Je pourrais la pénétrer jusqu'aux plaques. Shrov. Elle pourrait être la reine de son propre shekurr.

– Laisse-moi *sentir* comment tu fonds pour moi, femme.

Elle gémit et, avant que je ne comprenne ce qui se passe, son corps s'est tendu, ses muscles se contractent sur ses bras, son ventre et son cou. Ses cuisses s'écartent puis commencent à trembler. Elle fait vibrer son bassin contre ma paume et j'applique une force contraire. Elle est si mouillée que je ne crains plus de la blesser. Elle ne se contente pas de fondre pour moi, elle *pleut*.

Son corps sécrète du liquide sur toute ma main. Il y en a tellement...

Son liquide gicle autour de ma paume et j'éprouve un regret qui frise le chagrin de ne pas avoir pu le boire... mais je ne vais pas remplacer ma main par ma bouche maintenant. Je ne prendrai pas ce risque. Pas alors qu'elle a l'air d'être en pleine possession de ses moyens. Ses lèvres sont écartées, sa bouche forme un O parfait dans lequel j'aimerais enfoncer ma bite – qui sait, peut-être pendant que ma langue est enfoncée au plus profond d'elle.

Elle redescend sur une respiration lourde et tremblante et, lorsqu'elle tire sur mon poignet, je décolle délicatement ma paume de son corps, mais je ne retire pas mon doigt – pas avant que ses parois intérieures ne cessent de se contracter. C'est une sensation stupéfiante et séduisante. Plus encore. C'est tout ce que je peux penser.

Mais en regardant les étoiles disparaître de ses yeux, je ne suis pas sûr qu'elle pense la même chose. Elle cligne des yeux, regarde autour d'elle et semble un peu perdue. Je souris.

– C'était rapide. C'est toujours aussi rapide avec les femelles humaines ?

Je retire mon doigt de son corps et ses paupières s'agitent, s'apaisent, puis s'agitent à nouveau lorsque je lèche son jus sur ma paume. Elle ramène lentement ses jambes le long de son corps et les glisse sous les miennes. Mes instincts de prédateur me poussent à la saisir, mais je ne le fais pas. Je me contente d'étaler son humidité sur ma poitrine et de m'asseoir sur mes talons. Je la regarde se cogner contre le tronc et sursauter. Elle a à nouveau l'air d'être perdue. Je fronce les sourcils.

– Tu ne peux pas rester silencieuse. Pas après ça...

Elle secoue la tête, mais elle n'a pas l'air d'avoir enregistré ma question. Tout à coup, un fait inconcevable se fait jour dans mon esprit.

– Tu ne me comprends pas ? je demande.

Elle parle presque au même moment que moi.

– Tu ne vois *pas* que je ne comprends pas ? s'écrie-t-elle.

J'éclate de rire et je me lève complètement. J'ai passé une dure journée.

J'ai lutté contre des Egamas géants, j'ai lutté contre la vague de désir qui a assailli ma propre bite, j'ai lutté contre le besoin de me jeter sur elle après avoir vu sa poitrine. J'ai lutté contre tous les instincts de mon corps qui me poussaient à la *prendre*. Je suis épuisé. Mais après ce qu'elle vient de dire... je me sens léger comme l'air. Shrov ! C'est vraiment hilarant.

– Ces putains d'Eshmiris.

Je secoue la tête. J'essaie de dresser la liste des êtres que je vais tabasser pour ce désagrément.

– Quelle bande de shrov ! Ils étaient censés te donner un traducteur.

Elle ramène ses genoux sous son menton et grimace quand je tends la main vers elle, mais je ne me laisse pas dissuader par son hésitation. Elle jette un coup d'œil à ma paume. La couleur de la colère sur son visage semble se dissiper. Elle retrouve son étrange couleur blanc pêche. Je n'ai jamais vu une telle couleur. J'ai vu des planètes avec des créatures de toutes les couleurs du prisme et même des humains dans toutes les nuances de brun possibles, mais à travers toutes les étoiles et tout le cosmos que j'ai vu jusqu'à présent, sa combinaison particulière de couleurs : la peau blanche avec les cheveux orange – est tout à fait unique.

– Allons te chercher un traducteur, ma petite guerrière amatrice de couteaux.

Elle glisse sa paume contre la mienne et me laisse la tirer à ses pieds.

Elle m'honore.

3
Herannathon

Je ne sais pas comment habiller une humaine, mais je suppose que ce que j'ai choisi fera l'affaire. Je m'éloigne d'elle en fronçant les sourcils. Pourquoi est-ce que sa tenue me semble si... étrange ? Sa tunique descend jusqu'à ses genoux et elle est si basse que ses seins sont presque visibles à travers le décolleté béant. Elle la retient, comme si elle avait peur de laisser ses seins s'échapper. Elle doit vouloir les couvrir pour une question d'honneur. Ou peut-être est-ce une question de sécurité.

Peut-être que si les femelles humaines paradaient la poitrine nue, leurs mâles humains tomberaient dans des ornières sauvages et – par les étoiles – ils pourraient périr s'ils ne pouvaient pas avoir rapidement accès à des vagins synthétiques ! C'est bien triste. Je secoue la tête, puis je me souviens que les bites des mâles humains ne souffrent pas de l'air oxygéné, comme les nôtres. Comment feront-ils si leurs femmes n'ont pas envie d'être prises alors qu'ils sont prêts à les prendre parce qu'ils ont vu leurs monticules de poitrine ? Vont-ils essayer de les forcer ? Je ris haut et fort tant cette idée me semble ridicule.

Centare, il doit y avoir une autre raison pour laquelle elle couvre des seins aussi parfaits. Pour ma part, je suis certain que si j'avais des monticules de poitrine aussi puissants, des bouts de chair capables de faire basculer un mâle dans la folie, je les brandirais souvent au combat. J'aurais pu terrasser ces Egamas géants sans avoir à les toucher. Mes mains droites fléchissent, j'ai toujours détesté le contact avec la peau d'Egama. Je l'ai fait pour elle et je suis satisfait du résultat, surtout depuis que je sais qu'on lui a refusé l'accès au monde du Dessous et à un traducteur. Elle a probablement vécu dans la peur ces derniers solaires, depuis que nous avons atterri et que nous avons été séparés.

J'aurais quand même aimé que les Egamas aient non pas un, mais deux jetons de sauvetage. Je n'aurais pas eu besoin de le tuer si ça avait été le cas. Je grimace en pensant au premier combattant que j'ai tué dans cette arène et à *la façon* dont je l'ai tué. Les Eshmiris voulaient que ce soit spectaculaire. C'était l'une des conditions posées pour la libération de ma femelle. Un spectacle et une deuxième bataille. J'ai obtenu les deux, même si les deux batailles m'ont fait perdre des morceaux de chair que je ne récupérerai jamais, quelle que soit la quantité de merillien qu'ils fourniront pour me guérir.

Je me redresse et roule le haut de mes épaules vers l'arrière. Mieux vaut ne plus y penser. C'est du passé. Cette femme est mon avenir. Je retire ma main inférieure de ma poche où elle serrait un lourd boulon fait d'un métal antique et je me recentre sur le présent, sur l'avenir, sur la femme qui se tient juste à ma portée et qui me regarde comme si elle ne me faisait pas confiance.

Elle a bien raison.

Elle ne devrait pas me faire confiance.

– Allons-y, lui dis-je en faisant un geste vers l'embarcation plate en yeeyar.

Ce n'est pas mon moyen de transport préféré, mais il est propulsé par du yeeyar et il est suffisamment sophistiqué pour être commandé par le jeton que je porte à l'oreille.

Je monte sur le planeur yeeyar et lui tends la main.

– Viens. On va te trouver un traducteur.

Je montre le jeton dans mon oreille, puis mes lèvres.

Elle penche la tête sur le côté. Je pense qu'elle m'a compris car elle me demande:

– Tu vas m'en donner un ?

Je fais oui de la tête mais c'est un mensonge. Je peux lui procurer un traducteur, mais pas un de ce calibre et je ne peux pas lui donner le mien. Ce jeton Niahhorru parle directement au vaisseau mère et à Rhorkanterannu lui-même (enfin, il le ferait avec un disrupteur de communication, mais je n'en ai toujours pas trouvé). Maintenant que la femme humaine est en ma possession, il ne me manque que ça et la clé que détient Manila.

– Ontte.

J'acquiesce une seconde fois. Elle avance d'un pas hésitant. Je me demande si elle peut voir que je lui mens; dans le doute, je décide de masquer mon mensonge avec un sourire. Elle s'arrête immédiatement.

– Quoi ?

Immobile dans ses haillons, elle m'observe avec une expression sceptique sur le visage. Puis, d'un seul coup, la couleur de sa colère revient. Son visage prend une teinte rouge vif et tacheté.

– Ok, d'accord, fait-elle.

Elle s'avance à grands pas en secouant doucement la tête et monte sur le planeur, à côté de moi.

Elle a retrouvé son couteau et elle le garde bien en place entre nous. Je ne peux m'empêcher de rire.

– Tu as bien fait de prendre ton couteau, tu en auras besoin.

Nous décollons. Elle hurle. Ses bras tournent en arrière et le couteau se perd rapidement en-dessous alors que nous nous élançons par-dessus le bord de la plate-forme. Je ris et attrape le devant de sa tunique pour la hisser contre ma poitrine et la glisser sous mon corps alors que je m'accroupis.

Le planeur yeeyar répond aux ordres que je lui donne par l'intermédiaire du jeton que j'ai à l'oreille. Deux poignées apparaissent devant nous et elle s'y accroche à bras-le-corps. Je moule mes mains inférieures sur les siennes. Elle tressaille, mais doit reconnaître qu'elle n'a pas vraiment le choix, alors elle s'installe dans la position la plus sûre : moi penché sur elle, elle cachée sous l'ombre de mon corps beaucoup plus grand.

Je me penche et j'appuie mon nez sur le côté de son visage. Je me délecte de la texture rugueuse de ses cheveux. Elle sent bon. Elle sent comme une sorte de bois provenant des forêts d'une galaxie lointaine. Je grimace et inspire profondément tandis que le chaos d'Evernor défile devant nous. Nous admirons sa folie et son originalité. Ce lieu rassemble tant de galaxies différentes dans ce seul univers souterrain !

Le visage de l'humaine devient de plus en plus hilarant au fur et à mesure qu'elle essaie de tout assimiler et de tout observer. Elle ne cesse de cligner des yeux et de prononcer des mots qui reflètent son admiration.

– Tu n'as rien encore vu ! Attends d'aller à Kor. Evernor n'est qu'une pâle imitation des délices que nous, les pirates, avons à offrir, lui dis-je. Je ralentirai pour te donner un meilleur aperçu lorsque nous approcherons des marchés des pilleurs.

Je fais un geste pour montrer mes yeux. Elle secoue la tête.

– Shrov ! Il nous faut un traducteur, je grogne.

Lorsqu'elle recule, je ne peux m'empêcher de jeter un coup d'œil sur le devant de sa tunique. Je contemple sa poitrine sans me douter de ce qui m'attend. Le côté de sa tête s'écrase sur mon nez. Je ne parviens pas à esquiver le coup et la douleur irradie l'avant de mon visage tandis que je recule.

– Qu'est-ce qu'il y a encore ?

– Arrête de regarder mes nichons ! crie-t-elle.

Sa réaction vient confirmer ma théorie sur la nature dangereuse et délectable des poitrines humaines, des nichons.

– Tes nichons ?

Oh, ce sont les seins. J'aime ce mot. Il est court, salace et facile à prononcer.

– Tes seins sont magnifiques. La prochaine fois que je te mettrai sur le dos, tu te retiendras de jouir plus longtemps que quelques secondes et tu me laisseras les sucer. Ensuite, tu me laisseras lécher ta chatte et boire tous ses glorieux fluides.

Je peux encore les sentir sur ma main. Je suis sûr que le riche musc qui imprégnait ses fluides y sera incrusté pour toujours.

Je passe la main autour de son corps – pour la stabiliser, bien sûr – mais elle donne un coup de pied à ma jambe et essaie de me frapper avec sa main. Le mouvement la fait glisser. J'attrape son poignet et ramène ses doigts sur les prises prudemment tout en naviguant notre embarcation plate en yeeyar du coin de l'œil. Je n'ai d'yeux que pour elle.

Je manœuvre entre, sous et au-dessus d'autres vaisseaux qui se déplacent dans toutes les directions. Plusieurs créatures à bord d'embarcations de passage me saluent. Un Lemoran pointe ses cornes dans ma direction. Je lui réponds par un grand sourire.

– J'ai hâte de te tuer demain ! je crie.

Je sais pertinemment qu'il ne participe pas aux jeux, je le taquine.

– Pas dans ce tournoi, mais j'aurai ton prix.

Sa plaisanterie me heurte plus que je ne l'aurais pensé. Son vaisseau rose scintillant est fait d'un cristal rare extrait sur son monde natal. Il vaut plus que le mien. Elle ne le sait pas, mais elle le regarde quand même avec une fascination que je n'apprécie pas. J'ai envie de réduire le vaisseau en miettes.

– Si tu t'approches de mon prix, je volerai ton kintarr et j'arracherai tes cornes. J'utiliserai le kintarr pour acheter de la bière hibi que je boirai dans tes cornes, je réplique.

Il rit encore plus fort et se rapproche de moi. Son regard strié et coloré se pose à nouveau sur ma femme. J'ai beau essayer de m'interposer entre eux, il trouve toujours le moyen de la voir et elle, elle le regarde aussi. Elle jette des coups d'œil dans sa direction. Cela semble l'amuser et ça me fait grogner.

– Tu n'es pas au courant ? Le clan Raingar a déjà une miriga humaine.

Cela m'aurait choqué si je ne l'avais pas vue de mes propres yeux. Je souris.

– C'est une hybride.

– Nob ! Vraiment ?

Je confirme d'un signe de tête.

– Elle est humaine et… ? demande-t-il.

– Drakesh, je précise en jetant un coup d'œil à son vaisseau kintarr. Considère que c'est un cadeau.

Il sait ce que je veux dire. Rien n'est gratuit à Evernor. Pas même une information comme celle-ci.

– Et il y a beaucoup d'autres humains de sang pur comme la mienne, j'ajoute.

– J'ai entendu parler de la planète humaine de Voraxia…

– Centare, il y en a une autre. Une planète gérée par *les pirates*.

Il se rapproche encore plus et plisse les yeux en regardant l'humaine bien calée entre mes cuisses.

– Combien faut-il payer pour y aller ?

– Les humains ne sont pas à vendre.

– Argh !

Il me suit en serrant le poing.

– Tu sais que les Lemorans n'achètent pas de chair. Je veux juste rencontrer l'une d'entre eux… reprend-il.

– Nous n'avons pas encore ouvert les ports pour le commerce, mais je ne manquerai pas de te prévenir, dès que nous le ferons. Prépare ton porte-monnaie.

Ah, l'art de la négociation. La joie m'envahit alors que je dévoile ce premier appât, avant de le laisser mariner dans l'impatience. Il m'appelle encore alors que je m'envole. Je plonge et m'éloigne du Lemoran avant qu'il n'ait l'occasion de faire une autre proposition. J'ai d'autres choses plus urgentes à faire maintenant.

Ma femelle et moi nous laissons tomber au bord d'une place de marché et elle trébuche légèrement lorsque ses pieds touchent la roche rouge et lisse. Elle regarde avec méfiance l'engin plat en yeeyar se rétrécir sur lui-même jusqu'à devenir plus petit qu'une phalange qui se glisse facilement dans ma poche. Il se cogne contre le jeton qui l'occupe déjà. *Il y est toujours.*

Je m'éclaircis la gorge.

– Bienvenue sur les marchés des pilleurs.

Des étals noirs et coniques jonchent la surface de ce grand plateau de manière inégale, sans ordre discernable, mais je suis déjà venu plusieurs fois sur ce marché et je sais maintenant m'y retrouver. Je me dirige directement vers la seule vendeuse en qui j'ai confiance. Ce n'est même pas l'une des miens. Il y *a* bien un autre étal de pirates niahhorrus quelque part dans ce bazar – mais je vais vers l'être défectueux de Sky, la seule tueuse qui ait jamais été libérée de cet enfer.

– Manila ! Heelee ! je m'exclame en ouvrant les bras à la vue de l'hybride Hypha. C'est surprenant de te voir en dehors des pistes de course de Gogo.

– Tu sais que les Gogos ont besoin d'un jour de repos, dit-elle en faisant la moue, l'air particulièrement contrarié. En plus, le tournoi de mok bir est sur le point de commencer.

Ses yeux brillent d'excitation tandis que sa main améliorée par une couche de stalyx se met à tambouriner sur l'accoudoir de son fauteuil. Elle ne se lève pas à ma vue, mais dès qu'elle aperçoit mon prix, ses yeux s'illuminent. Elle glisse de son tabouret de bois et de métal et sourit à mon humaine d'un air qui me rend instantanément nerveux.

Contre toute attente, ce sourire a l'air *sincère.*

– Par les étoiles ! Tu es enfin arrivée en bas. Je me suis dit que tu ne savais pas comment faire, dit-elle à mon prix.

Elle vient se placer juste en face de ma femelle. Cette dernière se comporte un peu comme une Lemorane ou une Voraxiane dans sa façon de considérer son espace privé : elle se penche légèrement à l'opposé de l'ancienne meurtrière de Sky. Heureusement pour Manila et malheureusement pour ma femelle, Manila n'y prête pas attention. Elle enveloppe ma femme dans une étreinte hyphane traditionnelle : en serrant ses deux avant-bras et en pressant son front contre celui de mon prix, ce qui me rend à nouveau nerveux car c'est un geste étrangement intime.

– Euh… marmonne ma compagne.

Ce n'est pas la première fois qu'elle fait ce bruit agaçant. J'ai l'impression que c'est un son d'être faible et craintif, à l'opposé des pirates. Pourtant je sais qu'il y a un peu de pirate en elle. L'espace d'un instant, j'ai perçu cette ardeur pirate en elle quand elle était allongée sur le tapis humide, dans ma tente. Je dois juste l'aider à la retrouver. J'ai bien quelques idées…

– Elle ne savait *pas* comment faire. Ces salauds d'Eshmiris ne lui ont pas donné de traducteur, j'interviens.

– Je vois, dit Manila en souriant. C'est donc pour ça que tu viens me voir. Pourquoi penses-tu que j'aurais un traducteur pour elle ?

– Manila ! je m'écrie avec agacement.

Je joue à ce jeu avec elle à chaque fois que je la vois, mais cette fois-ci, je perds patience. Mais bon… c'est Manila. Il faut que je joue le jeu. Je grimace et déplie tous mes bras. Les doigts de mes bras inférieurs craquent tous lorsque je m'approche des femelles.

– Je veux pouvoir parler à mon prix. Que dois-je faire

pour cela ?

Je passe mon bras autour du dos de ma récompense en feignant de ne pas remarquer qu'elle se penche pour *s'éloigner de moi encore plus* qu'elle ne s'était penchée pour éviter Manila. Puis elle se débarrasse complètement de mon bras et s'éloigne de nous. Elle recule droit sur un Rekkaru qui porte un grand plateau, maintenu par des sangles autour de son cou. Il grogne, agacé, mais sourit rapidement en me voyant et s'avance pour m'offrir un peu de sa poudre de mirachoi.

J'acquiesce, je souris et j'échange des propos polis jusqu'à ce qu'il se rende compte que je n'achèterai pas cette poudre de shrov toxique. Je préférerais me couper tous les bras plutôt que de toucher à cette substance addictive. Le Rekkaru s'envole dans un torrent de jurons murmurés à voix basse.

— Toujours aussi radin, je vois. C'est bien les pirates, ça, soupire Manila. Je n'ai aucune envie de faire du commerce avec toi.

— Heelee, ne sois pas comme ça. Tu sais que tu aimes faire du commerce avec les pirates. La dernière fois que nous nous sommes rencontrés, sur la planète du plaisir Dreyth, tu t'en souviens, n'est-ce pas ? Ne me dis pas que tu n'as pas apprécié le shekurr que tu nous as commandé, à mes frères et moi.

Elle sourit, son regard devient distant. Elle a payé un prix exorbitant pour avoir son propre shekurr – un acte auquel nous, les Niahhorrus, accordons beaucoup de valeur. Nous avons été plus qu'heureux de satisfaire ses besoins pour le prix qu'elle nous a offert. Nous sommes des pirates. Avec nous, il y a toujours un prix à payer. Cette pensée ne me quitte pas quand je fais un nouveau pas en avant pour m'interposer entre elle et ma récompense.

Je prends sa main droite et enroule mes doigts autour du stalyx. Je me penche tout près de sa joue et respire doucement dans son cou.

– Tu ne te souviens pas du temps que nous avons passé ensemble pendant le shekurr ? Tu ne te souviens pas de la façon dont tu as tremblé pour moi ?

Sa respiration s'accélère et elle sourit à nouveau. Ses cheveux noirs, étrange vestige de son séjour sur Sky, se détachent de sa nuque. Je n'ai jamais vu les cheveux d'une autre femelle être aussi... *autonomes*. Ses cheveux glissent sur ma joue, puis se posent sur mon menton. D'un seul coup, ils rebondissent et attaquent. Ils fouettent mon cou et font couler le sang, même à travers la fine plaque.

– Je me souviens surtout de tes frères.

Son sourire s'efface et elle m'écarte du chemin; elle réussit même à me déséquilibrer.

Son bras en stalyx est fort. Elle ferait une bonne concurrente dans l'arène, mais Manila ne participera jamais aux tournois. Depuis qu'elle a été libérée de Sky, elle n'aime pas se salir les mains. C'est pour ça que je l'aime bien. Je l'apprécie vraiment. Elle ne tue pas. Cela ne lui apporte aucun plaisir. C'est rare sur Evernor.

Elle retourne à sa tente pour la vente. C'est une grande tente grise et conique éclairée par des torches flottantes. Des courants d'air passent par les volets. Je ne la suis pas, je ne peux pas. Des boucliers eshmiris protègent son étal. On ne s'en rendrait pas compte en le regardant, mais c'est de la haute technologie. Tous ses gadgets bénéficient des dernières innovations technologiques.

– Je n'ai pas grand-chose ! je l'entends crier de l'autre

côté du seuil noirci.

Quelques robots propulsés par des yamars bourdonnent autour des volets. Ils planent près de moi lorsque je m'approche. Je sais qu'ils sont équipés de blasters et qu'ils sont tout à fait opérationnels.

– J'ai à peine assez de trucs à vendre à mes amis et tu ne fais certainement pas partie du lot, souffle-t-elle en réapparaissant.

– Tu sais que nous sommes amis, Manila. Tu es ma meilleure amie !

Je grimace pour montrer toutes mes dents.

– Jusqu'à présent, ton *amitié* ne m'a pas apporté grand-chose. Que me rapportera la vente de mon dernier traducteur en yamar ? Je me souviens que tes dernières faveurs pour des disques de sauvetage t'ont coûté plus que tu ne pouvais te le permettre.

– Oh heelee, tu devrais pouvoir faire mieux que le yamar… je commence.

Le regard de Manila est distrait et scintille de plaisir.

C'est mauvais signe.

Je me retourne et je vois mon prix examiner les objets d'un plateau porté par un autre Rekkaru. Je gémis. Visiblement, le premier a appelé ses amis pour leur dire que j'étais là, parce que ça grouille de Rekkarus ici maintenant. Il doit y avoir quinze – ou peut-être même vingt – Rekkarus portant des plateaux quelques pas en arrière. Pour la plupart, ils transportent de la nourriture. Certains de leurs plats pourraient même être comestibles.

Le Rekkaru le plus proche d'elle porte un plateau couvert de délices Rekkarus cuits au four. Je ne ne peux pas en avaler la plupart, mais mon prix semble les considérer. Elle en prend un et le Rekkaru lui tend son jeton – une ancienne relique yamar en forme de boîte, mais qui fonctionne encore assez bien pour collecter les jetons qu'il s'attend à ce qu'elle lui transfère. Elle ne le fait pas. Au lieu de cela, elle tend la main vers le jeton lui-même.

– Shrov ! je crie.

Je me précipite pour l'intercepter avant qu'il ne la traite de voleuse. Evernor adore les voleurs, ou, pour être plus précis, les autorités d'Evernor adorent torturer les voleurs.

Le Rekkaru lui donne un coup sur le dos de la main et elle inspire bruyamment. Je m'interpose entre eux deux, mais avant, je bredouille qu'on ne lui a pas donné de traducteur. La femelle humaine ramasse le délice cuit vers lequel elle tendait la main et le lance sur la tête anthracite du Rekkaru. Une empreinte blanche due à la poudre dans laquelle il a été roulé scintille. Le Rekkaru inspire bruyamment comme l'a fait mon prix.

– Tu… tu…, balbutie-t-il.

– Je ne vous comprends pas ! s'écrie ma femelle.

Elle prend un autre rouleau sur le plateau, se retourne, lève les bras et crie à la cantonade :

– Je ne comprends aucun d'entre vous !

Elle lance le mets et celui-ci heurte une autre Rekkaru à la poitrine. La Rekkaru émet un son aigu et jette un coup d'œil à sa chemise, maintenant tachée de rose.

– Espèce de sauvage ! crie la Rekkaru. On ne se comporte pas comme ça ici !

Elle prend un rouleau sur son plateau et le lance vers mon prix qui, à ma grande surprise, attrape le rouleau des airs et le lance à nouveau pour frapper la femme au front.

– Elle vise bien, dit Manila qui est venue se placer à

mes côtés.

Elle arrête un Rekkaru qui passe et lui offre une douzaine de crédits pour les aliments de son plateau. Elle m'en passe un et en prend un elle-même.

Ma récompense s'élance vers un plateau et attrape trois autres rouleaux, qu'elle disperse dans les airs. Elle parvient à atteindre sa cible à chaque fois. Le porteur du plateau Rekkaru s'écrie :

– Mais qu'est-ce qui se passe ?

Un vendeur Hypha de la tente de l'autre côté de l'allée frappe ma femelle à la tête avec un pain eshmiri farci. Je riposte. Le pain que j'ai dans la main est rassis et atteint l'Hypha si fort qu'il recule en titubant. Ce faisant, il fait tomber le tabouret derrière lui dans une avalanche de tissu et d'injures.

Manila rit, et mon prix, qui se retourne pour me regarder, s'écrie :

– Bataille de nourriture !

Je n'ai jamais entendu parler d'un combat avec de la nourriture, mais il est clair que c'est une tradition pour son peuple car elle plonge avec véhémence sur le Rekkaru qui tient le plateau de pains le plus proche d'elle et, lorsqu'il tombe, elle se met à lui barbouiller le visage de mets poudreux. Des aliments de toutes sortes volent dans sa direction en réponse et je souris follement. Je me bats contre la nourriture pour la rejoindre. Je brandis un pilon de geeran comme une arme plutôt que comme une lame. Ça fait du bien, ce genre de combat. Si seulement les tournois se déroulaient de cette façon !

J'atteins mon prix au milieu du chaos et je récupère le plateau abandonné par le Rekkaru sur le sol. Je m'en sers comme d'un bouclier. Je saisis mon prix par le bras, avec l'intention de sortir de la mêlée avec ma femelle humaine et de la mettre à l'abri derrière la table renversée que Manila utilise comme forteresse.

Au lieu de cela, ma récompense se défait de mon emprise et court après un Rekkaru en fuite en agitant une poignée de pain émietté dans ses mains au-dessus de sa tête. Elle est éclaboussée par dix-sept sortes de sauces, de glaçages et de poudres différentes. Et pourtant, cela ne la décourage pas. Elle n'est pas la seule à être la cible de l'ennemi. L'ordre n'existe pas dans la zone grise. En territoire eshmiri ou pirate, les rivalités sont des mèches allumées attachées à des explosifs, et tout le monde peut se faire l'étincelle de la réjouissance ou de la guerre à tout moment.

Je sens quelque chose de mou s'attacher à mes pointes de hiannru. Je tourne et lance la brioche dans ma main vers l'hybride voraxian-lemoran dans la foule. Il l'attrape, en prend une bouchée et la lance vers Manila, qui pousse un cri de joie. Elle appelle ses robots et les reprogramme avec des commandes simples, et lorsqu'ils s'élèvent à nouveau pour la protéger, ils tirent des pains et plus des petits explosifs.

Ils tirent à intervalles réguliers, rapidement, et sur tout le monde. Bientôt, les douzaines de robots qui s'attaquaient les uns aux autres ont concentré leur attention sur elle. Des petits pains et des desserts volent. Manila couine, soulève un plateau et rit longuement.

Je profite de l'occasion pour piquer un sprint dans l'allée. Shrov ! Cette femme est rapide et elle fait des ravages partout où elle passe. Les vendeurs et les acheteurs sont soit en cryo-sommeil, abasourdis, soit en train de se précipiter pour s'armer de tout ce qui leur tombe sous la main. L'un d'entre eux porte sur sa poitrine une tache de pudding Niahhorru pour laquelle j'aurais normalement dépensé de nombreux crédits. Sa louche entre et sort, et le pudding blanc vole dans les airs. Je le dépasse en sprintant, mais je ne suis pas assez rapide. Le pudding me gifle sur le côté du visage et j'émets un son à mi-chemin entre le rire et le grognement.

Je prends le prochain virage, la fin du marché est en vue. Mon cœur bondit dans ma gorge à la vue de la patrouille eshmiri qui s'approche dans le ciel. Ma femelle ne semble pas les voir. Elle continue de poursuivre le Rekkaru qui, pour se défendre, jette les objets qu'il croise par-dessus son épaule. Il galope jusqu'au bord du marché et, au dernier moment, il saute et s'envole.

Ma femelle semble confuse, on dirait qu'elle ne sait plus ce que son espèce peut ou ne peut pas faire. Elle ne s'arrête pas immédiatement. Elle a même l'air de vouloir essayer de s'envoler comme lui. Mais les humains n'ont pas d'ailes. Du moins, je ne pense pas qu'ils en aient. Peut-être qu'elle en aura quand... centare. Centare, centare, centare.

Elle descend.

J'accélère. Des boules de nourriture me frappent à la poitrine, au hiannru, au visage et aux cuisses. Ma récompense hurle quand elle comprend qu'elle vient d'arriver au bout du marché et que sa seule issue est la chute libre. Elle est incapable de s'arrêter instantanément. Ses bras font des moulinets. Elle commence à glisser et à s'enfoncer dans le précipice. Je suis presque sur elle et je saute...

J'attrape son poignet d'une main et je passe par-dessus le bord, en dévalant dans les profondeurs du Dessous. Deux de mes mains sur le rebord au-dessus de nous nous permettent de nous arrêter de façon saccadée et dangereuse. Les muscles de mes aisselles me brûlent et je jure.

Mon prix lève les yeux vers moi. Elle ne crie pas. Elle est crispée par la crainte mais elle sourit et j'en suis heureux. Je lui réponds par un sourire et je sens la chaleur envahir mon corps. Je la hisse d'un bras tandis que mes trois autres bras s'efforcent de nous rapprocher de la surface. Je la hisse à côté de moi et ce n'est que lorsqu'elle a enfoncé ses courtes griffes dans la roche rouge et dure que je la relâche de ma main supérieure pour l'attraper de ma main inférieure. J'attrape le dos de sa chemise et je l'entraîne avec moi en remontant à la surface.

Un instant plus tard, nos orteils se balancent par-dessus le rebord, mais nous sommes de retour en territoire sûr, couchés sur le ventre, les joues appuyées sur la roche chaude, l'un face à l'autre. Sa poitrine se soulève et s'abaisse par vagues. Je me demande si la mienne semble aussi dramatique. Centare, je ne crois pas. J'ouvre la bouche pour dire quelque chose, puis je me souviens qu'elle ne me comprend toujours pas. Son regard tombe sur ma bouche et un *air* particulier s'empare de son visage crasseux, couvert de poudre et de sauce. Sous la crasse, je peux voir la couleur de sa colère gagner du terrain sur sa peau...

– Qu'est-ce que… je commence.

Elle ne me laisse pas finir.

Elle s'élance vers moi, me passe la main derrière la tête, saisit l'une de mes pointes et me tire vers elle. Cette femme, qui semblait furieuse contre moi, pousse sa bouche contre la mienne et mord ma lèvre inférieure assez fort pour faire couler le sang. Elle est peut-être furieuse contre moi, mais la façon trop brutale dont elle s'y prend avec moi me rend fou.

Je saisis sa gorge et la serre jusqu'à ce que ses dents libèrent ma lèvre. Elle recule dans un souffle et je perds la tête à la vue des muscles et des veines qui se tendent dans son cou. Ses yeux se révulsent. J'applique un peu plus de pression, juste assez pour que son dos se cambre, puis je relâche et lèche une ligne le long de sa gorge. J'y goûte un grand nombre de saveurs concurrentes : le sel de sa peau, la saveur piquante de la poudre, la douceur de la brioche collante, la sauce savoureuse du haricot fumé…

Je tire sur le devant de sa tunique et je touche sa poitrine.

– Oui… gémit-elle, bien que j'entende le mot en meero, ma langue maternelle, « *Ontte* ».

– Je dois te lécher *ici*. J'en ai trop envie. Tout à l'heure, tu ne voulais pas que je le fasse.

Avec avidité, presque avec folie, je descends le long de son corps. Les pierres se détachent du bord sous mes bottes. Je m'accroche à son petit mamelon pâle avec mes dents et je m'efforce de faire en sorte que mes caresses ne soient pas brutales. C'est difficile quand chacun de ses contacts est brutal. Elle peut être aussi dure qu'elle le souhaite avec moi. Elle ne peut pas me faire de mal. Pas avec ses griffes.

J'aspire son mamelon dans ma bouche et je passe mes paumes rugueuses sur ses flancs. Je serre. Elle étend ses jambes sous moi et s'agrippe à mes épaules.

– Putain… putain ! Oui… c'est ce qu'il me faut, murmure-t-elle.

Elle ne s'adresse pas à moi, mais ses yeux sont ouverts et elle me regarde. Je sens le monde se défaire sous mes mains. L'électricité me traverse lorsque je réalise qu'elle n'est pas en train de fermer les yeux et de faire comme si j'étais quelqu'un d'autre. Elle ne rêve pas d'un de ses compagnons humains, car il ne fait aucun doute que le shekurr aurait été pratiqué avec cette femelle. Elle est *excitée* et elle est ravissante. Elle pourrait avoir un harem de compagnons que cela ne suffirait pas. *Et pourtant, elle n'aura pas de harem, elle n'aura que moi.*

– Je vais te shrov maintenant, je lui dis, en me mettant à genoux et en glissant mes mains sous les siennes.

J'écarte ses jambes le plus largement possible. J'atteins sa fente et alors que ma main s'attarde à un souffle de son joli bijou rose, un bâton de foudre me traverse le dos et un lasso s'enroule autour de mon cou.

Un groupe de patrouilleurs eshmiris me tire vers le haut, loin de ma femelle. Je leur lance un grognement et un juron. Il est trop tard. Le Rekkaru qu'elle poursuivait plane tout près, il pointe la femelle du doigt. Deux Eshmiris armés descendent de leurs planeurs et l'encadrent. Elle me fixe toujours, le désir brille dans ses yeux couleur de bois werro, tandis qu'ils l'attrapent par les bras, la chargent sur un planeur et l'emmènent.

Je secoue la tête. Je peux maintenant mesurer à quel point Rhorkanterannu avait raison.

« Avec les femelles humaines, rien n'est facile. » avait-il dit.

Je souris en regardant la forme qui s'éloigne.

4

Nalia

Les menottes autour de mon poignet sont faites d'une énergie électrique bleue. Elle rayonne de fraîcheur, même si les menottes sont un peu serrées. La corde électrique bleue qui fixe mes menottes est également attachée à un anneau métallique au plafond mais, heureusement, les gardes qui m'ont poussée dans cette cellule de pierre rouge m'ont laissé assez de mou pour que je puisse m'asseoir.

Je m'assois donc et je fronce les sourcils en regardant les êtres aux oreilles décollées qui se tiennent devant les portes électriques de ma cellule et qui me sourient avec leurs dents aiguisées. L'un d'eux me fait signe. J'ai beau être enfermée dans une cellule, je suis de bonne humeur, alors je lève mes deux mains enchaînées et je lui réponds par un signe de la main.

L'extraterrestre s'élance dans les airs, comme s'il était choqué par ma réponse, et s'écrase sur son ami. Il murmure quelque chose à l'autre d'une voix fébrile et tous deux se mettent à rire. Son ami me fait un signe de la main. Je lui réponds de la même façon et il hurle de rire. Les deux rigolos gloussent entre eux avant de s'éclipser et de me laisser dans un silence agréable et sans rires.

Mon estomac gargouille, remplissant le silence qu'ils ont laissé derrière eux. Je suis momentanément irritée. Je viens de jouer à jeter de la nourriture alors que j'aurais dû la manger. Je n'ai pas mangé depuis... le tournoi d'aujourd'hui. *Et je n'ai pas arrêté une minute depuis.* Je n'arrive pas à croire que je l'ai laissé me faire jouir. Je l'ai même *forcé* à me faire jouir. Bon sang, où avais-je la tête ?

J'avais perdu la tête, *j'étais complètement excitée.* Le regarder se débattre avec cette gigantesque chatte en plastique était certainement la chose la plus chaude que j'aie jamais vue – et ses propos orduriers n'ont fait que rajouter de l'huile sur le feu. Je n'avais aucune idée de ce qu'il disait, mais ça n'avait pas d'importance, mon corps était heureux de réagir et de s'échauffer. *Il l'est encore.*

Je me mords la lèvre inférieure. Lorsque la cellule de prison qui m'entoure tremble à nouveau, elle m'arrache à mes visions... Je lui en suis reconnaissante, ces visions sont bien trop torrides...

Ses hanches s'enfoncent dans l'appareil orange, mais cette fois, ce n'est pas du tout un appareil. C'est moi. Il m'utilise pour se vider. Il m'utilise pour se soulager et il me vénère pour le soulagement que je lui procure. Ses lèvres se sont posées sur mes mamelons pâles et colorés, il les fait rougir. Ses lèvres sont dures et rugueuses, mais sa langue est rose et ses dents sont blanches. Enfin, pas tout à fait. Elles sont brillantes comme de l'opale ou de la nacre. Il me rappelle ma maison et j'ai envie... J'ai envie de l'avaler tout entier.

Le bruit d'applaudissements au loin m'échauffe encore plus. Je me souviens de l'apparence qu'il avait en se battant... je me souviens de son allure, plus tard, quand il s'est installé près de moi dans la baignoire, entièrement trempé de sang.

– Merde.

Je me suis mordu la lèvre inférieure si fort que je saigne. Je la frotte avec mon pouce et je secoue la tête.

– Et puis merde ! Autant me soulager, qui me jugera ? Personne n'en saura rien…

Je me mets sur le dos, je soulève l'ourlet de ma gigantesque chemise en toile, j'appuie mes doigts sur mon clitoris et je commence à me caresser. Mon corps s'enflamme. J'ai plus chaud que je ne le devrais. Peut-être que la température de la cellule de la prison, positionnée au fond d'une autre arène plus petite, est trop élevée. C'est peut-être l'excitation d'avoir frôlé la mort qui m'émoustille. Peut-être que c'est la façon dont il a sauté sur le rebord après moi, prêt à tout pour me protéger, qui me rend complètement folle de désir.

Je ferme les yeux et je le revois au-dessus de moi, lorsque mes cuisses étaient écartées autour de ses hanches. J'ai envie de voir sa bite libérée de son carcan de chair. C'est un extraterrestre et je suis curieuse. Sera-t-elle longue et maigre, ou épaisse comme un biceps ? À quoi ressemble le bout ? Sera-t-elle veinée ? Pulsante ? Sera-t-elle grise ou argentée ?

Contre toute attente, je me mets à sourire. Je pense que j'ai eu mon compte, ça suffit. Depuis mon réveil, je n'ai pas cessé d'être terrorisée : d'abord avec des géants, puis à nouveau avec des monstres immenses et le psychopathe qui les a torturés, puis encore avec des extraterrestres de toutes les formes et de toutes les couleurs, et enfin, en tant que prix d'un tournoi.

J'en ai assez d'avoir peur.

Je veux juste être en vie et être *bien*.

je veux me sentir aussi légère que lorsque j'ai lancé cette première boule de pâte sur la tête d'un extraterrestre. Je n'ai jamais fait de bataille de nourriture auparavant. *Pas que je sache* en tout cas. Non, je ne l'ai jamais fait. J'en suis certaine, même si je ne me souviens pas...

Je sursaute lorsque mes mains sont soudainement arrachées de mes jambes et que tout mon corps est agité. Mes entraves sont repoussées sur mes genoux, et enfin, on me tire jusqu'à ce que mes pieds ne touchent même plus le sol. Je suis suspendue. Mes épaules me brûlent et je crie.

Mon regard se porte sur les portes bleues de la cellule. Le mâle à quatre bras, debout, me fixe avec avidité. Il secoue la tête. Je sais *exactement* ce qu'il essaie de me dire, même si je ne le comprends pas du tout.

Il est en colère contre moi.

Je ne l'ai jamais vu en colère auparavant. Même pas dans l'arène.

Les portes électriques clignotent et s'éteignent, comme si ce qui les alimentait ne fonctionnait qu'à moitié. C'est possible. Ce que j'ai vu jusqu'à présent suggère que tout est un peu délabré par ici. Il les franchit et elles reviennent à la vie avec un léger claquement, comme un élastique que l'on relâche.

Je suis encore rouge, je n'ai pas pu me soulager et je suis excitée, même avec la chair de poule qui perle sur ma peau. Un frisson envahit mon corps suite à sa réprimande silencieuse. Je me sens un peu... effrayée. Et je n'aime pas ça. Je n'ai pas eu peur de lui depuis... Je m'arrête et j'y réfléchis sérieusement. Je prends mon temps. Ai-je déjà eu *vraiment* peur de lui ? Ai-je déjà pensé qu'il me ferait du mal ? Non, je ne crois pas. Je savais qu'il ne me ferait pas de mal. Peu importe le nombre d'os qu'il a arrachés aux corps de ses adversaires, peu importe le nombre de vies qu'il a écourtées, je n'ai pas pu oublier que lorsqu'il m'a eue dans ses bras, c'était pour me bercer.

C'était juste avant que je ne fuie, que je vole la navette et que j'atterrisse en catastrophe ici, sur cette planète sur laquelle il se bat encore pour moi. Il s'est toujours battu pour moi. Et il ne s'est jamais énervé, quel que soit le nombre de batailles, quel que soit le nombre de fois où j'ai couru, il a gardé son calme.

– Tu…

Je cherche mes mots.

– C'est quoi ton problème ?

Ma peur s'enflamme en même temps que ses narines. Il a beau ne pas avoir pupilles, je peux quand même lire dans le mouvement de ses yeux verticaux en forme de diamant qu'il a baissé son regard sur l'ourlet de ma tunique.

Il grommelle quelque chose et sa main inférieure gauche passe sur le devant de son pantalon gris pour attirer mon attention sur la bosse qui s'y trouve. Ça me fait sourire car il avait l'air paniqué à la vue de son érection quand nous étions dans la tente, c'était plutôt drôle et humanisant. Ou très étrange. Peu importe. Il avait l'air d'un collégien paniqué par son premier baiser en public.

Je me souviens avoir embrassé un garçon de mon lycée il y a longtemps. Il a complètement paniqué lorsque sa bite est devenue dure. J'avais un an de plus et j'avais déjà embrassé deux autres garçons avant lui – l'un d'eux m'a même laissé jeter un coup d'œil – alors j'ai fait semblant de tout savoir et je lui ai dit que c'était probablement anormal. Il a baissé son pantalon et il m'a m'a laissé le toucher parce que je lui avais dit que ma mère était infirmière... C'était faux. Je n'ai jamais eu de mère. Seulement une grande sœur...

Je reviens à la réalité avec inquiétude. *Seigneur.* D'où est-ce que ça sort ? Je me secoue, surprise par ce que je *pense* être un souvenir et par le fait qu'il ne s'accompagne pas d'un mal de tête, ce qui me permet de voir l'air irrité sur le visage de l'extraterrestre.

– Te'eno hnoor, heelee, gronde-t-il, d'une voix grave et profonde.

D'une main, il pointe mon entrejambe et j'ai un haut-le-cœur lorsqu'il commence à contourner lentement mon corps suspendu. Je donne des coups de pied pour atteindre le sol, mais je n'y arrive pas, alors je m'arrête.

Je me lèche les lèvres et déglutis assez fort pour le sentir dans mes tempes.

– Tu es… Tu es fâché parce que je me suis touchée ?

– Ontte.

– Ontte, je répète. Ça veut dire « oui » ?

– Ontte, répète-t-il, puis, en m'imitant, il siffle « *oui* ».

Je tremble de la tête aux pieds.

– C'est mon corps. J'ai le droit de me toucher si j'en ai envie, je déclare.

Je ne suis cependant pas aussi confiante que j'en ai l'air. Mes aisselles s'enflamment et le sang se précipite de ma tête à mon ventre... et plus bas encore. Il m'attrape par la hanche et me fait pivoter face à lui d'un côté, et de l'autre, il tend la main au-dessus de sa tête vers le câble bleu qui s'étire jusqu'à la porte. Il tire vers le bas. Je me lève. Nous avons les yeux au même niveau. Il cligne des yeux sur le côté. Je ravale ma peur, je refuse de la trahir – *je fais comme elle me l'a appris.* Comment ça « elle »? De qui s'agit-il ? Un petit mal de tête acéré comme une écharde me pince la tempe gauche mais, comme une aiguille, il glisse aisément à travers.

Je cligne des yeux. Je n'ai pas besoin de lever la tête pour croiser son regard, pour une fois. Il ne parle pas. Il se contente de secouer lentement la tête et je me crispe. Je m'attends à être corrigée ou… *mieux encore*.

Je me lèche les lèvres. Il penche la tête et je sens que son attention se porte sur ma bouche. Je me lèche à nouveau les lèvres.

– Pourquoi es-tu en colère ? C'est ma chatte...

– Centare, ricane-t-il.

– Centare veut dire « *non* »?

– Ontte.

Son regard descend le long de mon corps et il attrape le devant de ma tunique. Il accroche un doigt à mon col et le tire vers le bas. L'étoffe manifestement fragile se déchire bien trop facilement et m'expose entièrement à son regard. L'air chaud effleure mon corps et je serre les cuisses l'une contre l'autre. Sans perdre de temps, la douleur éclate sur le dessus de mes jambes lorsqu'il frappe la partie sensible entre elles.

– Aïe ! je crie.

J'essaie de remonter mes genoux vers ma poitrine, mais il les rabat et utilise ensuite ses mains inférieures pour écarter mes cuisses.

Je suis complètement haletante. Je halète véritablement. Nous ne sommes qu'à quelques centimètres l'un de l'autre. Sa poitrine est toute proche de mes mamelons... Ils pointent vers lui, oui, mais je ne peux pas dire qu'ils sont durs. Lui, il est dur par contre. Il est couvert de plaques épaisses, texturées, faites de peau rugueuse, si rugueuse qu'on dirait qu'une épée ne pourrait pas la pénétrer. Je remarque que les plaques se soulèvent par petites impulsions microscopiques. C'est fascinant. Comme tout ce qui le concerne. Y compris la fascination qu'il exerce sur moi.

Je sursaute lorsqu'il touche mon sein gauche sans préambule ni avertissement. Ses mains sont rugueuses parce que ses paumes sont aussi couvertes de cette armure externe. Mais elles sont douces contre ma peau sensible. Et elles ne me laissent *pas* de marbre.

– Tu as un exosquelette.

Je laisse ma tête tomber en arrière.

– Oh oui… Ça fait un bien fou.

Je sursaute quand la pression de trois autres mains vient s'ajouter à la première.

– Oh mon Dieu ! Putain !

Il rit d'un rire bas et profond. Il gronde à travers lui et se fraye un chemin jusqu'à moi avec ses mains. Mes cuisses tentent de se serrer l'une contre l'autre. J'ai oublié un instant qu'il les tient toujours écartées.

– Te'eno hnoor, heelee.

– Tété no humeur ?

– Centare ! aboie-t-il en se mettant à genoux.

Il fait passer mes genoux par-dessus ses épaules et, même à genoux, il est si grand que mon torse bascule en arrière jusqu'à ce que je sois presque parallèle au sol.

Je jette un coup d'œil sur mon corps nu et je vois son crâne argenté brillant dans la lumière bleue électrique derrière lui et dans les lumières orange incrustées directement dans les murs. Il inspire profondément et je me recule avec gêne, mais il se sert de deux mains pour m'attraper par les hanches et me tirer vers l'avant. Ses deux autres mains soutiennent mon dos.

– Centare ? je murmure.

Je ne sais pas quoi dire, je suis incapable de me rappeler de quoi nous parlions.

Il se redresse et fronce les sourcils. Sa langue se retire derrière ses dents carrées et brillantes. Je serre son cou entre mes cuisses et il recule encore plus.

– Centare ? Ou ontte ?

Au mot qui signifie *oui*, il se penche sur moi et fait remonter sa langue le long de mon corps.

– Ontte ! je couine.

Je tire sur mes liens. Je voudrais pouvoir bouger mes mains, mais je suis aussi exaltée à l'idée d'être à sa merci.

– Centare ou ontte ? répète-t-il encore.

Il mordille mes lèvres inférieures avec ses dents. Je sursaute à chaque contact et à chaque caresse. Ses mains massent mes fesses, s'enfoncent dans mon trou le plus étroit. Il le caresse.

– Ontte ! je crie à nouveau en serrant les fesses.

Je ne suis pas sûre de vouloir que son doigt s'y aventure, cependant, je susurre :

– Ontte…

Il enfonce sa langue dans ma chatte et en même temps, il appuie son doigt sur mon cul qui se serre. Lorsqu'il pénètre dans les deux trous en même temps, je sais que toute résistance est inutile.

– Oh putain... Oui !

Il grommelle quelque chose autour des lèvres de ma chatte et je ne fais aucun effort pour essayer de traduire. Au lieu de cela, je tire sur mes chaînes, je me tortille comme je peux, étant donnés l'angle et les contraintes. Je gémis doucement, puis fort. Je ne peux m'arrêter. J'émets des sons qui devraient me gêner, mais je ne me souviens pas pourquoi. Je n'ai en ai rien à foutre. Que ceux qui voudraient me juger aillent se faire foutre. *Qu'il aille se faire foutre lui aussi. Et moi avec.*

– Ontte, baise-moi, *s'il te plaît.*

Il dit quelque chose contre mes lèvres, tandis qu'il les mord et les pince. C'est douloureux dans le bon sens du terme. Pendant ce temps, son doigt reste dans mon cul comme un invité indésirable que j'aurais soudain décidé de jeter sur mon lit et de baiser à vif. Il est *énorme.* Je me demande ce que je ressentirais si sa bite était enfoncée aussi profondément en moi.

Je suis proche de l'orgasme, il ne me manque que...

– Mon clito... je supplie.

Ma voix est torturée. Je ne sais même pas s'il peut me comprendre tant mes jambes sont serrées autour de ses oreilles pointues. Elles reposent à plat sur sa tête. Là où mes oreilles sont courbées, les siennes sont dentelées de haut en bas. Il n'a pas beaucoup de lobe d'oreille mais ça tombe bien car je peux ainsi parfaitement le serrer entre mes jambes. Je serre plus fort et il me donne une claque sur les fesses.

Je halète, je sursaute, et je détache mes jambes par réflexe en essayant de m'éloigner de la douleur fugace. Il me gifle à nouveau, plus fort cette fois, tandis que ses mains sur mes hanches m'attirent dans sa bouche. Il me dévore de haut en bas, mais il ne passe pas assez de temps sur mon clito et il le *sait.* Je le sais parce que tout à l'heure, il a appuyé sa paume comme il le fallait... *Putain,* j'en ai encore des frissons.

– Continue ! je crie, la voix chevrotante et désespérée.

Je hurle comme une possédée.

Il lève momentanément la tête. Une main remonte le long de mon corps et pétrit mon sein gauche. Il a toujours son gros doigt dans mon trou du cul et je peux voir dans ses yeux et le sourire soudain qui orne ses lèvres humides qu'il sait ce que je veux dire et qu'il en est très heureux.

Il lèche mon clito et je couine ou je crie :

– Encore !

Il enfonce un deuxième doigt dans mon cul sans prévenir. Je commence à paniquer devant la plénitude et la douleur magnifique due à un manque cruel de lubrifiant, mais avant que je puisse exprimer mes inquiétudes ou mes supplications, il s'accroche à mon clito avec ses lèvres rugueuses et le suce si fort que je n'arrive pas à décider sur quelle sensation me concentrer – sa main dans mon cul, celle sur mon sein, ses lèvres sur mon clito ou le doigt d'une troisième main qui a trouvé son chemin autour des lèvres de ma chatte et qui les caresse si tendrement que cela me fait flipper.

Je suis paniquée.

Je vais exploser.

Cinq.

Quatre.

Trois...

– *Putain de... Ontte !*

Je hurle dans la grotte qui nous entoure et elle tremble à nouveau au même moment, comme si des explosions secouaient la surface. Je n'arrive *pas* à trouver la force de m'en soucier. Je m'en fiche. Il n'y a pas de règles ici. Je n'ai pas à m'en préoccuper.

– Oh ontte !

Je crie de frustration lorsque la pression de sa bouche sur mon clito se relâche momentanément.

– Ontte, continue s'il te plaît ! Je vais jouir.

Il suce plus fort et un deuxième orgasme succède au premier. Je monte en flèche et je ne sens que de loin la douleur sous mes aisselles tandis que je secoue sauvagement mes chaînes. Cela n'a pas d'importance. Je pourrais m'arracher les deux bras, je n'en aurais rien à foutre. Je me brise au sommet, comme un marteau contre du verre. Il y a des fractures partout, qui traversent tout, qui traversent mon corps, qui traversent mon esprit, mais contrairement aux maux de tête, ces souffrances me procurent une sensation incroyable. Ma peau s'effrite et bouillonne. Mon cœur bat à tout rompre. Je ne respire… plus. J'ai le souffle coupé. Mes yeux ne voient plus, mais je les force à s'ouvrir. Je veux le voir me regarder jouir…

Son regard est fixé sur mon visage et lorsque nos yeux se rencontrent, il gémit. Je lui réponds en gémissant et je serre mes cuisses douces autour de ses joues dures et rugueuses. Il gémit plus fort. Les vibrations me traversent et mettent le feu aux braises des orgasmes qu'il me reste.

Puis tout prend fin, d'un seul coup. Il n'y a pas de descente, seulement un frémissement de mon trou du cul autour de ses doigts jusqu'à la douleur et la sensation trop sensible de sa bouche contre mon clito qui me fait grimacer.

– Oh, mon Dieu. Arrête, bébé. S'il te plaît arrête, c'est trop. Je crois que je n'ai pas eu d'orgasme comme ça depuis… je ne sais pas, putain. Je… ça fait mal. Mes bras. Peux-tu me faire descendre ? Mon cul. Fais attention…

Je marmonne de façon incohérente, mais il m'entend et abaisse doucement mes jambes autour de ses épaules. En se levant, il glisse ses mains autour de ma taille.

Nos corps se sont échauffés et mes mamelons sont si sensibles qu'ils ressemblent à l'extrémité de fils électriques dénudés. Ils m'envoient des décharges à chaque fois qu'ils frottent contre son armure biologique durcie. Il passe sa tête sous mes bras attachés et je pose mes mains sans les serrer sur ses pointes. Portant tout mon poids d'un bras, il utilise ses deux autres mains pour masser mes fesses tandis qu'il retire lentement, très lentement, ses doigts de mon corps.

– Oh, je gémis lorsque le bout de son plus long doigt se libère.

Il passe ses doigts fantastiques et sales sur les lèvres de ma chatte, les fait tournoyer autour de l'entrée pendant une seconde avant de tenir sa paume entre nous. Il effleure ma bouche avec ses doigts – ses doigts mouillés. Je peux sentir l'excitation et l'odeur de mon cul à son contact. Je le fixe dans les yeux, choquée par son culot.

– Tu veux que… ? je murmure.

Il grogne, sa mâchoire se serre et les plaques qui la bordent se soulèvent juste assez pour que je perçoive son avertissement. *Il n'y a pas de règles ici, ce qui signifie qu'il n'y a pas de honte. Il n'y a que le désir. Qu'est-ce que je veux ? Je veux tout.* J'écarte les lèvres et je goûte timidement à ses doigts, ils ont *mon goût*, mon odeur. Je gémis. Putain, j'adore ça. Je referme mes lèvres sur ses doigts et je suce. Je suce fort.

– Oui, siffle-t-il.

Le son de sa voix fait vibrer toute ma poitrine. Il enfonce ses doigts dans ma gorge et crie un ordre que je ne peux pas interpréter; mais quand je remue la tête le long de ses doigts et bercée par mon propre goût, je savoure l'une des caractéristiques de ce nouveau monde. Pas. De. Règles.

Et ce n'est que le début.

5

Herannathon

Nos conneries – *ses* conneries – sur le marché des pilleurs nous ont valu une belle sanction. Les Eshmiris se sont montrés disposés à nous libérer de prison après nos explications, mais ils m'obligent tout de même à laisser mon prix dans une cellule kintarr pendant la lune. C'est exaspérant, surtout après ce qui s'est passé entre nous.

J'ai dû faire appel à tout le self contrôle dont je disposais pour ne pas lui sauter dessus et la savourer comme je l'entendais. Je ne voulais pas la baiser là. Pas dans une cellule eshmiri située sous une arène de gladiateurs construite pour les petites créatures qui ne peuvent pas participer aux batailles plus violentes qui se déroulent au-dessus.

Je veux la prendre comme Rhorkanterannu a pris sa femelle la première fois : dans un lieu honorable. Je veux la vénérer, lui montrer que je ne suis pas qu'une machine à tuer, je veux qu'elle sache que je ne suis pas qu'un mâle qui ne sait pas se contrôler et qui l'a prise au mauvais moment.

Au pire moment.

Je frissonne en sentant le poids de la pièce de métal dans ma poche, puis je me force à penser à autre chose : ses frissons, ses tremblements, sa soumission, mon contrôle total sur son corps – et pas seulement à cause des ses menottes exaspérantes. Je repense à son merveilleux clito. Je compte bien lui rendre l'hommage qui lui est dû et passer mon temps à vénérer en conséquence ce petit bout de chair.

Je pense à son deuxième trou. *Shrov, c'était serré.* Hummm... L'idée d'essayer de *le* pénétrer me donne envie de couiner de plaisir. J'aurai le temps de le faire plus tard, lorsque nous nous retrouverons dans ma tente. Pour l'instant, j'ai l'impression qu'elle préférerait que je commence par mettre ma semence dans son utérus. Elle a d'ailleurs réclamé plusieurs fois des *petits* si j'ai bien compris...

Je suis soudain pris de court, je m'arrête net à l'approche des portes de l'arène. Au-delà, ma récompense est suspendue dans sa pièce de kintarr. Le fait que les Eshmiris aient besoin d'elle là-haut pour la durée des jeux m'agace. Je suis aussi légèrement contrarié car cela implique qu'elle est soumise à une incroyable dose de violence tout au long du solaire. *Elle voit la violence dont je fais preuve. Elle doit savoir que c'est un divertissement – un spectacle lucratif qui la nourrit et me permet de respirer.* Mais je suis quand même un peu gêné. Elle m'a vu combattre à mon apogée, dans la fleur de l'âge, dans les fosses d'Evernor, là où les vrais champions sont formés.

Elle m'a aussi vu tuer.

Je suis plus que cette bête qu'Evernor a créée.

Et pourtant, je dois jouer le rôle de la bête si je veux

gagner, si je veux la conquérir *elle*, et si je veux assurer notre sécurité. Alors je serre les poings et, lorsque les portes s'ouvrent, je les lève au-dessus de ma tête, vers le plus haut sommet du dôme.

Les rayons du soleil s'attaquent à mon corps, leur puissance s'associe à la conscience d'être observé par des yeux étrangers. Je suis observé, non pas par une créature, mais par des milliers – des dizaines de milliers d'êtres. Le Tournoi d'Evernor est l'événement dont on parle le plus dans tous les Quadrants. Il est difficile de se faire une place dans la compétition, mais il y avait peu de participants niahhorrus cette année et aucun du vaisseau mère de Rhorkanterannu. J'étais une valeur sûre.

Maintenant, il est temps que je le prouve.

Je fais lentement le tour de l'arène, en marchant sur le périmètre et en grognant vers les tribunes. Plus je fais monter les enchères, plus mes gains sont élevés, plus j'ai de chances d'obtenir mon prix. Je pourrais même, c'est une possibilité, obtenir le disrupteur de communication que je recherche et, au passage, un ou deux disques de sauvetage. *Mais ce n'est pas suffisant pour obtenir la clé. Pour cela, il faut jouer à un tout autre jeu, avec Manila. Ou il faut voler...*

Je siffle vers la foule et, lorsqu'un Oroshi sans méfiance abaisse ses tentacules vers moi, je m'élance, m'accroche à un membre vert et le traîne hors des tribunes, dans la fosse. La foule est en délire. Je jette l'Oroshi au centre de l'arène où je le laisse se faire ramasser par les patrouilles eshmiris puis je le ramène rapidement à sa place dans les sièges d'honneur.

Il est pris d'assaut par les femelles Oroshis qui gargouillent et se jettent sur lui tandis qu'il essuie de gros globules verts de sueur sur son visage amorphe de tentacule gélatineux. Il voit comme tous les Oroshis voient : à travers les vibrations de l'air captées par les ventouses qui couvrent leurs tentacules de motifs et tourbillons subtils. J'ai l'impression qu'il s'efforce d'éviter d'attirer à nouveau mon attention, car toutes ses ventouses sont maintenant tournées vers l'extérieur. Je glousse.

Regarder les prix qui se balancent au-dessus pour pousser les combattants solitaires et égarés que nous sommes à se dépasser, c'est une véritable torture. Au moins, elle est vêtue ce solaire. Il a fallu pour cela négocier avec un de ces putains d'Eshmiris de shrov. Négocier avec eux est un véritable enfer, ils sont bien pires que n'importe quel pirate Niahorru.

Je grogne à cette idée. Je sais qu'ils pensent exactement la même chose de nous. Personne n'aime commercer avec nous, les Niahhorrus. Sur Kor, ce sont nos règles qui prévalent. J'ai hâte d'y retourner. J'ai hâte de quitter ce maudit rocher. Plus que sept combats. Sept autres meurtres. Sept autres... surprises.

– Pilleurs de shrov...

Les portes au fond de l'arène s'ouvrent lentement et je gémis tandis que la foule hurle, le crescendo fait dresser mes oreilles. Visiblement, j'accueille le guerrier Egama que j'ai combattu le solaire précédent, celui qui s'est sauvé grâce à son disque de sauvetage. *J'espère qu'il en a un autre. Il va en avoir besoin, cet imbécile.* Pourquoi est-il revenu ici ? Il n'a pas pu me battre le solaire précédent alors qu'il était accompagné et maintenant il est seul...

Ah.

Je vois...

Putains d'Eshmiris de shrov ! Ils lui ont donné une arme.

Il lève un erdpremor au-dessus de sa tête devant la foule en délire. Il s'agit d'une arme voraxiane. L'erdpremor, qui se traduit par *scie d'étoiles*, ressemble à un grand arc dont les dents sont orientées vers l'extérieur, comme le hiannru qui me pousse dans le dos. Je louche un peu plus. Elles *sont* faites de pointes de hiannru, probablement celles d'un Niahhorru tombé lors d'un tournoi précédent. C'est comme s'ils voulaient égaliser les chances. La taille de l'Egama à elle seule aurait dû suffire ! Utiliser le hiannru d'un pirate déchu contre *moi* ? Quelle insulte !

Je grimace avec rage.

Je n'aime pas tuer, mais ce guerrier Egama l'a bien cherché...

Je sens qu'on va bien s'amuser.

Je renverse mes épaules et croise le regard de l'Egama à travers l'arène. Il me regarde avec dédain et brandit son erdpremor en hiannru dans ma direction avec un sourire en coin. C'est peut-être ma seule chance de me battre sans retenue, comme le sauvage que je suis, et certainement pas comme un petit. Je jette un coup d'œil au-dessus de moi sur la cage rose en kintarr, qui scintille dans la lumière, et sur la femme peu vêtue qui est agenouillée à l'intérieur. Elle a l'air... inquiète. Je n'aime pas ça du tout. Les pirates ne craignent *rien*.

L'Egama pousse un cri de guerre et je me mets à courir vers lui le plus vite possible. Je peux sentir ses pas lourds à travers les fondations de l'arène, alors qu'il me rejoint au pas de course. Il peut parcourir une distance deux fois plus grande que la mienne. Le dôme tremble et je sais que, tout autour de nous, les paris s'envolent. Je peux voir le décompte sur les écrans holo installés sur le devant de certains planeurs eshmiris. Les patrouilleurs crient des commentaires pour essayer d'augmenter encore les paris. J'ignore tout cela.

Je me concentre sur le frôlement de l'air filtré sur mon visage, la chaleur qui se dégage de mon corps sous mes plaques, et l'odeur de l'Egama qui se déploie dans l'air. Mes mains fléchissent. Il abat son erdpremor dans ma direction. Bien qu'il ne s'agisse pas d'une arme propre à son espèce, il le manie avec habileté. Je me penche en arrière, si bas, que mon propre hiannru balaie le sable. Je glisse sur un genou avant de me redresser pour m'accroupir. À partir de là, je n'hésite pas.

Je me lève, je saute et je le saisis à la gorge. Il plonge sur le côté si vite que je ne fais qu'effleurer de mes griffes la peau de son dos. La peau de l'Egama n'est pas aussi résistante que celle d'un pirate et je trace cinq lignes parallèles dans son dos vert tacheté. Du sang vert plus foncé, de la couleur des feuilles de vevari, coule en cascade le long de son dos avec la texture et la viscosité de l'huile. Il éclabousse le sable compacté et mes pieds s'y posent avec un bruit sourd alors que nous nous affrontons. Il traîne son erdpremor dans les airs et je saute par-dessus la lame. Je m'accroche à son épaule et tourne. Mon hiannru s'enfonce profondément dans le côté de son visage.

Il hurle et son seul grand œil vert se concentre avec une intensité douloureuse sur mes pieds avant de remonter jusqu'à mes bras. Il charge et je dérape sur la droite, mais il anticipe le mouvement et il me surprend, même si j'aurais dû m'attendre à cette attaque. Il lance son erdpremor *droit* sur moi.

Les lames m'atteignent à la poitrine et me font perdre pied. La douleur qui m'envahit lorsque les pointes du hiannru s'implantent dans mes plaques est *intense* et presque aussi forte que la douleur qui parcourt ma colonne vertébrale lorsque j'atterris durement sur mon propre hiannru avant de tomber sur le côté.

La plupart des pointes de l'erdpremor se heurtent à mes plaques, mais je peux sentir deux endroits sous ma côte inférieure gauche où elles s'enfoncent dans les interstices. Shrov ! J'ai commis une erreur d'amateur…

Je rugis en m'agrippant à l'arc de l'erdpremor et en le soulevant hors de mon corps. Je roule sur un genou. Je dois aller plus vite, bien plus vite... Il est presque sur moi maintenant.

J'enfonce les pointes de l'erdpremor dans le sol dur et je lis de la confusion sur le visage de l'Egama qui s'approche. Il s'attendait à ce que je l'utilise; mais j'avais juste besoin de le distraire. Il ne s'attend donc pas à ce que je fasse la roue par-dessus l'erdpremor pour me retrouver juste devant lui.

Je lui montre mon dos. L'erdpremor me sert d'appui et j'en ai besoin car l'Egama s'écrase sur mes pointes. Je saisis les poignées et frappe du pied contre le dessous de l'arc en utilisant les pointes pour me maintenir debout face au poids de l'Egama qui fonce sur moi. Je hurle, de douleur cette fois. C'est une véritable *agonie*. Pour nous deux.

L'Egama pousse un gémissement qui étouffe complètement le son de mes cris. L'erdpremor se plie et fléchit sous ma poigne puis bascule vers l'avant en menaçant de m'aplatir. Il se recule et m'évite – nous évite à tous les deux – d'être aplati en s'éloignant des pointes. Il y a cependant une chose que je n'avais pas prévue : la profondeur avec laquelle mes pointes s'incrustent dans sa peau et la difficulté que j'aurai à les extraire.

Je gémis lorsqu'il commence à tomber en arrière,

m'entraînant avec lui. C'est terriblement embarrassant. Quand je pense que ma copine suspendue au-dessus de moi comme une étoile dans le ciel nocturne, enfermée dans du kintarr, regarde tout ça ! C'est déjà assez embarrassant que j'aie soulevé mes plaques pour laisser cet Egama m'embrocher. Ça, c'est encore pire !

– Aïe !

Je m'agrippe à l'erdpremor, mais l'arme se détache du sol. Le manche dur me frappe au menton et je me retrouve sur le dos de l'Egama. J'atterris comme un scarabée. Mes six membres s'agitent dans les airs alors que j'essaie de rouler sur lui, mais je n'y parviens pas. Pendant ce temps, son souffle ralentit, les battements de son cœur se calment et ses membres deviennent complètement immobiles. Il est mort.

Il est mort et je suis coincé. Pour le moment, la foule est trop occupée à acclamer mon nom pour rire, mais je suis persuadé que ça ne va pas tarder à se produire si je n'arrive pas à me libérer. *Shrov* ! Si je deviens le bouffon d'une farce dans cette arène, c'en est fini de tous mes privilèges, de l'indulgence, et des faveurs que j'accumule après chaque bataille...

Une ombre mince apparaît au-dessus de moi. Elle bloque une partie de la lumière oppressante projetée à travers le dôme par les nombreux soleils d'Evernor. Je lève les mains. Je m'attends à voir une équipe de patrouilleurs eshmiris se moquer de moi jusqu'à ce que leurs petites têtes se détachent de leurs cous charnus. Au lieu de cela, je vois quelque chose – ou plutôt, *quelqu'un* – de tout à fait inattendu.

Mon prix se penche. Le devant de sa tunique s'ouvre et je peux presque jeter un coup d'œil à ses jolis seins, mais elle est trop déterminée pour se faire reluquer comme il se doit. Elle attrape le haut de mes bras par les poignets et commence à tirer. Ses efforts restent vains et la foule ne semble pas s'en soucier. Je pensais avoir entendu le volume maximum de leurs acclamations, mais apparemment, je me trompais. Je n'arrive même pas à entendre mon propre souffle avec le bruit qu'ils font.

Ils lancent des cadeaux sur le sable : des bouquets extravagants de bâtons de mok bir, quelques bouteilles d'alcool sans doute puissant, un tapis oosa, un bâton helos, une peau hevarr, et une centaine d'autres choses que je ne peux pas prendre la peine de classer.

– Tu regardes *encore* sous ma chemise ? demande-t-elle soudain.

Je souris.

– Ontte.

Elle essaie de me relever et transpire sous l'effort. En entendant ma réponse, elle laisse tomber mes bras comme des pierres chaudes et pousse ses mains sur ses hanches. La foule semble l'apprécier, car elle reçoit de plus en plus de cadeaux – dont un bâton de foudre qui manque de peu lui couper un bras. Elle aurait perdu un bras si elle ne s'était pas écartée du chemin avec une rapidité surprenante et si elle n'avait pas vociféré des insultes dans sa propre langue en direction des tribunes.

Faisant fi de ma douleur, je finis par réussir à m'asseoir grâce à son aide et je m'écarte de l'Egama juste au moment où une autre pierre – un bloc de kintarr – est lancée des gradins bien trop près de la tête de ma femme. Quand je pense que sa petite tête est molle… Elle a un crâne tendre. Je le berce en tombant sur elle et en recouvrant son corps avec le mien.

Cette fois, je sens activement des choses – des choses plus douces et plus légères, comme des tissus ou des fourrures – nous recouvrir. Les cadeaux s'empilent suffisamment haut pour occulter la lumière d'en haut, nous laissant seuls au milieu de l'amas qui se trouve en dessous.

Elle me fixe de ses yeux arrondis. Ses yeux sont noirs, bruns et blancs, mais comme je la regarde maintenant de très près, je vois que nous ne sommes pas tout à fait différents. Mes yeux sont remplis d'un liquide xitrine qui crée de la luminescence. Les siens doivent être remplis du même liquide, car même si le brun ne se déplace pas au fur et à mesure que son regard se focalise, le noir qu'il contient le fait, il devient de plus en plus grand et de plus en plus petit, puis de nouveau plus grand au fur et à mesure qu'elle regarde fixement.

Le brun n'est pas plat non plus. Il a une profondeur incroyable. Je voudrais l'étudier davantage, mais le noir est devenu de plus en plus grand et bientôt, le brun n'est plus qu'un mince anneau autour de lui. C'est *fascinant*. C'est tellement étrange. Je veux l'explorer davantage. Je veux en savoir plus sur *elle*. Je me penche en avant pour capturer ses lèvres avec les miennes, mais mes pieds glissent sur le sol, glissent dans le sang et je m'effondre de tout mon poids sur elle.

Elle émet un léger « oh » et je roule sur le côté en arrachant les couvertures qui nous recouvrent. La foule n'a jamais été aussi bruyante. Je me mets à genoux, puis sur mes pieds, et je tire mon prix vers le haut.

– Ça va ? demande-t-elle.

Je lui prends la main. Elle essaie de passer le haut de mon bras par-dessus son épaule, mais comme mon épaule est déjà au-dessus de sa tête, elle ne me soutient pas du tout. Je ris.

– Ça n'a jamais été aussi bien.

J'embrasse le sommet de sa tête et, lorsqu'elle saisit le poignet de mon bras inférieur pour le faire glisser sur sa nuque, je la laisse faire. Elle s'offre comme béquille pour me soutenir et, bien que je saigne abondamment de deux blessures profondes à la poitrine, je me tiens droit, je ne veux pas fléchir.

Je lève tous mes bras, à l'exception de celui qu'elle a passé sur ses épaules. La foule se soulève, les corps bougent comme les vagues d'un océan lointain. Ma femelle humaine fléchit légèrement sous l'éblouissement de leur adulation violente et des rayons des soleils étouffants. Je ne peux pas la laisser faire. Nous ne fléchirons pas. Les pirates ne s'inclinent devant personne.

– Accueille les louanges le menton levé, pirate.

Comme elle ne me comprend pas, je lui donne un coup dans le milieu du dos pour forcer ses épaules à se déployer et sa poitrine à se gonfler. Un contingent d'Oosas dans la foule s'illumine soudain d'un feu si vif que leurs couleurs combinées, sans parler de leur forme parfaitement circulaire, les font ressembler à une torche eshmiri.

Un grognement sourd s'élève dans ma gorge. Je ne parle pas l'oosa, et mon traducteur ne me permet pas d'interpréter leurs couleurs ou leurs trilles, mais je sais ce qu'ils veulent. Il est de notoriété publique dans le cosmos que les Oosas essaient de mettre la main sur une humaine depuis que Reoran, leur souveraine, a rencontré pour la première fois la reine hybride voraxiane.

Les Oosas aiment s'accoupler avec n'importe qui et n'importe quoi. Leur préférence va à ce qui est exotique, inaccessible. Et il n'y a qu'une seule humaine dans tout

Evernor en ce moment. Il n'y a qu'une seule humaine en dehors de la protection des Voraxians dans le quadrant quatre. Il n'y a qu'une seule humaine en dehors de Reqama, qui est sous le contrôle des Niahhorrus.

Et ils ne peuvent pas l'avoir. *Te'eno hnoor*. Elle est à moi.

Je la pousse vers l'entrée du tunnel et, ce faisant, je m'interpose entre son corps et les Oosas pour leur bloquer la vue. Je glisse également ma main sous son bras extérieur et le tapote jusqu'à ce qu'elle comprenne qu'elle doit le lever. Elle fait à la foule un geste de gauche à droite assez étrange. J'ai déjà vu d'autres humains le faire mais je ne peux m'empêcher de rire puis je m'étouffe quand la douleur m'étreint et me rappelle que je dois me bouger le cul pour mettre mon corps meurtri dans un bain mérillien *le plus vite possible*.

J'évite de m'agripper à mes blessures jusqu'à ce que nous ayons franchi l'entrée de l'arène et que les ombres nous engloutissent tout entiers. Arrivé là, je m'écroule.

Elle gazouille pendant que je tombe. Un planeur yeeyar apparaît sous moi quand je lance la commande avec le jeton que j'ai à l'oreille.

– Viens.

Je fais un geste vers elle.

Les patrouilleurs eshmiris et les équipes de nettoyage remplissent déjà le tunnel autour de nous. Les portes restent ouvertes et je ne veux pas m'attarder ici, pas avec mon sang noir qui salit out. Je ferme les yeux plus longtemps qu'un simple clignement de paupières quand elle ne bouge toujours pas.

Un instant plus tard, je sens de la chaleur à mes côtés. La pirate donne des coups de poing au planeur en dessous de nous. Il se plisse et frissonne sous ses coups agressifs. Réactif, il attend qu'elle lui donne un ordre. Elle s'empresse de le lui donner.

– Ramène-nous à la tente.

Le planeur yeeyar s'élance dans le couloir et descend dans les profondeurs. Je m'évanouis un instant et à mon réveil je la vois au-dessus de moi. Elle émet de petits sons. Je ne sais pas si elle s'inquiète pour le yeeyar ou pour moi, mais je choisis la seconde option et c'est avec le sourire que j'entre et sors de mes rêves.

L'air est chaud, et il est alourdi par la chaleur de son corps. Je la tripote partout où je peux l'atteindre. Je veux la toucher, l'ancrer à moi, être ancré à elle. Je saisis sa hanche charnue en me demandant pourquoi elle n'est pas aussi luxuriante que celle de Deena, mais je suis quand même satisfait. Ces humains ont tellement de formes et de couleurs différentes ! Chacun d'entre eux est stupéfiant et beau.

– Dans la tente, dit-elle.

L'air qui passe à mes oreilles se calme, la chaleur s'intensifie, tout comme mon odeur. Seulement maintenant, il est vicié. Pas beaucoup, pas assez, mais un peu. Assez pour que je sache qu'elle était là et qu'elle n'était pas le fruit de mon imagination.

Elle est toujours là, et en ce moment, je pense qu'elle... essaie de prendre soin de moi. Ses mains passent sur mes assiettes. Elle a mis le tissu de sa tunique en boule et le presse sur la plaie pour essayer de freiner l'écoulement du sang – c'est touchant, mais complètement inutile.

Sa voix est légère alors qu'elle murmure des platitudes insignifiantes qui, je pense, sont censées m'apaiser. La sensation m'est étrangère et je veux m'en délecter encore un peu, mais pas si cela peut me coûter des heures de guérison, et pour l'instant, elle me conduit dans la mauvaise baignoire.

J'ordonne silencieusement au planeur yeeyar de s'arrêter. Elle couine quand il nous dépose à l'arrière de la tente. À droite et à gauche, il y a deux rideaux séparés, un côté pour le lavage, l'autre pour l'évacuation. Je me dirige vers la droite et j'écarte le rideau. Deux cuves sont pleines et prêtes à m'accueillir, conformément à mes instructions – et au protocole eshmiri. En effet, ils veulent que leurs combattants puissent se battre plus d'une fois par solaire, ils doivent donc les soigner. La baignoire la plus éloignée contient de l'eau rose fumante. Celle qui est la plus proche de moi est d'un violet éclatant. Je gémis, soulagé de m'enfoncer dans cette baignoire, et je fais passer mes pointes à travers le matériau malléable à l'arrière.

Le mérillien est épais et gluant. Il s'accroche à ma peau car il est constitué de micro-organismes suceurs de sang. Ils se nourrissent de la chair morte puis ils excrètent des cellules fraîches. Ils réparent toutes les blessures, de la plus légère coupure à la brûlure la plus profonde. Ces micro-organismes coûtent une fortune. Et… Shrov ! Mais qu'est-ce qu'elle fait ?

Elle m'a suivi jusqu'ici et elle s'est agenouillée à côté de la baignoire. Elle la regarde avec inquiétude et confusion. Si elle pouvait comprendre, je lui expliquerais qu'il s'agit de mérillien, une substance vitale récoltée principalement dans le Quadrant 8, qui est aussi devenue une exportation récente de la petite planète humaine Heimo. Je grimace en repensant à Heimo et aux humains que *j'aurais dû* retrouver sur Reqama... Ces humains que je n'ai pas vus. Je ne les ai pas retrouvés sur Regama parce que je la voulais, elle. Je l'ai enlevée et je suis devenu un pirate en fuite.

Et maintenant, nous sommes ici.

Sans aucun moyen de communiquer.

Coincés sur Evernor pour la durée du tournoi.

Et il est clair que les Eshmiris et les spectateurs l'ont remarquée...

Comme dirait mon bon ami lemoran... Argh !

– Est-ce que c'est... de l'eau ? me demande-t-elle.

Elle me tire de mes pensées puis elle tend la main vers la baignoire, mais j'attrape son poignet et le place à l'extérieur de la baignoire. Le mérillien ne travaille que sur un corps à la fois. Les mélanges peuvent entraîner des croisements de gènes de la pire des façons. Sky est connue pour s'adonner à cette pratique dans le cadre d'expériences. Cela ne marche pas toujours. Leurs expériences ne marchent pas *souvent*, mais quand elles *aboutissent*, les résultats sont violents et terribles.

– Centare.

Je la serre doucement en la relâchant et en m'enfonçant un peu plus dans le bassin de mérilliens.

– Tu peux te baigner là.

Je fais un geste vers la baignoire à ma gauche, à deux longues enjambées environ de l'endroit où je me trouve.

La curiosité colore son expression et son petit nez tressaille. Elle me fait suffisamment confiance pour s'approcher du liquide rose – mais pas assez pour s'y jeter directement. Contrairement au liquide dans lequel je l'ai trouvée la première fois, cette eau est chargée de pommades curatives, ce qui lui donne sa teinte rose. Elle teste l'eau d'abord avec le dos de sa main, puis avec ses doigts. C'est bien.

Elle soupire doucement en glissant sa main jusqu'au poignet et j'essaie de me souvenir des blessures que j'ai subies en voyant ses cils battre et ses lèvres s'écarter ainsi pour révéler sa langue rose. C'est à peu près la seule chose que nous ayons en commun en ce qui concerne notre apparence.

Elle se redresse complètement et rabat ses cheveux roux derrière son oreille pâle.

– C'est sans danger ? me demande-t-elle.

Je gémis. Le plaisir que me procure sa question me comble de bonheur.

– Ontte, je réponds.

Je me sens encore mieux quand elle fait un signe de tête en direction de l'eau et décide alors de s'y plonger. Elle a décidé de me faire confiance.

Puis elle gâche tout.

Elle me tourne le dos pour commencer à enlever sa tunique.

– Centare, je siffle.

Le volume de ma voix est plus fort que prévu et elle fait volte-face, en levant les poings. Je suppose qu'elle pense être en position de combat. Je grogne et baisse le regard sur ses poings, puis je lève les yeux pour croiser les siens.

– Centare, je répète.

Je fixe significativement sa tunique du regard. C'est tout ce que je peux faire puisqu'elle ne peut pas me comprendre pour le moment.

Ses lèvres s'entrouvrent et ses yeux noirs engloutissent ses cercles bruns. Elle hésite, mais je ne recule pas... et elle non plus. Elle ne recule jamais. Et je sais qu'elle ne le fera pas. Je ne veux pas être le premier à craquer. Elle dégage ses épaules du fourreau et le laisse tomber sur le sol. Elle lève une des deux fourrures au-dessus de ses yeux et j'ai la nette impression qu'elle me nargue.

Putain de shrov. J'arrête immédiatement de lutter.

Elle lève une jambe puis s'avance dans la baignoire. Je serre mes dents de derrière si fort que je m'attends à ce qu'elles se brisent dans ma bouche. Ça en vaudrait la peine. J'avalerais les éclats avec bonheur pour avoir la chance d'apercevoir sa fente rose et parfaite. Je me souviens du goût de son essence glissant au fond de ma gorge.

Nous les pirates, nous ne croyons qu'au pouvoir de la ruse et de la persévérance. Mais ça ce m'empêche pas de trouver que le son qu'elle émet lorsqu'elle s'enfonce dans l'eau jusqu'au cou est un bruit qui rappelle le divin. Mes paupières papillonnent et mes bras luttent pour maintenir mon corps debout. Shrov. Les effets du mérillien agissent vite et fort. De plus, la fatigue de la journée me tire vers le bas. Je ferme les yeux.

Je dois rester éveillé.

– Tu vas bien ? murmure-t-elle.

Je souris. J'appuie ma tête contre le fond de la baignoire et j'expire :

– La vie doit continuer.

Sevrenn iahndru lat, c'est l'hymne des Niahhorrus.

– Je te regarde et il me semble que tu es la vie elle-même, je reprends.

Ses joues sont rouges et ses épaules arrondies brillent. J'ai hâte de les croquer à pleines dents.

– Plus tard, je marmonne.

Mes paupières s'écartent sur les côtés et obscurcissent momentanément ma vision.

– Ontte, plus tard...

– Tu n'as pas l'air en forme... fait-elle remarquer.

Je ferme les yeux et laisse mes muscles se relâcher dans le bassin de guérison mérillien. Si j'arrête de lutter contre le sommeil, ça marchera plus vite. Il y a des plateaux de nourriture dans la tente. Elle n'a aucune raison de partir. Elle ne sait même pas comment faire. Je peux me détendre. Ontte... et quand je me réveillerai, je lui trouverai un traducteur et j'obtiendrai ce que je veux le plus – la seule chose que je désire plus que des disques de sauvetage, des disjoncteurs de communication ou des clés de Sky...

J'apprendrai son nom.

6

Nalia

Il dort depuis des heures. Du moins, je pense que ça fait des heures. Il n'y a pas d'horloge ici; toutefois, j'ai fait un million de choses donc je pense que plusieurs heures se sont écoulées. En effet, j'ai eu le temps de manger un plateau entier de nourriture bizarre, de faire une sieste, de manger une autre fois, d'aller aux toilettes derrière l'autre rideau, d'explorer tous les coffres, de trouver des choses que je n'ai pas pu identifier et d'aller voir l'extraterrestre dans la baignoire violette pour m'assurer qu'il respirait encore...

Il respire encore, mais très superficiellement. C'est comme s'il était plongé dans un profond sommeil. Je le comprends, après tout... il mérite bien de se reposer. Il s'est battu pour rester en vie tous les jours, puis il a obtenu ma libération de prison, il m'a fait grimper au septième ciel avant de se faire étriper par un cyclope de vingt pieds de haut avec un arc décoré de pointes au lieu de flèches.

Il a tant fait pour moi...

Cette pensée me met mal à l'aise. Je ne connais pas vraiment mon passé, mais je connais mon présent et je sais que je ne suis pas une demoiselle en détresse. Enfin, techniquement si, mais je n'ai pas besoin d'un chevalier à la peau... argentée pour me sauver. Enfin, si, un peu. Mais je n'aime pas avoir l'impression de lui devoir quelque chose.

Si seulement je pouvais aussi l'aider, nous serions... quittes.

Je ne peux pas l'aider si je ne peux pas lui parler. J'ai besoin de comprendre ce qui se passe.

Je me lève si brusquement que j'ai la tête qui tourne. Un mal de tête se profile à l'horizon mais pour une fois, je ne tombe pas à genoux. Je sors de la pièce où je le surveillais comme du lait sur le feu et je me dirige vers le milieu de la tente où le tapis volant noir attend. Je ne sais pas exactement comment il fonctionne, mais lorsque je lui donne des ordres verbaux – même dans ma propre langue – il s'exécute sans problème.

Je m'éclaircis la gorge et montre le tapis du doigt.

– Eh ! Tapis volant. Avance de deux pieds.

Il s'agite instantanément, puis se déplace si vite que je sursaute. Je pose une paume sur ma poitrine et je sens mon cœur battre beaucoup plus vite qu'il ne le devrait. Merde. Je crois que je ne m'attendais vraiment pas à ce que ce foutu truc fonctionne. Ça m'aurait fait une excuse pour ne pas m'aventurer dans le grand abîme caverneux au-delà de la tente et j'aurais pu rester sur place à attendre...

– Comme une demoiselle, je murmure misérablement.

Je secoue la tête et avance en grimpant sur le tapis volant. Sa surface est lisse comme du velours sous mes jambes repliées. Comme il n'y a rien à quoi me raccrocher, je glisse sur le ventre et m'agrippe au bord avant du tapis en essayant de répartir mon poids le plus uniformément possible sur la surface lisse.

– Seigneur, veillez sur moi.

Je ne me sens pas en sécurité. Mais ce ne serait pas la première fois : je suis sur une planète de gladiateurs extraterrestres, et j'ai bien l'intention de me faire démonter par un géant à la peau argentée très sexy qui est très, très doué de ses quatre mains. Je ne me suis jamais vraiment sentie en sécurité ici. Et je m'y fais.

– Tout va bien.

Je me racle la gorge.

– Tapis, fais-moi sortir d'ici.

Nous avançons d'un bond, ce qui me fait hurler tandis que le vent me fouette le visage et que les odeurs inconnues et concurrentes de ce monde chaotique se déploient et se pressent autour de moi.

– Doucement !

La chose commence à s'arrêter par à-coups et je hurle en glissant vers l'avant.

– Ralentis, bon sang !

Le tapis réagit et, après quelques autres secousses terrifiantes, se stabilise. Nous avançons bientôt à un rythme qui me permet de respirer et de voir ce qui se passe.

Le paysage est *magnifique*. Tout n'y est que dysfonctionnement mais tout y semble pur et parfait. Mes lèvres se retroussent en un sourire méfiant lorsque nous passons sur des plateaux rocheux couverts d'habitations de styles, de formes et de couleurs différents.

Des tentes en tissu brillant recouvrent entièrement une surface. Sur une corniche qui dépasse d'un mur, des centaines de créatures ressemblant à des chauves-souris sont suspendues sous la corniche. C'est terrifiant. Sur une autre plate-forme, des tipis noirs forment des étals entre lesquels des gens – des *créatures* – se promènent. C'est sûrement un marché, d'après ce que je vois.

Il ne ressemble pas tout à fait au marché où j'ai commencé le combat pour la nourriture, mais il est assez similaire. L'extraterrestre m'avait emmenée dans un marché pour trouver un traducteur... Peut-être qu'ils vendront des traducteurs à celui-ci.

– Descends à la surface de cette corniche rocheuse.

J'indique la direction, mais le tapis est déjà en mouvement. Il semble savoir ce que je veux au moment où je le pense et je me demande s'il ne réagit pas à mes pensées plutôt qu'aux ordres que je lui donne. C'est fascinant.

J'esquive prudemment d'autres engins volants qui montent et descendent du rocher. Certains ressemblent davantage à ces cages métalliques qu'utilisent les annonceurs dans l'arène, mais d'autres sont tout aussi déconcertants que l'engin qui se trouve en dessous de moi. Certains sont plats et clairs, comme des assiettes volantes, d'autres ont des surfaces ondulées qui permettent à l'occupant de se faufiler dans de petites fissures.

Le plus étrange de tous ces engins est sans doute celui que chevauche une créature à l'apparence de méduse. Il – ou elle ? – n'a que des tentacules, sans visage, et ce qui l'entoure est un amas gélatineux qui empêche de distinguer où se termine son corps gélatineux et où commence la machine planante. Je pense que la créature me regarde lorsque je passe à sa droite. Comme je ne sais pas quoi faire d'autre, je la ou le salue. Elle ou il lève un tentacule en réponse et les ventouses me sucent. Je souris, et, pour une raison que j'ignore, ce petit geste apaise les battements rageurs de mon cœur. Puis la créature-gelée s'éloigne à toute vitesse vers l'autre côté du marché en contrebas en passant devant moi, comme si ma présence ici ne la surprenait pas. Cet être agit comme si j'avais ma place ici.

Je vais y arriver.

– Je vais y arriver, je murmure en atterrissant.

J'attire beaucoup moins de regards que je m'y attendais. Au lieu de cela, des gens – des êtres – semblent se déverser dans la rue. Ils se dirigent d'urgence vers un endroit que je ne peux pas vraiment voir. À un pied du sol, je descends du tapis et le regarde. J'essaie de me rappeler de la façon dont l'extraterrestre s'y était pris pour le plier et le ranger.

– Fais-toi plus petit, j'ordonne.

Il rétrécit d'un mètre dans toutes les directions.

– Sois aussi petit que quelque chose qui tiendrait dans la paume de ma main ou, mieux encore, sois comme un bracelet.

Whoosh.

D'un geste élégant, il se moule autour de mon poignet gauche et s'y ajuste comme une manchette. Je lui souris.

– C'est bien, tu es un bon tapis.

Je lui donne une petite tape, puis je descends dans la rue en me demandant si je ne pourrais pas aussi me procurer des chaussures...

On verra bien.

Au bout de quelques échoppes, je me rends compte qu'il ne s'agit pas vraiment d'un marché. Les échoppes, dont la plupart sont vides, semblent organiser une sorte de tournoi. Cependant, il ne s'agit pas d'un tournoi de combat. Je crois... je crois que c'est un jeu...

J'adore les jeux.

Je me demande d'où me vient ce souvenir.

Une foule nombreuse se rassemble autour de quelques tentes sur la route et, périodiquement, la foule se met à rugir, à crier, à hurler, à claquer et à siffler.

Les mains, les tentacules, les pattes et les nageoires échangent ce qui semble être une sorte de monnaie : des disques plats en argent, parfois noirs. Je fronce les sourcils. Je n'ai rien à échanger. Je devrais probablement retourner chercher des disques dans la tente de mon ami à quatre bras, mais j'ai trop envie d'en apprendre plus sur ce jeu pour y retourner maintenant. Pire encore, j'ai envie de jouer, ou à tout le moins, de parier.

J'adore les jeux de hasard.

Oh la la...

Je suis l'une des créatures les plus petites de la foule et la plupart des créatures plus petites que moi peuvent voler, je me sens donc vraiment insignifiante. Non. Si je veux voir quelque chose, je vais devoir me frayer un chemin jusqu'à l'avant. Naviguer entre les tentacules et les boules d'êtres qui brillent de l'intérieur, sans parler des voyous enveloppés dans du linge de maison rapiécé qui dirigent toute cette opération en ricanant et des créatures volantes qui crient des insultes d'en haut, c'est... plutôt amusant.

Je souris d'un petit air sournois lorsque je parviens à me glisser à l'avant de la foule qui surplombe la table. J'assiste à deux rounds. Chaque fin de round est identifiable uniquement par deux rugissements collectifs de la foule, et par le départ des deux concurrents, qui quittent la table pour être remplacés par deux autres.

Ces êtres qui vont et viennent sont donc des joueurs.

Tous les joueurs portent des bâtons, qu'ils tiennent à la main. Certains bâtons sont grands et ornés d'une couronne. D'autres sont petits et trapus. Certains ont l'air d'avoir des lames sur les côtés, tandis que d'autres ont l'air d'être électriques. Certains sont électriques et probablement dangereux, à en juger par la façon dont les autres bâtons grésillent lorsqu'ils rebondissent dessus.

Au bout de six rounds, je prends deux décisions :

Premièrement, je *pense* savoir comment jouer à ce jeu.

Deuxièmement, je veux jouer.

Les gagnants remportent d'énormes sacs de jetons. Pour être honnête, ils ne sont peut-être pas énormes, mais ils gagnent des jetons. Quelques jetons, c'est mieux que rien. Il me *faut* un putain de traducteur, des chaussures et un putain de peigne. Non pas que j'essaie d'impressionner l'extraterrestre à quatre bras que j'ai laissé derrière moi, ou quoi que ce soit d'autre. Pas du tout. Penser à lui fait pulser ma chatte comme si elle avait ses propres battements de cœur, mais ça ne signifie absolument rien. Ma chatte n'en fait qu'à sa tête. Elle a ses propres pensées.

Alors que les applaudissements diminuent, des tremblements parcourent ma colonne vertébrale. Je dois dire quelque chose maintenant, si je veux jouer; et si je veux dire quoi que ce soit, si je veux qu'on me remarque, il va falloir que je le dise fort. Depuis le temps que je me tiens ici, j'ai cessé d'être l'objet de la curiosité de ces créatures. Elles sont plus intéressées par le jeu et ça me plaît.

Je m'éclaircis la gorge.

– Je veux jouer.

La table est d'un noir mat, située à peu près à la hauteur des hanches et, lorsque je me penche en avant et que j'y appuie mes paumes, je peux sentir l'énergie vibrer à travers elle comme un courant. De l'autre côté de la table, une autre créature à tentacules, sans yeux ni bouche discernables, agite vers moi trois membres verts à l'aspect liquide. Ils parlent, mais je ne sais pas ce qu'ils disent, je sais seulement qu'ils ont l'air énervés.

Je lève les mains en montrant les deux paumes – comme *si* ce geste traduisait ce que je disais – et je répète un peu plus fort :

– Je veux jouer !

Ma voix se brise. Les êtres les plus proches de la table se taisent un peu. Les regards se croisent, les membres s'agitent, les bâtons sont levés en l'air et utilisés pour faire des gestes encore plus convaincants. Tout le monde semble avoir une opinion sur le sujet. Une voix se détache des autres, forte et nette.

Je me retourne et regarde une femme se faufiler dans la foule. Surprise et un peu agacée, je me rends compte que je la reconnais. C'est bien elle, la femme avec laquelle mon extraterrestre tentait de négocier. Est-elle son amie ou son ennemie ? Je ne saurais dire. Elle est peut-être bien plus qu'une amie... Ça ne me plaît pas du tout. Je lève un sourcil et l'observe avec scepticisme alors qu'elle atteint le bout de la table.

Elle me sourit et porte son poignet cyborg à sa bouche.

– Alors comme ça, tu veux jouer ?

C'est une voix mécanique, graveleuse et maladroitement hachée qui sort de sa bouche... et c'est le plus beau son que j'ai jamais entendu. Pour la première fois depuis que je me suis réveillée ici, je peux comprendre quelqu'un. Putain, ça fait du bien !

– Euh, ouais... je bégaie.

Elle sourit. Elle me rend nerveuse. La façon sournoise dont elle m'observe devrait me rendre méfiante, mais je reste là.

– Ontte, je répète, je veux jouer.

– Tu ne connais pas les règles et je n'ai pas le temps de t'apprendre à jouer, dit-elle comme si elle s'en fichait.

– Je sais jouer.

Elle penche la tête sur le côté. Ses longs cheveux noirs tourbillonnent autour de ses épaules comme si elle était sous l'eau. Ils bougent tout seuls. C'est charmant et fascinant.

– Tu n'as pas de bâton, et les bâtons mok bir ne peuvent pas être donnés ou prêtés. Pas ici en tout cas. Un joueur doit venir au moins avec ses bâtons.

Mon esprit s'enflamme. J'y ai réfléchi et la solution que j'ai trouvée est risquée. Mais je n'ai pas d'autre choix. Je porte ma main au bracelet de mon bras gauche et je suis surprise de le sentir bouger sans que j'aie à lui parler. Le bracelet tombe dans ma paume et se sépare, formant deux bâtons noirs distincts, chacun d'environ un pied de long et d'un pouce et demi d'épaisseur.

La foule s'esclaffe, trépigne et cliquette. Un être ailé me montre du doigt tout en parlant avec l'une des créatures vêtues de haillons. Mon pouls s'accélère. Merde. Je commence à penser que ce n'est peut-être pas une bonne idée mais au lieu de battre en retraite, je déclare avec fierté :

– J'ai des bâtons.

Je ne sais pas d'où me vient une telle assurance.

La femme me regarde en clignant ses grands yeux noirs pailletés. Elle cligne des yeux de côté, comme le fait mon extraterrestre. Je ne sais pas pourquoi cela me surprend. Ce n'est certainement pas plus surprenant que son visage orange ou que la créature bourdonnante qui ressemble à une mouche et qui plane près de son épaule gauche.

Elle l'écarte d'un geste de la main et plisse les yeux.

– Tu n'as rien à parier, fait-elle remarquer.

J'y ai également réfléchi et c'est là que j'ai été un peu coincée. Je ne possède rien, pas même les bâtons et le planeur que j'ai empruntés – *volés* – à l'extraterrestre à quatre bras dans la tente. Je me lèche les lèvres quand ses yeux tressaillent. Je peux deviner ce qu'elle regarde à la façon dont la lumière scintille sur les orbes ronds de ses yeux, même si, comme la plupart des créatures que j'ai vues jusqu'à présent, elle n'a pas d'iris ni de pupilles. Et en ce moment même, elle regarde ma tunique trop grande. Une fois encore, ce regard me rappelle celui de mon ravisseur.

– Tu veux me baiser ? je demande.

Je suis sincèrement confuse. Derrière moi, la foule se déchaîne, les corps se poussent vers le mien. Je sens une boule ronde et gluante se coller à moi, une sonde se détacher du reste de la boule bleue et me piquer l'arrière des genoux. Je me retourne et frappe la forme bleue sur la... tête, je crois, avec l'un de mes bâtons, ce qui provoque une avalanche d'applaudissements et de cris de la part de la foule qui l'entoure.

La masse bleue retombe et je me retourne pour faire face à la femme. Son grand sourire révèle toutes ses dents blanches et pointues. Elle passe sa main de cyborg dans ses cheveux. Lorsqu'elle répond « Centare », sa voix semble venir de loin, pas de sa bouche. Puis elle ramène son bras sur ses lèvres et répète :

– Non, *moi*, je ne veux pas te baiser. Mais il est certain que tu es... exquise. Si tu t'offres au champion de la table, je renonce aux frais de participation.

Je n'aurais donc pas à payer la mise. Je le sais, parce que j'ai déjà joué.

Je serre les dents.

– Je suis déjà avec…

Je ne connais même pas son nom. Putain de merde.

– Je suis déjà avec un champion. Le gladiateur. Tu te souviens de lui, n'est-ce pas ? Il a quatre bras et il a harponné un cyclope aujourd'hui.

– Où est-il maintenant ?

Je ne pensais pas que cela l'intéresserait, mais elle marque une pause. Ses yeux parcourent la foule, cherchent…

– Il se repose.

Elle secoue la tête en lissant sa main libre sur sa magnifique robe noire soyeuse.

– Dommage.

Elle sourit à nouveau. Elle n'a pas du tout l'air triste.

– Alors, c'est bon ? reprend-elle.

– Si je perds, je dois coucher avec le gagnant ?

– Oui.

– Et si je gagne, je récupère les gains de la table ?

Elle secoue la tête.

– Centare. Tu récupères les gains de ton tour.

J'acquiesce. C'est logique.

– Très bien. Mais je veux autre chose.

– Quoi ? s'emporte-t-elle.

– Je veux un traducteur.

Elle fait un geste avec ses doigts, en balayant l'air. J'ai l'impression que c'est l'équivalent de lever les yeux au ciel.

– Centare…

– Je mise beaucoup plus que quelques pièces.

– Des pièces ? Tu veux parler des jetons ?

– Je mise beaucoup plus que n'importe qui d'autre.

Je pointe mes bâtons sur sa poitrine.

– Je reviendrai jouer demain avec des jetons. Cet arrangement ne compte que pour aujourd'hui.

La foule intervient, crie sur la femme, la submerge. Je remarque que les robots qui flottent au-dessus de sa tête commencent à diffuser des gaz de leurs bases, ce qui fait que la foule s'éloigne d'elle, mécontente et grommelante. Elle lève sa main orange libre et je devine qu'elle non plus n'est pas contente à la tournure de son expression, même si elle se force à sourire.

– Trois parties de six. C'est comme ça qu'on gagne. Tu remplaceras celui qui sera éliminé au prochain tour.

– Donc c'est bon ? je lui demande.

Elle hésite, jette un coup d'œil à ma robe en lambeaux et à l'absence de chaussures à mes pieds. Elle grogne :

– Marché conclu.

Je sais ce qu'elle pense. Elle n'est pas la première à me sous-estimer.

Je vais y arriver.

La foule applaudit et je suis bousculée avant de me placer entre une créature volante qui se tient au sol à ma hauteur – une femelle à l'aile cassée – et une chose roulante bleue qui émet de la lumière de l'intérieur. Ils tiennent un bâton d'un vert luminescent qui me fait penser à une lampe à lave. *Une lampe à lave* ? Je n'arrive même pas à l'imaginer, mais je sens mon esprit qui pousse, qui pousse, qui cherche à retrouver un souvenir perdu depuis longtemps. Je me gratte la tête en même temps. Non, non, non, non, non. *Pas maintenant.* Ce n'est pas le moment d'évoquer le passé. C'est le moment pour moi d'obtenir ce que je veux.

Tout ce que je veux.

J'adresse un sourire aux autres joueurs et je fais un signe de tête à la femme au visage orange.

– Jouons.

Je lève mes bâtons noirs.

7

Nalia

Le jeu tient du tennis de table et des osselets, le tout, saupoudré d'un soupçon d'anarchie totale. Il est permis de tricher, de voler les jetons des autres joueurs et de lancer des objets qui ne sont pas des bâtons. La seule chose éliminatoire, c'est de se faire toucher ; et quiconque aurait la malchance d'être frappé par quelqu'un d'autre avec son propre bâton... quitterait rapidement la table sous les huées et les rires.

Je parviens à repousser le bâton de quelqu'un avec le mien et je frappe si fort, en visant juste, que le bâton rebondit et frappe le lanceur en plein front. La créature ailée tombe dans la foule et, bien qu'il n'y ait eu qu'un seul retrait, le joueur est expulsé du jeu sur-le-champ. Je suppose que c'est une nouvelle règle, l'une des nombreuses règles... ou l'une des seules règles. C'est difficile à dire. Tout ce que je sais, c'est que je dois esquiver tous les bâtons qui sont lancés dans ma direction.

J'esquive le premier bâton tiré sur moi de l'autre côté

de la table. Le deuxième est dévié par un tir latéral survenu au même moment. Lorsque ce bâton touche le premier, le lanceur est également éliminé. Dans la frénésie, je lance mon bâton droit vers le bas aussi fort que possible, en direction de la table. Il touche la table et rebondit en hauteur, en passant au-dessus de la tête d'une petite créature en guenilles et en frappant un être à la peau orangée dans l'œil.

Au même moment, un bâton est catapulté vers moi. Je le contre avec le mien, mais cette saloperie *se fend* et je ne parviens pas à éviter un second tir. Je reçois le bâton en pleine poitrine au moment du rebond. La foule hurle.

– Putain !

C'est mon deuxième recul. J'ai deux retraits et deux victoires.

Le jeu continue pendant un certain temps. Je ne frappe personne mais je dévie tous les coups. Des jetons sont échangés et distribués, et je sens des créatures dans mon dos. Elles me serrent de près. Un mec séduisant à la peau bleue se tient derrière moi. Il a des cornes et je sens qu'il baisse la tête et les frotte de temps en temps contre mon dos. Vu la façon dont il grogne, je pense que ça le fait jouir. Qu'il se fasse plaisir, je m'en tape; moi, j'attends mon moment.

Quand l'occasion se présentera, je pourrais m'amuser avec lui moi aussi, oh oui… ou plutôt, *ontte*.

La créature volante lance son bâton à pointes vers moi. Je me retourne, j'attrape le mâle bleu par les cornes et je le tire vers l'avant. Il reçoit le bâton sur la joue et hurle de douleur. La foule perd la tête quand je tire mes deux bâtons en même temps pour les lancer dans des directions opposées.

Je vise super bien mine de rien. Sans vouloir me

vanter, je peux objectivement affirmer que mes putains de tirs sont très bons. Ils sont même spectaculaires. Hum… Peut-être que j'étais un lanceuse professionnelle dans ma vie précédente. Quoi qu'il en soit et quelle que soit la personne que j'étais, j'aimerais pouvoir m'en souvenir davantage, parce que cette compétence me sert dans cet univers.

Je frappe un cyclope géant qui ressemble beaucoup à celui que mon extraterrestre a combattu sur le ring. J'arrive à cogner le dos de sa main gigantesque. Il est trop lent pour dévier la trajectoire de mon bâton. L'autre bâton, quant à lui, rebondit sur un disque flottant – car, bien sûr, la table est pleine de surprises et des éléments supplémentaires en sortent parfois de manière apparemment aléatoire. Il heurte de plein fouet une créature tentaculaire dans l'un des nombreux membres qui manient des bâtons.

Ces deux actions, qui comptent comme mes troisième et quatrième coups, me permettent de gagner tout ce qui se trouve sur la table à ce moment-là. Dans ce jeu, il y a gagner et gagner. Je me rends compte en voyant deux nouveaux joueurs s'approcher de la table – une menace cornue avec une pile de jetons deux fois plus grosse que moi et une minuscule créature volante qui ressemble à une mouche géante dorée – qu'il ne suffit pas de gagner ce jeu, en fait. Gagner *au bon moment*, c'est le plus important.

Putain.

Alors que je suis escortée à travers la foule et loin de la table par un groupe de quatre créatures rieuses en guenilles armées de bâtons qui paraissent électriques et qui lancent des éclairs dans différentes nuances de bleu; je me dis que j'aurais pu gagner bien plus. Les agents de sécurité brandissent leurs armes sans retenue et frappent des passants à chaque pas, que ceux-ci le méritent ou non. Je glousse doucement et secoue la tête devant leur insouciance.

Mon sac de gains est assez lourd pour me faire chanceler. Je me console en essayant de ne pas penser aux richesses que j'ai laissées derrière moi. Je les aurai *la prochaine fois*. La prochaine fois ? *Ontte...* maintenant que j'ai joué une fois ici avec ces extraterrestres, je veux recommencer.

Mes... *gardes* m'emmènent dans une grande tente conique éclairée à l'intérieur par d'autres boules de lumière flottantes. Elles sont vraiment magnifiques et projettent sur tout ce qu'elles touchent une douce lueur éthérée. Elles illuminent *tout ceux* qui se trouvent là. J'agite ma main libre vers les autres créatures rassemblées devant moi. Ils sont quatre, cinq avec moi, sans compter les agents de sécurité.

Je reconnais quelques visages : les autres gagnants de la table notamment. Je fronce les sourcils en constatant que *tous* leurs sacs sont bien plus grands que le mien. Putain ! *Je veux gagner plus moi aussi.* Les quatre gagnants rassemblés me saluent avec enthousiasme.

Deux des gagnants sont des créatures qui ne cessent de rire, tous deux de sexe masculin. Du moins, je crois que ce sont des mâles – *tous* les ricaneurs que j'ai vus jusqu'à présent ont l'air d'être des mâles. Je pense que j'ai dû manquer quelque chose mais bon... Une créature orange avec des nageoires sur le côté du visage fait partie des vainqueurs. Puis il y a une créature volante grise qui a l'air d'être une femelle, je crois.

Je m'assois sur ce qui ressemble à une caisse renversée entre elle et les créatures qui ricanent. Elle me sourit en montrant toutes ses dents pointues et dentelées. Je lui réponds en souriant, sans être le moins du monde effrayée.

Elle me dit quelque chose et je hausse les épaules avant de lui expliquer que je n'ai pas de traducteur. Elle se lève de son siège grâce à des ailes qui semblent minces comme du papier et fait un geste de colère vers ceux qui ont des matraques.

Ils répondent. Je suis agacée que l'on parle de moi sans que je puisse intervenir, mais je m'attends à ce que la femme orange aux beaux yeux et à la langue tranchante tienne sa promesse. Je me demande si elle dira à mon extraterrestre ce que j'étais prête à donner pour obtenir une place à la table de jeu. Cette idée me rend nerveuse et je me mordille la lèvre inférieure. J'espère qu'elle ne dira rien.

J'espère *vraiment* qu'elle ne dira rien.

Le temps passe. Les autres font la conversation et je reste assise, déprimée, à regarder ce qui se passe, incapable de comprendre ne serait-ce que quelques mots. Finalement, deux autres créatures nous rejoignent. L'un d'eux est un être gigantesque, dépassant la taille de mon extraterrestre d'un demi-pied, mais tout aussi large. Il ne ressemble à aucun de ceux que j'ai vus auparavant.

Le mâle qui entre dans la tente est vert vif, avec des cheveux roses et dorés qui lui tombent jusqu'à la taille. Son torse est nu. Il a des abdominaux sculptés, des pectoraux, des yeux et un nez. Alors oui, il y a aussi des bosses formant de petites collines sur son visage, à l'endroit où ses sourcils devraient se trouver, mais… bon sang ! il est magnifique.

Je rougis quand il me regarde et je reste bouche bée quand je vois ce qu'il traîne derrière lui. Il n'a pas un, mais *deux* énormes sacs noirs ! Ils sont si lourds qu'il doit en soulever un sur son épaule et traîner l'autre derrière lui. Il prend la caisse renversée juste en face de moi et me fixe dans les yeux avec une telle intensité que je me réjouis de l'*absence* de mon extraterrestre. Ce mâle ne m'a même pas adressé la parole, mais pourtant, j'ai l'impression de faire quelque chose de mal.

Une brise traverse la tente. Je détourne mon attention de lui à temps pour voir la gérante entrer dans les lieux. Elle fait l'inventaire du groupe plutôt... étrange qui se trouve devant elle avant de poser son regard sur moi.

Son hostilité disparaît dès qu'elle fait un pas. Elle sourit en s'approchant de moi et tape de sa main gauche sur mon oreille droite si fort que je pense, l'espace d'un instant, qu'elle est en train de m'attaquer. Puis elle fait de même avec sa main droite.

Je sens quelque chose *s'agiter* sur les côtés de mon visage. Une douleur fulgurante traverse tout mon corps. Je me rappelle alors que cela fait un moment que je n'ai pas eu de migraine. Frappée par cette souffrance aiguë et soudaine, je rentre la tête, me coince les tempes entre les mains et pose les coudes sur les genoux.

– Putain ! C'est quoi ce bordel ? je murmure.

Ma vision devient noire pendant une seconde avant de commencer à s'éclaircir.

– *Pu... tain..?* J'aime bien cette nouvelle expression...

– Aïe ! Bordel de merde !

Je me redresse et regarde la femme au visage orange alors que mon mal de tête continue de me paralyser. Ce n'est pas grave. Je pense avoir compris, je suis en extase. Je grimace un sourire.

– C'est un traducteur ou un truc du genre ?

– Un truc du genre, oui...

Elle arrange ses cheveux noirs sur ses épaules nues et met sa poitrine en avant. Elle porte une sorte de robe noire, dont la matière est si délicate qu'elle ferait passer la soie pour du crin. Mais, comme ses cheveux, sa tenue semble se mouvoir de façon autonome. Elle est tantôt collée à sa peau, tantôt gonflée, comme elle le fait maintenant lorsqu'elle plonge la main dans sa poche et en sort une poignée de jetons d'or.

– Prends-les et présente-les à la table du tournoi dans trois solaires. D'ici là, essaie de ne pas te faire voler tes gains.

Elle revient vers moi après avoir fini de distribuer le reste des pièces.

– Mais je vois que je n'ai pas besoin de m'en faire pour toi, tout devrait bien se passer.

Elle jette un coup d'œil à mon pitoyable petit sac avec un sourire désolé et les autres éclatent de rire à côté de moi. La femelle ailée à côté de moi rit. Le gars ou la fille à la nageoire siffle, et en face de moi, le beau gosse sourit.

– C'était mon premier match, je te signale ! je fais en fixant la femelle orange du regard.

Elle rit, tout comme les autres joueurs.

– Je le sais et je suis impressionnée, mais tu vas devoir faire mieux que ça si tu veux vraiment arriver à la finale. Parce que là, tu devras jouer contre *moi*.

Elle cligne rapidement des deux yeux. Quelle pétasse !

J'ébauche un sourire qui a des airs de grimace avant de déclarer :

– Je vais tout déchirer.

– Déchirer ? dit-elle en frissonnant. Ça a l'air horriblement désagréable.

Cette fois, c'est moi qui ris. Je me passe la main dans

les cheveux, du moins jusqu'à ce que les nœuds m'en empêchent, et je secoue la tête.

– C'est une expression humaine, je précise en rassemblant mes gains sur mes genoux et en donnant une tape joyeuse sur le sac presque vide. Ça veut dire que je vais *tout* remporter.

Elle fait à nouveau ce geste dédaigneux avec ses mains.

– Ces humains alors !

Elle secoue la tête et recule, puis croise les bras sur sa poitrine.

– En même temps, nous n'avons jamais eu d'humain aux tables auparavant.

– Ou sur Evernor, ajoute le petit être le plus proche de moi en ricanant. Je m'appelle Tintin.

– Et moi Nalia.

Je le salue à nouveau, faute de mieux. Il a l'air de trouver ça hilarant parce qu'il se met à rire, tandis que son ami me fait un signe de la main si féroce qu'il tombe de son tabouret.

– Seigneur… je murmure.

– Ne t'occupe pas de lui. Les pilleurs eshmiris prennent tout à la légère. Ils pensent que notre existence même est une blague.

La cheffe se retourne et se dirige vers la sortie tandis que les autres rassemblent leurs gains et commencent à se lever.

– Attends ! Quel est ton nom ? je crie en lui courant après.

– Manila.

Ses cheveux se détachent de sa nuque et semblent me *saluer* en marchant. Elle disparaît en me donnant un dernier conseil :

– Ne sois pas en retard.

Je n'ai aucune idée du tournoi auquel je viens de m'inscrire, de l'endroit où se trouve la prochaine table, ou de l'endroit où la trouver.

La femme volante a pitié de moi et s'approche tandis que Tintin et son ami rieur se retournent pour partir.

– Je m'appelle Olanora.

Elle imite maladroitement mon geste de la main, ce qui laisse penser qu'elle est aussi peu habituée au salut humain que les créatures rieuses.

– Et moi Nalia, je répète.

Elle acquiesce, l'air un peu confus.

– Je sais. Je t'ai déjà entendue te présenter quand tu parlais avec Tintin et Gibli.

Je sens ma bouche s'agiter et j'acquiesce.

– L'autre s'appelle Gibli ?

Elle acquiesce.

– Là c'est Silini, dit-elle en désignant la créature à la nageoire au moment où il disparaît précipitamment de la tente. Et voici Rhogan.

Je remarque que ses ailes battent encore plus vite lorsqu'elle pointe le beau gosse du doigt.

Ses gains sont si lourds qu'il lutte pour les traîner vers la sortie. Il s'arrête, probablement parce qu'il sent qu'Olanora et moi le regardons fixement.

– Je m'appelle Rhogan, dit-il en penchant la tête vers elle.

Elle répond en serrant le poing et en le plaçant sur son cœur. Prise un peu au dépourvu lorsqu'il tourne son regard vers moi, j'imite le geste d'Olanora. Du moins, j'essaie. Ses lèvres se relèvent en un sourire et j'entrevois des dents d'un blanc nacré, comme celles de mon extraterrestre, sauf que les siennes sont carrées à l'avant et limées à l'arrière. Je regarde ses yeux. Ils sont bruns, parsemés de taches de feu et d'or. J'ai un haut-le-cœur. Bon sang de bonsoir. Je décide alors définitivement qu'il est le mâle le plus sexy que j'aie jamais vu. Peut-être même l'être le plus sexy qui existe, tous sexes confondus. Même Manila ne lui arrive pas à la cheville. Et en plus il est pété de thunes. Ce qu'il y a dans ses sacs s'entrechoque comme si c'était vivant.

Je grimace lorsque l'aile d'Olanora fait soudain voltiger mes cheveux. Je détourne mon regard du visage captivant de Rhogan et lève les yeux vers elle. Elle rit.

– Elle s'appelle Nalia, poursuit-elle.

– Oh…. Euh…Oui ! Je m'appelle Nalia. J'ai juste… euh…

Je n'ai jamais perdu mes moyens devant un homme. Enfin… je ne *pense* pas que cela me soit déjà arrivé.

– Je suis désolée, je n'ai jamais vu… euh… quelqu'un comme toi avant.

Il acquiesce comme s'il était habitué à ce genre de réaction. C'est peut-être le cas. Il y a probablement des créatures qui se bousculent chaque jour pour l'apercevoir.

– Je suis un hybride. Je soupçonne mon père d'être originaire du Quadrant 1. Ma mère doit être voraxiane.

Il secoue nonchalamment la tête.

– Mais je n'en suis pas sûr… Comme la plupart des êtres du Dessous, je ne connaîtrai peut-être jamais mon ascendance avec certitude.

– Le Dessous ? Tu veux dire ici, sous le, euh…

Je bégaie comme une idiote.

Il lance un regard méfiant à Olanora à côté de moi et je sens mon visage s'échauffer encore plus.

– Je parle du monde sous l'arène. Celui où l'on peut

voir les vraies couleurs d'Evernor. Là où nous sommes maintenant. Un monde où tout est permis.

Il sourit et son expression illumine son visage. Je prends alors conscience de chaque endroit où l'air chaud caresse ma peau nue. Mes tétons se crispent.

– Si tu t'ennuies, je peux te faire visiter.

– Elle est l'un des prix du tournoi, intervient Olanora.

C'est donc bien ce que j'avais deviné.

– Ah bon ? Dommage que je n'aie pas participé à ce moment-là.

Il me sourit et je suis happée par son regard si longtemps que je ne peux ignorer l'effet qu'il a sur moi.

J'ouvre la bouche pour m'exprimer mais Olanora ajoute :

– Elle appartient à Herannathon.

Ah bon ? Ah… il s'appelle Herannathon ?

Mes cuisses se resserrent et je sens mes lèvres inférieures pulser, ce qui est une réaction inattendue. Ce que je devrais ressentir, c'est de l'indignation morale à l'idée d'appartenir à l'un de ces extraterrestres. Tout cela me fait penser à ces barbares qui se frappent la poitrine, plantent un pieu dans le sol, avant de *jeter* leur femelle par-dessus leur épaule. Pourtant, ce n'est pas *ce* que je ressens maintenant... Maintenant, tout est différent.

Maintenant, je vais pouvoir comprendre tout ce qu'il dit : les mots doux, comme les saletés. Enfin, j'espère qu'il dit quelques grossièretés. Pour ce que j'en sais, il m'a peut-être dit qu'il détestait mes taches de rousseur et qu'il pensait que je puais. Je secoue la tête, prise dans ce scénario. Je me demande pourquoi il est si... séduisant, surtout quand le mec le plus sexy de toutes les galaxies se tient juste à ma portée. Mais ce n'est pas à lui que je pense en ce moment. Je vois le gladiateur à quatre bras m'emmener sur les sentiers de la jouissance. Et à l'avenir, quand il le refera, je saurai quel nom crier.

Rhogan commence à hocher la tête, mais hésite. Lentement, il demande :

– Et elle, est-ce qu'elle a dit qu'il lui appartenait ?

– Je…

J'ai dépassé le stade du bégaiement. Je m'étouffe. Je m'étouffe *vraiment*. Ma gorge s'obstrue et mon visage s'enflamme tandis que je pose mes mains sur mes genoux pour tousser.

Les deux autres rient et disent quelque chose que je ne peux pas entendre à cause de mon embarras. Le temps que je me reprenne, ils se dirigent vers la sortie, mais lentement, en me regardant par-dessus leur épaule, comme s'ils attendaient que je les suive. J'ai l'impression de faire partie de cet univers maintenant… et mon cœur se remplit un peu plus.

Alors que je me dandine pour les rattraper, pitoyable avec mon petit sac minuscule à côté du grand sac d'Olanora et des deux énormes sacs de Rhogan, Rhogan me fait un clin d'œil. Il me fait un *clin d'œil*, comme le ferait un humain.

– Si le cœur t'en dit, tu peux me retrouver aux tables de mok bir. Je te verrai dans trois solaires, si tu ne me trouves pas d'ici là. Je te *promets* que je peux te faire passer un très bon moment.

Trois choses me choquent alors que je regarde Olanora s'envoler et Rhogan s'éloigner sur ce qui ressemble à une moto volante métallique et étincelante. La première, c'est qu'il veut clairement me baiser. La deuxième, c'est qu'il m'*a fait un clin d'œil*, un geste humain. Et la troisième chose qui me laisse sans voix… ce sont ses yeux. Il a des yeux blancs remplis de cercles bruns entourant des pupilles noires. Il a des yeux humains. Quelle étrange coïncidence ! *Il n'y a pas de coïncidences.* La voix qui vient de s'exprimer n'est pas la mienne. Elle appartient à une autre femme.

Je me débarrasse de cet étrange souvenir et de l'impression de déjà-vu qui s'empare de moi puis je reforme mon bracelet transformé en bâtons pour en faire un aéroglisseur. Le vertige m'envahit tandis que mes pensées quittent le mec sexy pour se diriger vers quelqu'un d'autre. Quelqu'un avec des yeux plus insectoïdes qu'humains, quelqu'un avec un surplus d'assurance… et de membres. Quelqu'un avec un torse rugueux qui a à la fois la texture et la carrure d'un solide tronc d'arbre. Quelqu'un dont j'ai enfin le nom, mais dont je veux la voix, les réponses, le corps : *tout.*

Herannathon.

– Herannathon, j'arrive.

Le vent fouette mes oreilles et je souris en apercevant sa tente sur l'une des plates-formes. Sans attendre, je me dirige vers elle.

8

Herannathon

– …Hé ho ! Tu m'entends ?   Euh… Tu me comprends ? Putain, bien sûr qu'il me comprend puisqu'il pouvait me comprendre avant. Si tu m'entends *réponds-moi*. Herannathon ? Herannathon ? C'est bien ton nom, hein ? Tu es réveillé ? Tu as l'air réveillé. Herannathon ?

Elle marmonne que mes blessures ont l'air d'être guéries, et se demande si le liquide violet me fait du bien ou s'il me tue. Je ne peux pas répondre, je ne suis pas encore prêt.

Mes membres reviennent lentement à la vie à l'appel de sa voix. C'est agréable de se réveiller au son de sa voix. C'est agréable de se réveiller en sa présence. C'est agréable de savoir qu'elle est en sécurité avec moi sur mon vaisseau, dans des quartiers privés où mes frères ne pourront pas nous interrompre lorsque je la pencherai pour la prendre dans ce trou arrière serré. À cet endroit, les femelles niahhorrus n'ont qu'une fente qu'il serait impossible de pénétrer, mais elle… *Shrov*.

– Putain ! Je t'entends, mais ça ne se traduit pas. Peut-être que les jurons ne se traduisent pas, siffle-t-elle. Dis autre chose.

Elle me touche l'épaule et je gémis sous le contact de ses doigts. Ils sont si chauds et si doux ! Ils ne devraient pas être aussi doux mais ils le sont. Je sais à quel point elle est douce partout.

Elle touche mon cou et je grogne :

– Si tu n'arrêtes pas de me toucher, je vais peut-être devoir finir ce que nous avons commencé avec un Shekurr...

– Un shekurr ? Oh… ça marche ! Ontte, le traducteur fonctionne.

Elle pousse un cri de joie.

– Bien sûr que ça marche, je gémis en faisant hochant la tête pour enrayer la raideur de mon cou tandis que mes pointes se redressent.

Le mérillien a fait son œuvre en moi et je me sens renaître. Je suis un peu groggy, mais je suis en forme. Vu la gravité de mes blessures, il n'aurait normalement pas dû agir aussi vite, mais je suis un régime de mérillien régulier, presque une fois tous les trois solaires. Dans l'état actuel des choses, j'en suis tellement gavé que je ne pense pas pouvoir m'en débarrasser complètement avant une bonne douzaine de solaires, quand le tournoi sera terminé.

Je gémis et secoue la tête en essayant de me remettre les idées en place.

– Les jetons yeeyar sont les meilleurs, j'ajoute. Et voici Kor. Je t'offrirai toujours ce qui se fait de mieux.

– M'offrir ce qui se fait de mieux ? C'est-à-dire ? Et qu'est-ce que c'est que le shekurr ? C'est quoi du yeeyar ? Je pensais que nous étions sur une planète appelée

Evernor… C'est ce que Rhogan et Olanora m'ont dit. En tout cas je suis trop contente. Le traducteur fonctionne ! La prochaine fois que je verrai Manila, je l'embrasserai sur les lèvres.

– Manila ?

Mes pensées vacillent avec ma vision lorsque la visière se soulève de mes yeux et laisse entrer la lumière. La lumière est... étrange. Elle est orange, ce qui n'est pas possible. La lumière du vaisseau-mère est d'un jaune-blanc pâle. De plus, nous n'utilisons pas de torches eshmiris – pourquoi le ferions-nous alors que nous avons du yeeyar ? Ma femelle parle de Manila; une femelle qui a été libérée de Sky, et qui, depuis, passe le plus clair de son temps sur Evernor à organiser divers tournois de jeux d'argent dans le domaine du Dessous.

La voix de ma femelle est claire et nette à travers mon traducteur, et ça aussi c'est étrange... J'ai la nette impression que je ne devrais pas être capable de communiquer aussi facilement avec elle.

– Oui, Manila. Elle et moi nous avons parié sur ma capacité à gagner ou non mon premier tournoi de mok bir. J'ai gagné, alors elle m'a donné un traducteur.

Ma visière se soulève complètement et je fixe droit devant moi la tente de toile qui domine ma tête et les objets scintillants et veloutés qui s'y trouvent. Nous ne sommes pas sur le vaisseau-mère. Nous ne sommes pas dans l'allée des plaisirs. Nous ne sommes pas sur Kor.

Tout me revient en un clin d'œil et je grogne. Mes mains s'enroulent autour des bords lisses de la baignoire, mes griffes s'entrechoquent contre l'extérieur en bois tandis que je me traîne vers le haut. Je ne m'arrête pas, je m'élève jusqu'à la position debout. Le mérillien ruisselle sur mon corps tandis que je fixe la femelle. Je la regarde se relever précipitamment et retomber sur ses fesses sur un tapis fait de plumes de tumtum. Elle est mon prix. Elle est l'une des nombreuses récompenses que j'ai gagnées en tant que gladiateur dans les tournois d'Evernor. C'est là que nous sommes, à Evernor. C'est là que ma femelle s'est écrasée. Et c'est là que je l'ai suivie avec le vœu de la garder en sécurité, de la récupérer et de la ramener à Kor plus riche de quelques jetons – et d'une clé de Sky.

Mon regard se pose sur elle. Elle porte toujours la tunique rapiécée que lui a donnée la patrouille eshmiri. Il est clair que cette tenue a été conçue pour être portée par un Eshmiri : elle s'évase autour de sa poitrine et descend jusqu'à ses tibias. C'est hideux, mais cela n'a aucune importance.

Son océan de cheveux flamboyants s'enroule autour de son visage et tombe en cascade sur ses épaules jusqu'à ses hanches. Shrov, elle est ravissante. Les petites taches qui parsèment sa peau la font paraître d'une couleur presque entièrement différente. Il existe des espèces tachetées. J'aurais pu penser qu'elle était hybride si je ne l'avais pas moi-même tirée de l'un des réservoirs humains. *Si je ne l'avais pas enlevée.*

Je n'arrive pas à déchiffrer son expression humaine. Les petites fourrures au-dessus de ses yeux se resserrent, ses lèvres se tordent et se retroussent.

– Qu'est-ce qui te prend ? me crie-t-elle.

Je suis à deux doigts de perdre la tête.

Comme les particules individuelles de mérilien ne demandent qu'à rejoindre l'ensemble, j'ôte la substance de mes membres et je sors de la baignoire. Mon ombre la couvre entièrement. Je vois son expression s'évanouir et se reformer. Elle devient encore plus furieuse. Où est passée la femelle effrayée qui pleurait durant chaque solaire, suspendue au-dessus de l'arène ? C'est cette femelle qui a déclenché une bataille de nourriture sur les marchés des pilleurs. C'est une femelle qui, si j'ai bien compris, a *quitté* la sécurité de mes quartiers pour s'aventurer seule dans le domaine du Dessous sans prendre une arme et sans me prévenir !

— Tu es en train de dire que tu as parié avec Manila au tournoi de mok bir ?

Elle recule en trottinant et s'éloigne de moi pour entrer dans la grande tente. Elle heurte un coffre fermé, puis le pied d'une table, mais l'expression de son visage ne change pas. Elle n'a pas l'air de se sentir coupable : quelle insolente !

— J'ai parié et j'ai *gagné*.

Elle pointe du doigt un sac sale ouvert sur un filet voisin qui laisse échapper les jetons de diverses espèces. Ceux du Quadrant 1 sont en or, ceux des Lemorans sont roses, ceux des Eshmiris sont argentés et ceux des Niahhorrus sont noirs.

Je sens les muscles sous mes pointes se contracter. Mon hiannru ondule en réponse. Ses yeux s'écarquillent et scrutent par-dessus mon épaule quand mes pointes apparaissent sur ma tête, avant de fixer à nouveau mon visage. Elle déglutit difficilement.

— *Tu t'es inscrite au putain de shrov de tournoi ?* je m'exclame.

— Je n'avais pas vraiment le choix… J'avais besoin d'un traducteur. J'ai vu une opportunité, je l'ai saisie.

Je l'interromps.

— Tu avais le choix. J'étais en train de marchander ton traducteur avec Manila quand tu as commencé à te battre avec les Rekkarus !

Je donne un coup de poing dans une pile d'oreillers moelleux placée dans un monceau de choses inutiles qui s'éparpillent sur la table décorative incrustée de kintar. Ce faisant, je renverse une pile de caisses remplies de déchets coûteux. Leur contenu bascule sur le sol. Elle couine et s'éloigne de moi, du désordre et du bruit pour se faufiler entre les tours de ferraille. Je la poursuis sur la moquette, je ne la perds pas de vue.

– Je…

Sa main se pose sur une baguette décorative de mok bir empilée dans une petite pyramide avec plusieurs autres. Elle la ramasse, la considère avec surprise, puis me la lance. Je l'attrape avec ma main gauche inférieure et la lance de côté assez fort pour qu'elle renverse ou brise ce qu'elle heurte. Elle émet un couinement aigu que je trouve à la fois étrange, inquiétant, excitant et vraiment adorable.

Mon sang commence à chauffer. Shrov, j'avais déjà chaud, mais la chaleur commence à se transformer.

– Tu sais quoi, tu peux aller te faire enculer !

Le mot qui sort de ses lèvres me fait penser à *son* trou le plus serré et je m'étouffe. Mes plaques se détachent de ma peau. Elles parviennent difficilement à libérer de la chaleur, mais je m'en moque. Shrov ! Ça n'a pas d'importance ici. Pas quand nous sommes seuls. Pas quand elle me regarde avec un tel défi. Je ne me laisserai pas impressionner par une petite femelle sans plaques ni pointes.

Lorsqu'elle se recule, sa tunique lui remonte jusqu'aux hanches. Elle ne semble pas s'en apercevoir, *mais moi si*, et lorsqu'elle se retourne et se met à quatre pattes, elle me donne une vue parfaite de la jolie fente rose qui se trouve sous la courbe de ses fesses.

Je vais peut-être me laisser impressionner finalement.

Je me baisse, j'attrape l'ourlet de sa tunique et je tire vers l'arrière pour la décoller du sol. Elle émet un autre couinement adorable qui fait bouger mes plaques inférieures. La coquille protectrice qui entoure ma bite recule alors que la chair plus douce et sensible qui se trouve en-dessous palpite avec les battements d'un cœur qui lui est propre. Je le repousse, je lutte pour rester lucide. Je me souviens de ma fureur et je la laisse supplanter mon désir. *Non, il ne s'agissait pas de colère… j'ai été submergé par la peur.*

Je la hisse contre moi et passe mon bras sur ses hanches. La courbe douce de ses fesses nues s'appuie sur mes plaques inférieures.

– Je ne savais pas que tu essayais de me trouver un traducteur ! Comment aurais-je pu le savoir ? Nous ne pouvions pas communiquer !

Ses cheveux tombent en cascade sur ma poitrine et s'accrochent à ma langue lorsque je me mouille les lèvres. Je les mordille et tire. Je lui pousse la tête en arrière, ce qui lui arrache un cri haletant qui me déconcentre.

Je me dirige vers un grand coffre adossé au mur et l'ouvre d'un coup sec. À l'intérieur, j'écarte des artefacts, tous plus précieux et rares les uns que les autres, jusqu'à ce que je trouve de la corde. Une corde tissée en fibres synthétiques. C'est une corde grossière et bon marché. Je pourrais utiliser un modèle de Droherion qui serait plus sûr, mais ce synthétique est plus doux et je ne veux pas lui faire de mal.

Je passe ma main sur son front en ramenant l'arrière de sa tête sur mon épaule. Je me fraye un chemin entre ses boucles jusqu'à ce que mon nez soit pressé contre sa joue. Je peux sentir les battements de son cœur dans tout son corps. Son cœur bat la chamade. Est-ce dû au désir ou à la peur ? Pendant un moment, je la serre contre moi. Je suis déchiré entre mon désir de la satisfaire et mon désir de la punir. Pendant un moment bien trop long, j'appuie mon nez sur sa mâchoire et je lui mordille la gorge avec mes dents.

Elle halète, ce qui me déstabilise encore plus.

– Nous ne pouvions pas communiquer, alors tu as décidé de quitter cette tente. *J'ai tué* pour que tu sois en sécurité et toi tu pars errer seule sur une dangereuse planète souterraine... et sans armes ! je grogne.

Je lui serre la gorge avec l'une de mes mains libres, tandis que celle que j'ai enroulée autour de sa taille l'écrase plus fort contre moi. Mes plaques inférieures se décollent et mon désir gagne du terrain. Une chose est sûre, je suis sur une pente glissante…

La vibration de son cœur bat contre ma langue lorsque je lèche une ligne allant de son col à sa mâchoire. Elle a le goût de la sueur et du salut. C'est un goût qui lui est propre.

– Tu as participé à un tournoi organisé par l'une des créatures les plus impitoyables du Dessous pour jouer à un jeu auquel tu n'avais jamais joué auparavant...

– J'ai gagné, souffle-t-elle avec impertinence.

Je m'approche de sa bouche pour m'abreuver à son souffle avant de l'embrasser fougueusement. Je doute qu'un baiser ait déjà été délivré avec plus d'agressivité. J'envahis sa bouche avec ma langue, je mords sa lèvre inférieure entre mes dents et je tire fort – assez fort pour la faire gémir, mais pas assez pour la faire saigner.

Je remarque, en l'embrassant, qu'elle a cessé de lutter contre moi.

Son désir me fait grogner. Mes hanches s'enfoncent

dans son dos et ma bite glisse vers l'avant, libérée de son fourreau. Tirer sur l'ourlet de sa blouse et sentir ma chair sensible rencontrer une chaleur douce et moelleuse me procure une satisfaction indicible.

– Tu sais aussi que maintenant que tu t'es inscrite aux tables finales, tu ne peux plus faire marche arrière ?

– Qu…quoi ?

– Tu ne peux pas faire marche arrière. Si tu le fais, ils prendront tous tes gains et mettront une prime sur ta tête. Les connaissant, ils essaieront de te vendre.

Elle se fige, muette.

Je crains un instant de l'avoir effrayée, puis je me dis que ce n'est pas une mauvaise chose.

– Maintenant, tu es obligée de jouer.

– Je veux jouer, souffle-t-elle à ma grande surprise.

Une petite torche s'allume au fond de mon esprit. Je pense à la mission et à ce que nous devons récupérer. Elle a déjà accompli un exploit en obtenant un traducteur de Manila. Peut-être que cette ex-meurtrière de Sky a un faible pour ma femelle. N'importe quel pirate exploiterait cette faiblesse. *Mais ma femelle n'est pas une pirate.*

Pas encore.

L'exaltation se mêle à la frustration et je siffle :

– Ça tombe bien, tu n'as pas le choix.

– Super.

Elle enfonce son dos dans mon bassin et je vois des étoiles. Je serre son cou plus fort. Elle gémit :

– Je vais gagner.

– Ah, ça, quand il s'agit de parler...

– Je sais faire bien plus que parler...

– Chut.

Je lève ma main inférieure droite dans son champ de

vision et je regarde son regard s'y poser. Je sens les muscles de sa gorge travailler sous ma paume supérieure gauche.

– Tu sembles avoir oublié le petit cours que je t'ai donné dans la petite prison des pilleurs. Je crois que tu as besoin d'un rappel.

Elle ne répond pas et je ne sais pas quoi en penser. Cependant, elle ne résiste pas non plus lorsque je lui lie les poignets et que je lance la corde par-dessus la poutre de soutien la plus épaisse qui passe au-dessus de nos têtes. Je l'enroule autour de sa cheville droite, puis la lance à nouveau et l'enroule autour de sa cheville gauche. Une fois la corde terminée, elle se balance en arc de cercle inversé. Son ventre pend vers le sol. Elle est soutenue par les attaches de ses mains, qui sont liées ensemble, et de ses pieds, qui sont liés séparément.

Je me place derrière elle et j'écarte ses jambes, puis je passe entre ses cuisses. Je regarde les muscles de son cul se tendre tandis qu'elle se déplace. Elle essaie de soulager ce qui est certainement une douleur dans ses épaules et le haut de son dos, mais elle ne dit rien et reste silencieuse.

J'attends qu'elle se plaigne, qu'elle se débatte, qu'elle dise quelque chose, mais sa respiration ne fait que s'accélérer et sa couleur évoque à nouveau la colère... *Mais elle n'est pas Voraxiane... Peut-être que le rouge signifie quelque chose d'autre.* La curiosité m'envahit et je sors d'entre ses jambes pour l'examiner en marchant lentement autour de son corps.

Je fais glisser une griffe le long de sa voûte plantaire, de son tibia, sur l'arrière de la cuisse, sur sa voûte dorsale jusqu'à son épaule. Je regarde la peau sous ma griffe se plisser et former de petites bosses partout où je la caresse. Je ne comprends pas cette réaction, mais je l'apprécie beaucoup parce qu'elle s'accompagne d'une accélération de son pouls. Je peux le sentir palpiter dans son cou lorsque je tire la masse de ses cheveux sur une épaule et que je m'approche de son visage.

Je me laisse tomber sur mes fesses et je la regarde dans les yeux. Centare, il n'y a aucune trace de colère dans son regard. Il n'y a que du *désir*. Un désir pur et aveuglant. Ma main se tourne vers ma bite, qui sort péniblement de sa coquille protectrice d'une demi-longueur de main.

Son regard se pose sur mon membre, elle se lèche les lèvres puis déglutit. Je m'imagine en train de lui enfoncer toute la longueur de ma bite dans la gorge.

– Tu penses que tu as besoin d'une autre leçon ? je siffle.

– *Oui…*

– Alors dis-le-moi en Meero.

– Mes rots ?

– Dis-le-moi dans la langue.

Elle s'immobilise. Ses pupilles se dilatent tandis qu'elle lutte contre ses liens. Je vois bien qu'elle souffre. Pourquoi ne me demande-t-elle pas de la détacher ou de desserrer les liens ? Ça me plaît qu'elle ne le fasse pas, toutefois. Tout me plaît chez cette femme. *Ce n'est pas surprenant, c'est le cas depuis le début. Depuis la première fois que je l'ai vue dans le petit transporteur et que j'ai décidé qu'elle m'appartenait.*

– Euh…

Elle prononce un mot qui ne se traduit pas avant de bégayer :

– Ontte.

– Ontte.

Je touche sa joue avec mes griffes allongées. Grises et brillantes comme du stalyx, elles ressemblent à des couteaux contre sa chair.

– C'est bien.

Elle aspire une courte bouffée d'air, nos regards se croisent et je me sens fou à lier. Je me lève brusquement et lui tapote la joue avec ma griffe.

– Ouvre la bouche, je lui ordonne d'un ton bourru.

La visière qui recouvre mes yeux s'agite frénétiquement. Elle a beau faire la moitié de ma taille, elle a beau être solidement attachée; mon corps ne sait pas s'il livre une bataille qu'il a des chances de gagner.

Sa mâchoire se décroche, sa langue rose sort avec impatience. Je souris.

– C'est bien, je répète.

Je passe mes doigts dans ses cheveux, mais ma main tremble et je ne veux pas qu'elle le sente. Je bande comme un taureau. Ma bite cherche désespérément à se libérer de son enveloppe et je souffre à chaque fois que l'air extérieur la touche. Je siffle et me détourne d'elle pour attraper rapidement un petit banc. Je dispose dessus une pile d'oreillers. La pile est suffisamment haute pour que son ventre puisse tomber doucement dessus et que ses bras puissent s'abaisser autour de son visage. Toujours attachées, ses mains pendent à l'avant du banc. Je les pousse vers le bas et saisis sa mâchoire, puis j'introduis la tête plate de mon érection dans sa gorge.

Je commence à jouir au moment où elle commence à sucer et je lance un juron vers le plafond. Mes hiannrus fléchissent et frémissent et, dans une dangereuse démonstration de vulnérabilité, toutes mes plaques se détachent de mon corps.

– Shrov ! je grogne tandis qu'elle penche la tête sur ma longueur – le peu qu'elle peut atteindre.

Il me faut toute ma concentration pour ne pas enfoncer tout mon membre dans sa bouche, car même si j'aime ça, je ne veux pas l'étouffer. Je ne lui donne que la première moitié de la longueur d'une main, le reste de ma bite reste bien caché.

J'ai une main dans ses cheveux, je me retiens de les tirer; et une autre le long de sa gorge. J'aime la sensation de sa gorge qui travaille autour de ma longueur alors que je continue à jouir. Elle commence à s'étouffer.

– Putain… tu ne t'arrêtes jamais de jouir ?

Mon sperme gris est étalé sur son menton et continue à couler sur la couture de ses lèvres.

Ma visière retombe à moitié, je suis plus essoufflé que dans l'arène.

– Mon sperme est comestible, je déclare.

Son regard s'éteint, se déconcentre.

– Tu veux que j'avale ?

– Jusqu'à la dernière goutte.

Elle inspire brusquement et, derrière elle, là où ses pieds sont à moitié suspendus, je vois ses petits orteils se recroqueviller. Elle hoche la tête par saccades, *avec impatience*, et je pousse ma bite au-delà de ses lèvres avant de la regarder travailler avec une vigueur renouvelée. Même si elle n'a qu'une fraction de ma longueur en elle, la chaleur humide de sa bouche me procure des sensations qui vont de la racine de ma bite plaquée jusqu'aux pointes de mon hiannru. Shrov ! C'est trop !

Je suis en train de haleter, les cuisses tremblantes, alors qu'elle tente de suivre mes ordres. Elle n'y parvient pas entièrement, ma semence se répand partout : sur son menton, dans sa gorge, sur les oreillers, et, goutte à goutte, sur le sol entre nous. Elle s'étouffe et je me retire en sifflant. La douleur se mêle au plaisir alors que ma bite exposée ne désire qu'une chose : retrouver sa chaleur. Elle est si sensible que c'en est douloureux. Et je n'ai pas fini. Il va falloir que je prenne le vagin synthétique.

Je m'élance presque pour l'attraper, mais au moment où je le soulève, elle gémit :

– Attends.

J'attends.

Elle lèche ma semence sur sa lèvre inférieure et écarte ses cuisses autour des oreillers placés sous ses jambes.

– Ne te sers pas de ça. Utilise-moi.

Je m'évanouis un instant. J'imagine ce que cela pourrait être, puis je secoue immédiatement la tête.

– Shrov ! Je ne veux pas te prendre ici. Je veux te prendre sur Kor.

– C'est quoi Kor ?

– C'est chez nous.

Elle répète ces mots avec douceur. Puis elle regarde ma bite et le synthétique dans ma main avant de jurer dans sa propre langue.

– S'il te plaît, gémit-elle.

Je secoue la tête, je refuse de bouger.

– Je te prendrai quand nous aurons quitté cette planète répugnante. Je te remplirai de semence à ce moment-là.

Je laisse ma bite s'enfoncer complètement dans le synthétique et je gémis.

– Je veux te voir gonflée de semence, je poursuis.

Elle inspire et oublie ce qu'elle s'apprêtait à dire. Je soutiens son regard – j'essaie en tout cas – pendant que je fais fonctionner l'engin orange vif sur ma bite. La pression humide de l'appareil n'est *rien* comparée à sa chaleur. Je grogne. Je sens venir l'orgasme. Je vais vers ma femelle pour faire basculer le banc et les coussins sous elle. J'attrape la courroie de ses poignets avec l'une de mes mains supérieures et je la tiens en hauteur, suffisamment haut pour pouvoir me pencher et capturer ses lèvres avec les miennes. J'enfonce alors ma langue là où se trouvait ma bite quelques instants auparavant.

– Hummmmm, gémit-elle dans ma bouche.

Nos haleines s'entremêlent, sa chaleur m'enivre. Ma main gauche supérieure se tend vers l'avant pour caresser sa poitrine et ses mamelons roses. Elle gémit quand je presse son sein, et halète en se tordant dans l'air où elle est suspendue.

– Tu es à ma merci, je gémis en utilisant mes mains inférieures pour déplacer le synthétique.

– Ontte.

Je l'embrasse encore plus fort. Je meurtris ses lèvres douces avec les miennes, mais elle me rend la pareille. Sa langue danse autour de la mienne à un rythme que je ne peux espérer égaler. Je me perds, je pousse mes hanches dans le synthétique. Frustré et tâtonnant avec la machine, j'aurais souhaité tenir ses hanches et me vider, encore et encore…

– Jouis en moi, supplie-t-elle.

Elle s'agite dans ses liens. Elle semble aussi désespérée que je le suis.

– Finis dans ma bouche. Je veux… je veux être gonflée de sperme, mais je ne suis *pas* prête à avoir des enfants… ou quoi que ce soit d'autre.

Pour mon espèce, concevoir des petits est l'impératif biologique qui passe avant tout, mais en ce moment, je sais exactement ce qu'elle ressent. Je veux faire des choses incroyables, merveilleuses et sauvages avec elle à travers les quadrants connus et dans les interstices inconnus qui les séparent. Dans le futur proche que j'ai imaginé pour nous, je ne vois pas non plus de place pour des petits. Pas encore. Pas tant que je n'aurai pas réalisé tous mes fantasmes et, surtout, pas tant que je n'aurai pas réalisé les siens.

– Je ne peux pas entrer dans ton trou le plus étroit. Pas... comme ça.

Je jette un coup d'œil vers le bas et elle suit mon regard. Je lui montre la racine gonflée de ma bite gorgée de sperme, elle bat comme un cœur sanglant pour elle.

– Je suis trop excité pour me contenir, je vais te blesser.

Elle gémit, geint et se tord les mains en serrant les genoux...

– Jouis dans ma bouche...

– Il y a trop de sperme.

– Je peux le supporter...

J'enfonce *complètement* ma langue dans sa bouche, je la fais glisser contre la sienne, et heurte presque le fond de sa gorge. Elle déglutit, recule, et confirme mes soupçons.

– Ma bite va t'étouffer.

– Jouis *sur* moi.

Humm... Ça, je pourrais le faire. Les muscles de mon dos se contractent. Mes cuisses tremblent. Mes hiannrus se soulèvent et je serre les dents si fort que des aiguilles de douleur me traversent les tempes. J'arrache le synthétique de mon membre palpitant. La douleur me détruit pendant un précieux battement de cœur avant que je ne ramène la femelle contre ma poitrine jusqu'à ce qu'elle soit tout contre moi. Ses genoux sont toujours pliés, mais son ventre doux sera l'écrin parfait pour mes jets de sperme.

J'enfouis mon visage dans ses cheveux et je mords doucement son cou en poussant un gémissement et en éjaculant sans fin. Je jouis contre son ventre et sa poitrine. Elle serre et écarte sauvagement le haut de ses cuisses. Je sais qu'elle a mal. Cette certitude est la seule chose qui m'empêche de m'effondrer au moment où je sens la fièvre tomber, la marée s'éloigner et mes pieds revenir à la réalité.

Je me retire suffisamment pour embrasser son front. Je le fais une fois, doucement, tout doucement.

– Herannathon, s'il te plaît... s'il te plaît.

C'est plus que je ne peux en supporter. Elle me supplie et elle m'appelle par mon nom alors que je ne connais toujours pas le sien.

J'attends assez longtemps pour que mon érection se rétracte derrière sa courte et épaisse armature, du moins en grande partie, avant de caresser ses joues.

– Tu as mal, n'est-ce pas ? je murmure contre sa tempe.

– S'il te plaît...

Sa voix n'est qu'un souffle.

– J'ai d'abord besoin de quelque chose.

– Quoi ? Dis-le-moi, je te donnerai tout ce que tu veux.

Le noir de son regard a entièrement consommé toutes les couleurs.

– Comment t'appelles-tu ?

– Qu... Quoi ?

– Quel est ton nom ?

– Je...

Ses lèvres tachées de sperme se retroussent.

– Nalia. Je m'appelle Nalia.

– Nalia, j'expire.

Je la contourne, pose mes lèvres sur sa chatte humide et gonflée, puis plonge en avant.

Je la nettoie avec ma langue et continue à la lécher jusqu'à ce qu'elle soit sale de salive. Je lui arrache orgasme après orgasme jusqu'à ce qu'elle me supplie trois fois de la laisser partir, mais je n'en fais rien. Elle partira lorsque je serai prêt. Quelque temps plus tard, alors qu'elle s'est presque entièrement relâchée, je la libère enfin et l'emmène dans le filet où je n'ai pas l'intention de la laisser tranquille. Au contraire… une fois là; je lui donne deux orgasmes supplémentaires avec mes doigts et un orgasme plus risqué avec la tête exposée de ma bite suintante pressée juste contre ses douces lèvres inférieures.

Je la prends sans la pénétrer jusqu'à ce qu'elle tremble et succombe deux fois. Elle s'évanouit, et, pendant qu'elle lutte pour reprendre ses esprits, je la recouvre d'un manteau gris.

Je tremble lorsque j'éteins les lumières et que j'essaie de grimper sur le filet à côté d'elle. Je dis bien essayer, parce que j'échoue les deux premières fois. Je me cogne le tibia sur un banc retourné et trébuche sur un oreiller. Elle rit légèrement quand je tombe finalement à côté d'elle. Le filet se balance de façon précaire sous nos pieds.

– Tu ne crois pas que je devrais me laver, Herannathon ?

Elle respire lentement, prête à s'assoupir. Son doux sourire brille, même dans l'obscurité.

Je passe une griffe dans la couche gluante qui recouvre sa poitrine et la porte à ses lèvres. Elle la lèche, en bonne petite pirate.

– Non, sauf si tu veux que je t'attache et que je te donne un autre orgasme, Nalia.

Elle rit et c'est merveilleux, parce qu'en riant, elle tend la main vers moi... comme si elle me faisait confiance. Elle ne me connaît même pas.

– Pas question… répond-elle.

– Centare, lui dis-je. En meero.

– Centare, répète-t-elle, déjà perdue dans ses rêves.

Je tire son corps sur le mien. Mon sperme agit comme un adhésif entre nous. Contre la coquille de son oreille courbée, je murmure:

– Vas-tu retenir la leçon cette fois-ci ?

– Je n'ai aucune idée de ce qu'était la leçon... mais j'ai été heureuse de l'apprendre et cela ne me dérangerait pas de l'apprendre à nouveau.

Je ris et je sais alors que chaque bataille que j'ai dû mener pour la conquérir ici sur Evernor, et même avant cela, en valait la peine. J'espère juste qu'elle sait que je n'ai pas fait tout ce chemin juste pour sa jolie chatte. Je suis venu pour elle. Je la veux pour toujours. Je risque d'avoir du mal à l'en convaincre, je devrais lutter. Je le sais, parce que cette femme a beaucoup plus de volonté qu'on ne peut en discerner au départ.

Cette femelle au caractère bien trempé et moi avons quelque chose en commun.

Je joue pour gagner. Et elle aussi.

9

Nalia

– Tu vises bien, mais tu dois te préparer à te défendre contre les différents types de bâtons de mok bir que tes adversaires peuvent utiliser.

J'acquiesce en observant Herannathon. Il se trouve sur la table de mok bir. Il s'entraîne avec moi depuis la fin de son combat, qui a eu lieu plus tôt dans la journée. C'était un combat plutôt facile : il s'est terminé rapidement et Herannathon s'en est sorti indemne sans avoir à utiliser davantage de gelée curative violette. Toutefois, il a également blessé mortellement un adversaire et tué l'autre. Depuis, il a l'air contrarié.

Son attitude m'intrigue. Par contraste, ses explications sur le tournoi qui m'attend semblent bien moins importantes. Il a tué des gens – il a tué beaucoup de créatures, mais... peut-être qu'il ne veut pas tuer ?

Il fait une pause.

– Ça va ? demande-t-il.

Je fronce les sourcils et me mords la lèvre inférieure. Je ne veux pas avoir l'air cruelle.

– C'est à toi que je devrais demander ça.

Il jette un coup d'œil à sa poitrine. Son expression sévère est d'autant plus énigmatique que je ne vois pas bien ses yeux argentés tourbillonnants sous les visières gris mat qui les recouvrent. Elles se confondent avec sa peau sur les bords, je ne peux donc pas savoir s'il me regarde ou, si c'est le cas, à quel endroit. Je ne sais pas pourquoi il a rabattu ses visières maintenant alors que normalement il ne le fait pas en ma présence.

– Je ne suis pas blessé, fait-il remarquer.

– Je ne parle pas de blessures externes.

– Je n'ai pas de blessures internes ni d'hémorragies.

– Ce n'est pas ce que je voulais dire.

– Shrov ! Alors qu'est-ce que tu veux dire ? Tu devrais faire attention à ce que je te dis au lieu de parler. Il faut que tu te concentres, si tu veux gagner.

Il jette le bâton qu'il tient dans sa main et celui-ci rebondit sur le plateau de bois usé dans un tourbillon de vrilles. Comme un boomerang, il tourne en rond et revient vers lui. Si je ne l'avais pas bloqué avec mon bras, je l'aurais reçu en plein visage.

– Oh mon Dieu !

Il fronce les sourcils encore plus sévèrement qu'avant.

– Herannathon, dit-il.

– Quoi ?

– Je m'appelle Herrannathon, pas Mondyeu.

– Je le sais. C'est juste une expression, un peu comme shrov.

– Alors pourquoi tu ne dis pas *shrov* ?

Je plante mes paumes sur la table et me penche en avant. Une chaleur rampe dans ma nuque. J'ai du mal à la repousser.

– Parce que je ne suis pas une pirate de l'espace

Niahhorru.

Ses plaques s'agitent, se contractent. Elles font ce qu'elles veulent. Il se penche aussi sur ses paumes. Sur les quatre. Au-dessus de sa tête, les pointes de ses dangereuses lances couleur ardoise apparaissent. Elles me donnent la chair de poule sur les bras. Je porte une tenue de travail grossièrement rafistolée et je commence à en avoir assez. Herannathon m'a dit que le prix ultime à gagner aux tables de mok bir est une sorte de clé détenue par Manila, mais en ce moment, je n'en ai rien à faire. Je préférerais gagner un tee-shirt, un short et des baskets. Je tuerais pour des baskets. Au lieu de cela, j'ai des chaussures faites d'une drôle de substance bleue. Elles font l'affaire, mais la matière est étrangement visqueuse autour de mes pieds.

– Tu crois que je ne m'en suis pas rendu compte ? réplique-t-il.

J'ai l'impression d'avoir été insultée. Ça n'a aucun sens. Je ne suis *pas* Niahhorru. Je ne suis pas de son espèce. Je ne suis donc pas une pirate, ça me semble logique mais... sa remarque me blesse plus que ne l'aurait fait un bâton de mok bir qui m'aurait heurté en plein front. C'est plus douloureux que la morsure d'un de ces bâtons électriques.

– Si tu *étais* une pirate, poursuit-il, tu aurais su qu'il ne fallait pas voler une putain de shrov de capsule de sauvetage eshmiri, et encore moins une capsule appartenant à Ashmara. Si tu étais une pirate, tu aurais su comment programmer une destination différente dans la carte stellaire, et même si tu ne l'*avais pas* fait; si tu étais une pirate, tu aurais pu atterrir sur Evernor et tu aurais pu te battre pour toi-même.

La chaleur le long de ma nuque s'intensifie et s'étend

à ma poitrine. Mes lèvres s'entrouvrent. J'attends qu'il s'excuse, car ce qu'il vient de dire est aussi *injuste* que *cruel*... mais il ne le fait pas. Il continue de se pencher en avant et de me fixer avec ses yeux couverts de visières. Ses lèvres gris foncé sont serrées en une ligne aussi fine qu'un rasoir et ses pointes scintillent sur le dessus de sa tête comme un ultime avertissement avant une mise à mort.

Je frappe la table de ma main.

– Tu sais quoi ? Tu es un salopard !

– Centare, je suis un pirate Niahhorru. Shrov ! Et toi, tu sais ce que tu es ?

– Je suis un être humain. Tu le savais quand tu m'as poursuivie et que tu as décidé de te battre pour moi. Pourquoi l'as-tu fait, si ça ne te plaît pas ?

– Peut-être parce que je ne voulais pas tu deviennes la proie de tous ces êtres qui rêveraient de *se servir de toi.*

– Peut-être que c'est *exactement* pour ça que tu m'as suivie – pour pouvoir te servir de moi comme *tu* l'entends.

Je lance le bâton que je tiens dans ma main vers sa poitrine. Il l'attrape si facilement que je me demande comment j'ai pu gagner un seul match depuis que nous avons commencé l'entraînement. Il est rapide, bien plus que moi. S'il y a des concurrents qui ont la moitié de sa coordination œil-main et un dixième de sa vitesse, je ferais mieux de me préparer à être vendue dès maintenant.

Ses visières de protection se détachent sur les côtés, mais seulement un peu, juste assez pour révéler un éclat d'argent. Il brandit un bâton noir. Il a l'air de le lancer en arrière par-dessus son poignet, mais au lieu de voguer dans les airs, le bâton s'aplatit et se transforme en une attelle d'avant-bras. Il fait cela sans cesser de me regarder et sans ralentir le pas alors qu'il s'approche lentement de moi autour de la table.

La chaleur dans ma gorge, cette colère latente, est la seule chose qui maintient mes pieds enracinés alors qu'il rôde vers moi, l'air aussi dangereux que n'importe quel prédateur. Je me sens traquée par lui, même si je reste parfaitement immobile. Je suis sa proie.

– N'essaie pas de m'intimider. Ça ne marchera pas.

Je mens, en fait ça marche. Sa taille suffit à elle seule à m'intimider, sans compter que mon corps semble vouloir se soumettre au sien dans tous les domaines. Ce sentiment va au-delà d'un désir normal. C'est presque surnaturel. Je me lèche les lèvres et j'essaie de ne pas déplacer mon poids entre mes hanches.

– Je suis sérieuse, Herannathon...

– Moi aussi, *Nalia*.

Il allonge les syllabes de mon nom, il accentue chaque voyelle, il siffle : *Naaaliyaaaah*. Je refuse déglutir – je ne veux pas qu'il voie l'effet qu'il a sur moi. Je laisse ma bouche se remplir de salive et de chaleur.

– Tu crois que je plaisante ? Tu crois que tu sais quelque chose de cet endroit ? Tu penses que tu connais ces créatures ? Tu sais ce qu'elles te feraient si elles le pouvaient ?

Je serre mes dents de devant, les poings tendus le long de mon corps. Je suis aussi raide que du bois.

– Elles peuvent toujours essayer. Je ne suis pas en sucre.

– Ah ! s'écrie-t-il.

Sa voix ressemble moins à un rire qu'à un poignard tranchant la chair à la recherche d'un os.

– As-tu déjà vu un Egama nu ? Les bites des Egamas

font la longueur de ma cuisse et ça ne les arrêterait pas. Ils préféreraient t'éventrer avec que de t'épargner.

Il touche le centre de ma poitrine et fait glisser ses griffes vers le bas.

– Tu penses peut-être que tu auras la chance de tomber sur une horde de Rekkarus ? Ils s'accouplent en groupe dans les airs. Ils te soumettraient à une frénésie d'accouplement. Les chances que tu ne tombes pas du ciel, à moitié empalée sur une bite grise et trapue, sont quasiment nulles. Et je ne te parle pas des Oosas. Leurs formes amorphes peuvent prendre n'importe quelle forme et ces pervers de shrov adorent baiser. Ils te baiseraient jusqu'à ce que tu suffoques. Ce n'est même pas le pire des cas. Le pire des cas, ce serait que tu sois revendue sur Sky. Là-bas, ils t'accoupleraient à l'une de leurs machines de mort, et cela, seulement si leurs mécaniciens ne manipulent pas ton cerveau pour effacer tes souvenirs afin de te transformer d'abord en une meurtrière qui opérerait à leur solde. Dans ce cas-là, personne ne te baiserait, mais tu ne serais pas épargnée pour autant. Tu n'y survivrais pas non plus. Alors, oui, tu n'es pas en sucre; mais centare, Nalia, tu n'y survivrais pas. Tu ne survivrais à aucun de ces cas de figure.

J'ai beau transpirer abondamment, je suis moite et j'ai froid. Je n'aime pas ça. Je n'aime pas la façon dont il me parle. Une poussée de rage et d'énergie me traverse les bras et je lui assène un coup sur le côté – il le bloque facilement – mais cela le distrait suffisamment pour que je puisse prendre le bâton qui me reste dans la main et l'utiliser pour le frapper.

Je touche sa mâchoire et sa tête bascule sur le côté. Le mouvement est à peine perceptible mais le bâton dans ma main réagit à mon contact. On dirait qu'il lit mes pensées. Il se couvre soudain de barbelés. Les épines qui jaillissent de l'extrémité de mon bâton raclent la peau plus douce autour de sa bouche, entaillent sa lèvre inférieure et font couler un sang noir.

Satisfaite, mais toujours en colère, je lui tourne le dos puis appelle le fourreau magique noir autour de son poignet. À ma grande surprise, il vient à moi immédiatement. Je le jette au sol avec l'autre bâton, je monte sur la plate-forme qu'ils ont créée ensemble et je m'envole sans me soucier de savoir s'il me suivra ou non.

10

Herannathon

Nalia et moi n'avons pas échangé un mot depuis qu'elle m'a laissé à cette foutue table d'entraînement pour faire de l'auto-stop avec un Lemoran de passage. Aujourd'hui, nous sommes assis de part et d'autre de la tente. Je suis du côté de mon dépôt d'armes improvisé, je polis une lame anka massive que j'ai arrachée à un adversaire mormora – l'une de mes premières récompenses de ce tournoi. Elle, elle est à la petite table de repas. Elle décortique les derniers morceaux d'un oiseau eebi. Elle déguste un plat savoureux et délicat que j'ai échangé sur les marchés de la dernière lune avant de retourner auprès d'elle.

J'ai été dur avec elle. Je devrais dire quelque chose. Je me racle la gorge.

– Je sais que je me suis comporté comme un connard.

Elle laisse tomber l'os qu'elle tient et s'essuie sa main sur un morceau de tissu posé sur la table à côté d'elle.

– À force des fréquenter les humains, je deviens vraiment con…

Son éclat de rire accroît ma tension. J'essaie de me rappeler qu'elle doit avoir peur – peut-être qu'elle n'a pas cessé d'avoir peur. J'essaie de me rappeler ce que j'ai ressenti en m'accrochant à cette femelle tremblante après l'avoir trouvée avec les Lemorans. Elle était terrorisée et j'en ai été bouleversé jusqu'à la moelle. Le souvenir de sa frayeur me paraît étrange aujourd'hui. Elle est loin d'être la femelle épouvantée qu'elle était alors.

La femelle que j'ai sous les yeux en ce moment... *est une pirate.* J'ai affirmé le contraire – j'ai essayé de me convaincre qu'elle n'était pas une pirate – parce que c'est moi qui ai peur. Je ne sais pas ce qui m'effraie le plus : la savoir effrayée, elle, frêle humaine dans un monde inconnu, ou savoir qu'elle pourrait perdre cette peur et avoir *mentalement* les mêmes pointes et les mêmes griffes que les Niahhorrus. Son esprit aura beau s'endurcir, sa peau restera douce. Elle est trop douce et bien trop fragile.

– C'est bien comme ça qu'on mange l'eebi, je grogne, les dents serrées. Tu n'as même pas eu besoin que je te montre.

J'expire la rage qui brûle en moi. Pas la rage. Centare, pas la rage. La *peur.*

Son hésitation ne passe pas inaperçue. Son regard se baisse lorsqu'elle remarque que j'ai remarqué.

– C'est bon. Ça a bien meilleur goût que la bouillie, là.

Le coin de ma bouche se crispe.

– Tu n'aimes pas la pâte de noix d'Ebo ? C'est très nutritif pourtant.

– Tu veux dire que cette saloperie, cette immonde bouillie que les cinglés me donnaient à manger tous les jours dans ma cellule, vient d'une noix ?

Elle fronce les sourcils.

– On ne dirait pas, ajoute-t-elle.

– C'est parce que tu ne connais pas cette noix, tu es humaine.

Elle me jette un regard étrange et replie ses cheveux derrière une oreille. Ils forment une masse touffue. J'aime ses cheveux. Je les adore. Je veux les voir s'enrouler autour de mes quatre mains quand elle sera à genoux.

– Merci pour le rappel.

Je me concentre à nouveau sur la lame devant moi pour repousser la raideur croissante entre mes jambes qui pousse contre mes plaques de protection.

– Ce n'est pas une mauvaise chose, je marmonne.

– Ah bon ? Pourtant, ça fait de moi une cible facile. Ça t'oblige à te battre pour moi. Et c'est parce que je suis une humaine que tu penses que je perdrais si je participais au tournoi de mok bir.

Elle s'écarte de la table et emporte son plat dans la zone de déchets à l'arrière. Elle est ramassée par la patrouille eshmiri chaque solaire – enfin, quand ils s'en souviennent... Je me surprends à aiguiser mon projecteur d'ions plus fort contre le bord de la lame lorsque je ne peux plus la voir. J'aime la voir, je veux toujours avoir la possibilité de la voir. Même quand elle me donne envie de la punir. Surtout quand elle me donne envie de la punir.

Elle réapparaît un instant plus tard, toujours enveloppée de haillons. Je demanderai à quelqu'un sur les marchés de lui coudre quelque chose après le tournoi du solaire. Il lui faudrait quelque chose de beau. Peut-être que je demanderai aux Walreys de lui confectionner un vêtement avec leur soie. Ça me coûtera un bras, mais ça en vaudra la peine... Je me ressaisis. Est-ce que j'ai perdu la tête ? Il faut que je me procure cette clé. *Il me faut des disques de sauvetage.* Je repense aux Oroshis que je viens de tuer et je grince des dents. J'aime bien les Oroshis.

Ils sont astucieux, rusés et aussi glissants que chacun de leurs membres. Ce sont des joueurs téméraires et passionnés qui misent toujours sur les plus gros enjeux. Les deux Oroshis que j'ai combattus se sont inscrits au tournoi de leur plein gré et... je connaissais l'un d'entre eux. Je ne le connaissais pas intimement, je ne connaissais pas son nom, mais j'ai reconnu l'arme qu'il portait : une hache avec une lame ionique d'une extraordinaire légèreté.

J'avais essayé de lui soutirer cette arme par le passé, sur Kor, dans le dôme du Cosmos. C'était bien avant que je n'entende parler des humains. Je n'ai pas réussi à lui prendre son arme et il a réussi à me faire perdre mes gains au mok biz en me proposant des pichets de hibi lemoran. J'ai passé une bonne lune en sa compagnie. Une lune mémorable. J'ai bien essayé de ne pas le tuer lors du tournoi... mais ces deux Oroshis étaient des adversaires coriaces et il était doué avec sa hache... Trop doué.

J'ai coupé son partenaire en deux et tranché trois de ses neuf membres. Les Oroshis saignent abondamment quand ils sont blessés. Il n'a pas été possible de les sauver, ni l'un ni l'autre. Même le mérillien n'aurait pas été efficace. Alors qu'ont fait ces putain de shrov d'Eshmiris ? Ils m'ont donné sa hache en récompense.

Je l'observe. Elle est appuyée contre le mur avec les autres armes que j'ai collectées. Mon estomac s'affole. Tout désir de toucher Nalia est gâché comme de la viande avariée.

– Qu'est-ce qu'il y a ? demande-t-elle doucement.

Sa voix est si douce… Je ne suis pas habitué à une telle tendresse. Les pirates niahhorrus se rient de tout. Il ne me viendrait jamais à l'idée de leur dire ce que j'ai sur le cœur… Et il ne leur viendrait jamais à l'idée de demander.

Je lève les yeux et grimace en voyant son visage et sa douceur. Le léger plissement de la fourrure au-dessus de ses yeux m'évoque de la pitié ou quelque chose qui s'en rapproche. J'ouvre la bouche, prêt à plaisanter avec elle, mais son expression m'en dissuade. Les taches sur son visage, ses grands yeux sombres et clairs : toutes ces couleurs me touchent.

– Je connaissais l'Oroshi. Je connaissais l'un des Oroshis que j'ai tués.

Ses lèvres bougent. Elle attend quelques secondes avant de poursuivre.

– Oroshi ?

– Celui qui maniait la hache.

Je penche la tête vers le mur. Mes doigts s'enroulent autour de la poignée de la lame posée sur mes genoux.

– Et je n'ai jamais dit que tu ne gagnerais pas le tournoi de mok bir.

Il y a un autre long silence pendant lequel je peux l'entendre, mais pas la voir bouger. Je ne veux pas la regarder. Je ne veux pas qu'elle se moque de moi. Je ne veux pas sentir sa colère contre moi, même si je sais qu'elle est méritée.

Je suis obligé de lever les yeux lorsque j'entends son léger « hum » et le bruit de ses pieds qui traînent sur la moquette. Elle se frotte distraitement la hanche avec le talon de sa main en contournant une table en bois et en continuant à s'approcher. Je ne sais pas si c'est son intention mais elle ne peut pas venir à moi. Il y a des caisses et des caisses de babioles inutiles empilées entre nous. Toutes ces merdes ne me permettront pas d'acheter des disques de sauvetage parce que les stocks d'Evernor sont épuisés. *Je vais devoir continuer de tuer.*

Je la fixe finalement du regard et ses lèvres s'entrouvrent.

– Herannathon, je…

Son visage se couvre de couleurs. Elle s'arrête de bouger.

– Tu… tu n'as pas envie de tuer, n'est-ce pas ?

Je ris. Ce n'est pas un rire de pirate ou de pilleur. C'est un rire désinvolte et cinglant.

– Tu crois que *j'aime* tuer des créatures ? Tu penses que je prends plaisir à tuer des créatures qui ne sont peut-être pas ici de leur plein gré, des créatures qui, pour certaines, ont été capturées puis jetées dans l'arène ? Tu penses que j'aime tuer des créatures que je connais ?

Son visage devient d'un rouge plus vif. Ses épaules se crispent.

– Bien sûr que c'est ce que tu penses ! je reprends. Toi, tu es une douce humaine et moi, je ne suis qu'un pirate sauvage, après tout.

La fourrure de ses yeux se plisse et sa main se crispe sur son vêtement miteux pour former un poing.

– Ce n'est pas...

– Ils viennent me chercher. Voyons voir qui je vais devoir tuer pour le plaisir ce solaire.

Je me mets debout et me dirige vers l'entrée de ma tente en entendant les planeurs eshmiris branlants se rapprocher. Je laisse tomber mon épée derrière moi. Je suis le favori, je n'ai donc jamais le droit d'avoir une arme dans l'arène. Les spectateurs paient davantage pour me voir déchiqueter des Oroshis à mains nues, membre par membre.

Je referme les volets derrière moi et je lève les yeux, un peu attristé par la perception que Nalia a de moi. Je ne sais pas pourquoi. Je voulais qu'elle me considère comme un tueur capable de la protéger. *Mais peut-être que je veux aussi qu'elle voie autre chose en moi.* Je veux qu'elle m'apprécie au-delà de ma capacité à tuer pour elle.

Alors que le planeur se rapproche, tout en métal rouge et branlant, ma tristesse se transforme en surprise.

– Qu'est-ce que tu fais ici ? je demande à Uuni.

Il voyage habituellement avec l'équipage de Gibli et Tintin – avec Ashmara. *Putain de shrov d'Ashmara...*

– Je ne savais pas que vous aviez accosté.

– Yeeshee, répond-il en eshmiri.

Il hisse son blaster plus haut sur son épaule pour tenter de passer la barrière de ma tente et voir les provisions qui s'y trouvent. Il est probable qu'il observe ce qu'il pourrait essayer de voler. Essayer est ici le mot clé. Personne ne vole un pirate Niahhorru. Tous ceux qui s'y sont essayé ont aussi perdu la vie. Tous. *Tous sauf lui.*

Jerrock l'assassin.

En l'absence de réponse claire d'Uuni, je lève les yeux au ciel.

– Qu'est-ce que tu fais là ? je répète. Je savais que vous aimiez regarder les jeux, mais comme Ashmara est recherchée...

Tout le monde sait qu'Ashmara peut voler n'importe qui les yeux fermés, mais elle prend un plaisir particulier à voler les personnes capturées par d'autres, et à les libérer. Son équipage a intercepté tant de pauvres âmes destinées aux expériences de Sky que sa tête a été mise à prix. Une foule d'assassins de Sky souhaitent réclamer sa prime. Un seul d'entre eux détient son contrat, et il l'a gardé pendant des rotations.

Jerrock, le fils prodigue de Sky.

D'une manière ou d'une autre, elle a réussi à ne pas se faire prendre. Je ne sais pas comment. Elle a beau être rusée comme un renard, elle est aussi négligente, imprudente, et c'est une véritable camée qui ne peut pas se passer de muuir.

Uuni acquiesce vigoureusement.

– Le prix est trop beau pour le laisser passer cette fois.

Je plisse les yeux et me crispe lorsque je vois un groupe d'Eshmiris se diriger vers nous à toute vitesse dans leurs planeurs. Une valise de kintarr transparente est posée entre eux. Shrov. J'expire en me rappelant qu'il ne me reste plus que trois batailles. Trois de plus et je récupère mon prix, je contacte le vaisseau mère et je me casse avec ma femelle. Je cherche le boulon de métal dans ma poche et j'expire en tremblant. Je sais que nous pouvons nous réconcilier, mais pas ici. Quand nous aurons quitté Evernor, je pourrai lui prouver que je suis digne d'elle et que je ne la considère pas simplement comme une humaine. Quand il s'agit d'elle, *rien* n'est simple.

Elle est tout pour moi.

Je jette un coup d'œil à Uuni et je me concentre à nouveau.

– De quel prix tu parles ?

– Viens. Il ne faut pas que tu sois en retard et ton adversaire est déjà sur le terrain.

Il penche la tête sur le côté, ses lèvres se retroussent en un sourire qui révèle toutes ses dents pointues.

– Je te raconterai tout en chemin.

La curiosité prend le dessus et je saute sur son planeur juste au moment où il commence à s'éloigner de mon îlot pour s'engager sur le Dessous. Alors que nous nous éloignons, Nalia sort sur le palier et entre dans sa prison kintarr. Elle lève les yeux. Elle essaie peut-être de me trouver, mais elle n'y parvient pas. Il y a déjà trop de planeurs qui font des allers-retours entre nous.

– Il y a une clé de Sky ici et il paraît que c'est Manila qui l'a, déclare Uuni.

Shrov. À contrecœur, je cesse de regarder Nalia et je me retourne vers le pilleur devant moi.

– Comment l'as-tu appris ?

Uuni ricane haut et fort en faisant pivoter le planeur sur la gauche, pour éviter de justesse une ruche de Walreys volants. Ce sont des créatures aux yeux globuleux du huitième quadrant. Les Walreys sont hideux, mais le miel qu'ils produisent est convoité dans tout le cosmos, tout comme leur soie. Ils viennent prendre part aux jeux du Dessous.

– Tout le monde le sait. C'est Manila qui l'a et d'après ce que j'ai entendu dire, elle la donnera en récompense au champion du tournoi de mok bir.

– Quoi ? Mais pourquoi ?

J'ai une partie de la réponse à cette question mais je feins l'ignorance. Je veux juste savoir ce qu'*il* sait.

– Parce que seuls les combattants peuvent gagner le tournoi grâce à leur force physique, mais le mok bir concerne tout le monde. N'importe qui peut gagner. *N'importe qui.*

– Ce n'est pas ce que je veux dire, je souffle, frustré.

Je suis sûr qu'il le fait exprès. Bien sûr qu'il le fait exprès ! C'est un putain de shrov d'Eshmiri.

– Je veux savoir pourquoi elle renoncerait à un prix d'une telle valeur. Ça fait des *rotations* qu'elle a cette clé...

Elle est en possession de cette clé depuis qu'elle est devenue la première meurtrière de Sky à obtenir sa liberté. Elle est entrée dans l'*Histoire*. Je suis au courant de l'existence de la clé depuis mon entrée dans le tournoi, mais depuis tout ce temps, je n'ai pas trouvé la réponse à cette question.

– Elle a ses raisons.

Il penche la tête sur les côtés en faisant de petits mouvements.

– Le Mok bir est une compétition plus intéressante pour elle. Elle touche sa part des bénéfices, ça, tu le sais; mais cela lui permet aussi de transférer les risques.

– Les risques ?

Ses grands yeux surdimensionnés brillent comme des pierres précieuses. Sa petite bouche révèle des aiguilles à la place des dents.

– Yeeshee.

Son front, couvert d'une légère couche de petits poils, se plisse.

– Tout le monde sait que Manila détient la clé. *Tout le monde.*

Shrov. Ma peau se hérisse. Je jette un coup d'œil autour de moi. Je m'attends presque à ce que des cyborgs à la carrure métallique me sautent dessus dans le chaos qui règne, ici et maintenant.

– Il y a des assassins de Sky *ici* ?

– C'est ce que nous pensons.

– Shrov ! Maudits Eshmiris ! C'est votre boulot de maintenir la paix en les empêchant, *eux,* d'entrer.

– Les assassins de Sky ont de nouvelles armes. Ils peuvent se camoufler et ils veulent récupérer leur clé. Cette clé permet de trouver l'emplacement de la planète Sky. Sky veut cette clé et a envoyé non pas un seul assassin, mais *plusieurs*.

– Par toutes les comètes de shrov !

Je passe une main sur mon visage. Cette fois je suis à la fois furieux et effrayé. Cela ne me surprend pas que d'autres soient au courant de la clé de Manila. Comme je n'avais pas l'intention de participer au tournoi de mok bir, je voulais procéder à un échange avec Manila, et j'étais aussi prêt à la *voler*. Par contre, affronter les créatures de l'Enfer lors du tournoi, puis me frotter aux assassins de Sky pour obtenir la clé ne faisait pas partie de mes plans.

– Nous en avons attrapé une.

Je me crispe et me tourne vers Uuni.

– Vous l'avez… attrapée ? Vous avez attrapé une tueuse de Sky ?

Il se contente de rire.

– Pourquoi ne la tuez-vous pas ?

Ses yeux brillent. Ce sont des bulbes d'une couleur crème pâle. Il y a de petits points lumineux dans son regard, entourés d'anneaux crème plus ou moins foncés, mais, comme son rire, son regard ne révèle rien.

– Putain de shrov de pilleur, je siffle à l'approche des portes. Pourquoi veux-tu la clé ?

– Sur Lemora, ils sont prêts à payer le prix fort pour l'obtenir. Le chef de clan Raingar est encore bouleversé par ce que Sky a fait à sa miriga.

– À *sa* miriga ? Et ce qu'ils ont fait à *ma* femelle !

J'attrape Uuni par le col de sa tunique et je secoue vigoureusement la petite créature. La crosse de son blaster heurte les plaques de ma cuisse et je gémis. C'est un coup bas. Sans les plaques de protection qui recouvrent ma bite, il aurait pu me stériliser. Je ne peux pas laisser ce genre de chose arriver. J'ai encore de la semence pour Nalia.

J'attrape Uuni par la gorge avec ma main inférieure cette fois-ci et je serre le bâtard en souriant d'une manière menaçante.

– Si le chef du clan lemoran s'imagine qu'il peut priver les Niahhorrus de leur vengeance, c'est son problème; mais si tu l'aides, c'est *toi* que je viendrai chercher.

– Ce ne sont que des menaces, dit le petit Eshmiri alors que son planeur s'immobilise enfin.

Je débarque dans le tunnel. Mes pieds bottés atterrissent sur la surface dure d'Evernor avec un bruit sourd. Son planeur s'élève à nouveau dans les airs. Il plane bas pour éviter de heurter le toit de la caverne. Juste avant de s'envoler, il me quitte avec un signe de la main très humain et des mots d'adieu inattendus:

– Les menaces pèsent moins lourd que le kintarr.

– Putain de shrov d'Eshmiri…

Je secoue la tête en le regardant partir. Son planeur rouillé s'écrase presque contre le mur de droite, ce qui fait rire les Eshmiris qui encombrent le hall en contrebas.

Les Eshmiris vont être un vrai problème. Ils ont des yeux partout et ce sont des experts des jeux du Dessous. S'ils ont envoyé leurs meilleurs éléments aux tables, Nalia n'a aucune chance de rivaliser. Le fait qu'elle soit parvenue au tour suivant relève franchement du miracle. Et je ne parle même pas de la présence d'assassins ici...

Shrov ! La clé, la mission et ma vengeance sont à portée de main, mais… je dois fuir avec elle si je veux assurer sa survie. Je serre la pièce de métal dans mon poing inférieur droit avant de la remettre dans ma poche. *Après tout, c'est à cause de moi qu'elle est ici.*

Les portes de l'arène grincent et s'entrechoquent. Je

me dirige vers elles, sans arme, tout en me demandant ce que les Eshmiris ont bien pu me réserver pour ce solaire. Les combats sont de plus en plus intenses, les adversaires de plus en plus sauvages. Lorsque les portes s'ouvrent et que je vois une petite créature mince me regarder de l'autre côté du sable rouge, je ne comprends pas...

Au début.

Puis j'identifie son visage, ses marques, et je vois les chaînes qui pendent de son petit corps. Toutes en Droherion, elles rayonnent d'un bleu vibrant, presque aveuglant.

Shrov.

Ses cheveux pendent jusqu'à sa taille en une tresse qui s'étire au centre de sa tête. C'est presque une cruelle imitation de mon propre hiannru. Ils brillent d'un rose inhabituel et fluorescent. *Ils étincellent.* De chaque côté de sa tresse, des plaques d'argent resplendissent le long de son crâne, probablement en stalyx. Ses yeux ont disparu, ils ont été remplacés par des plaques de yeeyar. Je ne me laisse pas duper par l'absence d'orbes en guise d'yeux – je sais qu'elle peut voir dix fois plus loin et cent fois mieux que moi avec ces modifications de Sky.

J'oublie tout ce qui m'entoure. J'oublie les boîtes en kintarr qui se balancent au-dessus de moi pour me tenter. J'oublie la dispute que j'ai eue avec ma femelle, une femelle actuellement en colère contre moi et qui risque de l'être encore plus lorsqu'elle comprendra que je lui ai menti depuis le début.

Je sais pourquoi elle n'a pas de souvenirs. Je le sais aussi bien que je sais que j'ai un boulon en métal dans ma poche.

Le rugissement de la foule est écrasant, plus fort que

jamais. Je suis le favori, mais il n'y a jamais eu d'assassin de Sky sur le sol d'Evernor. Je jette un coup d'œil aux paris illuminés sur les holo-écrans des flyers eshmiris. Centare, je ne suis plus le favori.

Je lève les yeux vers les stands Eshmiris. Le vaisseau d'Uuni les surplombe en vol stationnaire. Au-dessous, regroupés sur les banquettes de l'arène rouge et rocailleuse, se trouvent les autres membres de son équipage. Ils composent une masse brune sur laquelle se détache une autre tache brune plus foncée qui se trouve parmi eux. Couronnée d'une chevelure blanche et visiblement satisfaite, Ashmara m'adresse un sourire suffisamment large pour montrer toutes ses dents.

Ses yeux s'illuminent d'un argent sauvage et satisfait, suivi d'un éclair d'amusement vert. Elle ne contrôle absolument pas ses couleurs, mais même si c'était le cas, je doute que cela ait de l'importance. Cette femelle est aussi implacable qu'impudique. Elle frappe dans ses mains, fait une grimace, et désigne la tueuse de Sky, comme si je ne savais pas que je m'apprêtais à combattre cette créature jusqu'à la mort. Elle me la montre comme si je pouvais ignorer que cette fois, je risque de perdre. *Centare. Je ne peux pas me permettre de perdre.*

Je lève les yeux vers les boîtes de kintarr qui flottent au milieu de tant de nacelles eshmiris. Ensemble, les prix et les annonceurs masquent presque la courbe grise et chatoyante du dôme et le ciel flamboyant qui le surplombe. Un pirate contre un assassin. Si j'avais été dans une autre position, c'est un combat que j'aurais absolument voulu voir. J'aurais payé pas mal de crédits pour y assister.

La boîte de Nalia est d'un rose étincelant. La visière protectrice sur mes yeux est déjà en place. À travers, je la vois plus clairement, suffisamment pour distinguer l'expression confuse de son visage. Elle jette un coup d'œil entre moi et mon adversaire, comme si elle ne comprenait pas. Cela me fait sourire. Pour elle, c'est probablement absurde.

Un éclair traverse les pensées éparses de mon esprit lorsque les chaînes se détachent de mon adversaire. Alors qu'elle s'avance, je détourne mon attention d'une horde d'Eshmiris rieurs et de mon prix confus. Je suis maintenant déterminé à lui prouver qu'elle a tout à fait raison.

Je suis un tueur sans pitié.

//
Nalia

Pu. Tain. De. Bordel de merde. Herannathon combat une bête ce solaire. L'intensité avec laquelle cette femme le frappe est monstrueuse. Sa soif de sang sauvage la rend rapide comme l'éclair. Elle encaisse les coups mieux qu'un punching ball et, quand Herannathon tourne et l'attrape avec ses dents, elle dévie avec ses avant-bras métalliques sans subir la moindre égratignure.

Ses avant-bras sont d'un blanc argenté scintillant. Au-dessus des coudes, sa peau est d'un bleu mat, ses jambes sont de la même couleur. Les parties métalliques situées sous ses genoux ont été coupées pour former une articulation supplémentaire. Elles l'aident à sauter haut, comme elle le fait maintenant. Herannathon saute aussi. Il saute suffisamment haut pour attraper sa cheville, pour la faire passer au-dessus de sa tête comme un fléau et pour l'envoyer au sol. La queue de sa tresse lui entaille le poignet. Il saigne. Je grimace quand je l'entends rugir de douleur.

Ses cheveux roses ont l'air de néons électriques. Peut-être qu'il s'agit vraiment de néons. Depuis que sa tresse a frappé Herannathon au visage la toute première fois, il s'efforce d'éviter de les toucher. Ses cheveux me rappellent les cheveux de Manila, ils bougent de leur propre chef. Ils remuent presque comme des tentacules. Je me demande s'il s'agit bien de cheveux. Comme les cheveux de Manila, comme ses bras et ses jambes, ils s'agitent sans coordination les uns avec les autres : c'est comme si Herannathon combattait quatre adversaires à la fois – cinq, en comptant les cheveux.

Elle lui donne un coup de pied dans la poitrine et il s'envole d'elle en patinant sur le sable. Il la charge à nouveau et elle plonge hors de sa trajectoire. Il glisse. Elle lui saute sur le dos et tout à coup, *je ne sais comment*, elle sort une lame de son bras. Elle l'enfonce dans son dos et lui transperce la partie supérieure de l'épaule droite.

J'inspire bruyamment et je frappe du poing sur le fond de la cage. Comme personne ne réagit, je continue à frapper. Il a besoin d'aide. *Je peux l'aider.* Cette idée me traverse le cerveau avec violence alors que je le regarde se tenir debout, attaquer, se défendre et attaquer à nouveau, encore et encore et encore. Le combat semble durer une éternité. Je sais qu'il ne pourra pas tenir éternellement. Le pire dans tout ça, c'est qu'il faiblit, alors qu'elle ne faiblit pas. Elle ne se fatigue pas du tout.

– Je veux sortir ! je crie vers l'Eshmiri qui vole dans le petit vaisseau le plus proche de moi. Hé !

Le petit être brun debout dans ce qui ressemble à un seau en métal rouillé me jette un coup d'œil rapide avant de reporter son attention sur le combat. Il se penche en avant et agite ses deux poings avec une telle violence qu'il manque sortir de son engin. Il jette quelques jetons argentés et noirs à la surface et crie quelque chose aux autres Eshmiris.

Un présentateur plane dans la foule, quelque part. Il a à la main l'équivalent extraterrestre d'un tableau de classement. L'Eshmiri le plus proche de moi a parié sur la meurtrière de Sky et il augmente considérablement sa mise.

– Hé ! Enfoiré ! je crie. Laisse-moi sortir d'ici !

Un sifflement venant d'en bas me fait baisser la tête, mais je ne me laisse pas distraire.

– Hé ! Je veux sortir.

Juste au moment où j'ouvre la bouche pour crier à nouveau, ma cellule s'effondre sur le sol. Je n'ai même pas le temps de hurler. Avant que je puisse retrouver mon équilibre, je tombe de ma cellule sur la terre battue. Ma tête heurte un pan de la boîte en sortant. Pendant une seconde, un mal de tête s'insinue dans mes pensées et tout devient gris. Lorsque j'ouvre les yeux, je me redresse en titubant.

Je penche mon visage vers la brise et j'ouvre les yeux. La cellule rose flotte loin de moi. Elle remonte rejoindre les autres. Un deuxième coup de sifflet attire mon attention et, même si j'ai des problèmes plus urgents à régler, je lève la tête.

Je regarde la foule tandis que tout le monde regarde le duo qui se bat... tout le monde, sauf une personne… une créature. Elle a une paire d'yeux d'une blancheur éclatante, sans pupille ni iris, qui se concentre entièrement sur moi. Elle sourit en pointant un doigt légèrement à ma gauche. Je me tourne en suivant la direction de son regard : je découvre alors un bâton à moitié caché sous des gemmes voyantes, des pierres sans valeur et des morceaux de tissus chatoyants.

Je m'élance immédiatement pour attraper le bâton. C'est une lame à deux faces. Il me suffit de poser mes doigts sur les prises pour savoir comment l'utiliser. Quelque chose qui dépasse la simple force de l'instinct me pousse à courir sur le sol dur dans un tonnerre de cris et de hurlements. Quelque chose qui ressemble à s'y méprendre à un *souvenir...*

Je brandis une mitraillette comme un bâton car je n'ai plus de balles. Un couteau est attaché à l'une des extrémités. L'arme ressemble à une baïonnette à l'ancienne, parce que dans ce monde, nous n'avons plus de balles : nous n'avons plus que des couteaux.

J'affronte non pas un, mais trois gars costauds alors que je contourne le bâtiment suivant. C'est un réservoir secret, un réservoir qu'ils ne devraient pas connaître mais dont j'ai laissé échapper les coordonnées au bar hier soir. Je jouais au poker. J'ai toujours aimé les cartes... Je poignarde le premier gars dans le ventre quand il hésite à la vue de mon arme...

Une ombre défile devant mes yeux. J'enfonce la lame dedans avec toute la force dont je dispose et un petit frisson m'envahit au moment du contact. *Tiens, prends ça, salope.* La voix dans ma tête est la mienne, je le sais, mais je ne la reconnais pas. Cette femme a l'air d'être une vraie pétasse, et je n'aime pas ça. *Pourtant tu as besoin de moi, ma belle. Regarde.*

J'écarquille les yeux au moment où mon arme cogne le sol tassé, s'y heurte et rebondit parce que mon bras s'est complètement relâché – cette fois sous le choc. Je viens de couper le bras de la tueuse. *Non, c'est moi qui l'ai fait. Tu te souviens de moi ? Moi, je me souviens de toi.*

Je cligne des yeux lorsque la femme se tourne vers moi. Ses yeux terrifiants se déplacent sous ce qui les recouvre. Le rouge s'infiltre dans son regard une seconde avant qu'elle ne s'élance. Je parviens à dévier la lame de son bras avec mon bâton. J'utilise la prise à deux mains pour bloquer son avant-bras la prochaine fois qu'elle attaquera. Mais je ne recule pas. Je la repousse.

La femme hésite, comme si elle était surprise. Elle n'est pas la seule dans ce cas, je suis sûrement plus étonnée qu'elle. Je m'élance vers elle, avec l'énergie d'une tarée, et je lui assène un coup avec l'une des épaisses lames cylindriques qui se trouvent à chaque extrémité de mon arme. Elles tranchent impitoyablement, quelle que soit la façon dont je tourne l'arme. La tueuse saute hors de la trajectoire des lames, et je prends tant de temps à brandir l'autre extrémité de l'arme que je ne vois pas arriver cette foutue tresse. Elle heurte l'extérieur de mon bras et c'est la *merde*.

Putain.

La douleur est suffisamment paralysante pour me faire perdre mon arme et les quelques bribes de cohérence qui me restent dans le cerveau. Je sais que je suis à terre, mais je n'ai pas conscience d'avoir touché le sol. Tout ce que je sens, c'est la brûlure causée par sa tresse, qui n'est pas certainement pas composée de putains de cheveux, contre tout le côté droit de mon corps. *J'ai déjà été la cible d'un taser.* C'est l'impression que j'ai en ce moment, j'ai l'impression d'avoir été tasée par un taser de la taille d'un putain de camion. L'électricité coule dans mes veines et me pétrifie là où je suis tombée.

– Pu.. tain… de.. merde !

Je ne peux m'empêcher de penser à Herannathon. Je le trouve sexy maintenant que je sais exactement ce à quoi il a été confronté pendant tout ce temps. Et il n'a pas baissé les bras. *Baisser les bras* ? Putain de bordel de merde ! Je suis *au bout de ma vie*.

J'ouvre les yeux quand je sens une ombre fraîche passer sur moi. Je regarde son visage. *Rappelle-toi qui tu étais. Souviens-toi.*

Les feuilles plates de ses yeux sont devenues complètement noires. Sa bouche est serrée et sans lèvres. Elle me siffle quelque chose que même mon traducteur ne parvient pas à saisir avant de lever le bras qui lui reste. De son poignet sort une épée qui fait la moitié de la hauteur de son corps. Pendant ce temps, le moignon bleu de son bras gauche dégouline de sang, de petits fils métalliques et de câbles électriques.

Je lutte contre ma propre inertie et les spasmes qui parcourent mes veines... mais je reste à terre. Je ne comprends pas comment Herannathon a pu se relever après chaque coup. Tout ce que je peux faire, là, c'est la regarder viser le centre de ma poitrine...

Souviens-toi de qui tu étais et bouge, putain !

Je sursaute et roule vers ses jambes pour essayer de la faire tomber de ses pieds, mais je ne roule pas assez loin pour éviter son épée. Elle me poignarde sur le côté gauche, en plein dans l'estomac. La douleur m'inonde, mais le choc et l'adrénaline me permettent de rester consciente quelques secondes de plus. Cela me suffit pour la voir reculer en trébuchant, trébucher sur ses pieds de chèvre bizarres et tomber directement dans les bras d'Herannathon.

Il l'étreint comme un amant et emprisonne son bras entier, lame comprise, contre sa poitrine. Il l'attrape par la tresse à l'arrière de sa tête et rugit de douleur sauvage tandis que l'électricité se propage de haut en bas dans son bras gauche. On peut la *voir* parcourir sa peau argentée en nuances de rose néon jusqu'à ses dents, qui se mettent à scintiller en rose vif elles aussi.

Il tire. Je ne me rends pas compte de la force avec laquelle il tire jusqu'à ce que la bouche de la femme s'ouvre en grand sur un cri silencieux. Je ne réalise pas *à quel point* il tire fort jusqu'à ce que ses yeux – ou ce qui lui sert d'yeux – commencent à s'enfoncer au centre comme si... comme si...

Putain de merde.

Il lui arrache les yeux par l'arrière de la tête en utilisant sa tresse.

Il arrache la tresse de son crâne. Il ne se contente pas de la scalper – il retire complètement la moitié arrière de sa tête, tout ce que les plaques d'argent ne couvrent pas. Du sang, de la chair, des câbles, des fils et des petites choses électriques que je ne peux nommer jaillissent.

Allongée sur le dos, je passe ma main sous mon corps et l'enfonce dans le sable pour m'éloigner du carnage... mais il y a déjà quelque chose de mouillé sous moi. Je soulève ma paume. Elle est rouge. Rouge vif. *C'est mon sang sur le sable.* Putain, j'aurais dû aller plus vite. *J'aurais pu aller plus vite.*

Je m'affaisse. Je me suis évanouie – pas maintenant, avant. Je me souviens m'être évanouie et je me souviens être entrée dans un char d'assaut. Je me souviens m'être battue : je leur avais dit que j'étais prête. *Je ne suis pas prête.* Je ne suis pas prête.

– Herannathon... je croasse.

Le bruit sourd d'un corps qui tombe à côté de moi me fait sursauter. Je sens quelque chose de nauséabond : comme une odeur de produits chimiques et de poison, mais en plus doux. Le goût remonte au fond de ma gorge jusqu'à ce que des mains – quatre pour être précise – m'attrapent et me soulèvent. Je suis soudain bercée contre un torse qui sent le sable et le cuir, un torse qui a le goût du beurre, un torse qui donne l'impression qu'il ferait n'importe quoi pour moi. Je n'ai jamais connu cela. *Jamais.*

Je pose mes paumes ensanglantées sur lui et, alors qu'il me transporte en courant hors du champ de bataille sous les hourras de créatures de toutes sortes qui scandent son nom *et le mien*, je le serre fort contre moi.

12
Nalia

Souviens-toi...

Plusieurs mains se posent sur mon corps, des mains appartenant à des personnes différentes. Une femme aux cheveux aussi roux que les miens secoue la tête alors que je suis complètement immergée.

— Mais tu es ma sœur ! je lui crie.

Elle me lance un regard noir. Ses yeux sont aussi durs que l'acier qu'elle porte sur sa poitrine. C'est la guerre. Nous sommes en guerre à cause de l'épuisement des ressources en eau et elle fait partie d'une équipe d'élite censée sauver l'humanité, ou la Terre, ou les deux.

— Et toi tu étais un soldat. Mais au lieu de jouer ton rôle, tu as foutu ta vie en l'air. Tu as compromis la mission. Tu as risqué tout ce pour quoi nous avons travaillé.

— Ne les laisse pas effacer mes souvenirs. Je suis censée faire ça avec toi. Nous sommes censées sauver le monde ensemble.

J'agrippe les bords de la cuve tandis que la moitié inférieure de mon corps s'infiltre dans le gel glacial. Ce n'est pas le gel qui m'inquiète, mais l'homme qui se tient à la gauche de la femme.

— Non, ne… Ne fais pas ça. Je peux encore faire partie du projet Surante.

— Non. Tu as merdé. Si tu t'en sors avec les autres à bord du satellite, tu pourras essayer de sauver l'humanité avec eux. Mais tu ne peux pas nous rejoindre. Tu aurais pu, mais tu ne peux pas. Pas après tout ce que tu as fait.

Elle recule et laisse ce connard de médecin aux cheveux noirs prendre sa place.

Il s'accroupit à côté de mon réservoir et brandit une seringue comme le bourreau brandit une hache, prêt à m'achever.

— Ça ne fera pas mal, dit-il, comme si ça pouvait me remonter le moral.

— Va te faire foutre.

Je lève les yeux.

— Et toi aussi, va te faire foutre. Tu n'es pas ma sœur.

— Tu as raison, Nalia, je ne suis plus ta sœur. Quand tu te réveilleras, tu ne te souviendras pas que j'ai existé.

Je ne sens même pas la seringue. La tristesse dans ses yeux est la dernière chose que j'enregistre.

Un instant plus tard, la bouillie m'enveloppe en même temps que des mains : deux paires de mains appartenant à un seul et même corps. J'ouvre les yeux, je vois l'extraterrestre, et je crie.

J'ouvre les yeux, je vois l'extraterrestre, et je souris.

– Shrov, maugrée-t-il.

Il cligne frénétiquement des yeux sur le côté. Son visage est flou.

– Qu'est-ce qui ne va pas Nalia ? Tu es blessée ?

Je ne suis pas réveillée. Je suis encore dans la bouillie, perdue dans un rêve.

– Je me souviens.

Ses lèvres s'écartent. Il les lèche avec sa langue. Elle est rose. Tellement rose…

– Tu te souviens de quoi, Nalia ?

J'ai oublié. Je déglutis, le goût dans ma bouche est étrange et ne ressemble à rien de ce que j'ai connu. J'ai l'impression de sucer le soleil, une chaleur sourde gronde en moi comme une énergie pure.

– De ce que… de ce que j'ai dit… tout à l'heure.

Je m'affaisse en arrière et je sens des mains qui me caressent tendrement la nuque. Qu'elles sont tendres ces mains ! Comment un extraterrestre fait de bois tranchant et d'épines épaisses comme des lames peut-il être si tendre ?

– Je ne pense pas que tu sois né pour tuer, Herannathon. C'est ce que j'allais dire tout à l'heure. Je pensais que tu étais un tueur, mais je sais que tu n'en est pas un et je me sens… je me sens *mal*. Je n'aurais pas dû m'en aller. Je n'aurais pas dû… Je n'aurais pas dû fuir. J'aurais dû rester… J'aurais dû te faire confiance… attendre… J'aurais dû arrêter d'essayer de trouver, de chercher…

– Nalia, chut… Le mérillien n'a pas fini de te soigner. Dors.

Ses mains caressent doucement les côtés de mon visage, ses pouces épais frottent doucement la peau fine qui se trouve sous mes yeux.

Je me penche vers lui et acquiesce.

– Je suis… désolée que tu sois obligé de te battre pour moi.

– Centare.

Sa voix est un grondement profond qui m'apaise.

– C'est un honneur pour moi de me battre pour toi, Nalia. Mais c'est un plus grand honneur de me battre *avec* toi.

Les yeux fermés, je sens la tension qui parcourt ses doigts une fraction de seconde avant qu'il ne m'entraîne vers l'avant. Je sens une forte pression contre ma bouche et une langue – une langue rose – écarte délicatement mes lèvres. Je gémis tandis qu'il m'embrasse. Je ne savais même pas que les extraterrestres savaient embrasser. Peut-être qu'il ne sait pas embrasser. Je n'ai jamais été embrassée comme ça pour être honnête. Il m'embrasse brutalement et magnifiquement. Ses lèvres sont comme des morceaux de cuir rigides avec une langue douce et satinée entre les deux. Il savoure ma langue avec la sienne. Je suis lente et sirupeuse, perdue dans l'abîme. Mais je ne suis pas non plus prête à ce que ça s'arrête.

– Nalia ?

Il me caresse les lèvres en se retirant et je m'affaisse encore plus dans la bouillie. Je suis perdue... perdue dans le temps et l'espace.

– Oui ?

Mes yeux s'ouvrent juste assez longtemps pour le voir sourire d'un air narquois.

– Ne refais jamais ça.

Je lui réponds par un sourire.

– Je ne promets rien...

13

Herannathon

Nalia met trop de temps à se remettre de ses blessures. Le mérillien agit lentement sur les humains mais, heureusement pour nous deux, les Eshmiris étaient tellement ravis de sa putain de shrov de performance dans le tournoi qu'ils ont repoussé l'épreuve suivante du tournoi de mok bir d'une lune entière juste pour qu'elle puisse y participer. Et c'est ce qui s'est passé. Elle a participé et elle a survécu à ses matchs.

Sa cagnotte n'était pas la plus importante, mais elle l'était suffisamment pour lui permettre d'accéder à la phase finale. La regarder jouer m'a empli de fierté, mais aussi d'inquiétude. C'est comme si... quelque part dans la baignoire de mérillien, elle avait oublié qu'elle avait peur, c'est comme si elle était devenue totalement intrépide. Peut-être que c'est arrivé avant la baignoire. Peut-être que c'est arrivé quand j'étais perdu dans le mérillien et qu'elle a pris l'initiative d'aller chercher un traducteur.

Maintenant, elle se bat sauvagement.

Je ne pourrais pas être plus fier d'elle. Suis-je fier ou terrifié ? Certainement une combinaison cruelle des deux.

– Tiens, bois ça. Tu l'as bien mérité.

Manila me contourne et tape dans le dos de ma femelle. Si ça avait été n'importe quel autre lune, j'aurais pensé qu'elle essayait de voler les prix de Nalia; mais pas cette lune-ci, pas avec cette expression espiègle sur son visage. Si elle essayait vraiment de voler les gains de Nalia, elle serait beaucoup plus souriante.

Elle dépose une tasse de liquide rose bouillant dans la main de Nalia. De la fumée s'échappe du haut de sa surface gluante; il dégage une odeur sucrée et fortement épicée à la fois. Nalia porte immédiatement la tasse à ses lèvres et elle aurait bu si je ne la lui avais pas enlevée.

– Hé, c'est ma tasse ! dit-elle en faisant la moue.

Ses lèvres roses se tordent dans une adorable expression de tristesse. J'ai envie de mordre ses lèvres. Je veux avaler sa langue dans ma gorge. Je veux me délecter de toutes ses taches de rousseur, de tous ses traits et de tous ses défauts.

Je me racle la gorge et jette un coup d'œil à Manila.

J'en bois une gorgée.

– Shrov ! Qu'est-ce que c'est que cette merde ?

J'ai l'impression d'avoir versé de l'huile bouillante directement dans ma gorge.

Nalia reprend sa tasse tandis que Manila chasse un Hypha de son siège. Il se place de l'autre côté de Nalia. La créature est trop ivre pour se plaindre et tombe sur le sol en métal rapiécé au milieu des éclats de rire de ses amis : une bande de créatures sans aucun point commun entre elles. Nous sommes au Revel.

Réparties entre cinq plates-formes différentes, les

salles du Revel comptent parmi les rares structures construites du Dessous. En fait, il ne s'agit pas du tout de salles, mais de plateformes ouvertes faites de tous les matériaux que les Eshmiris et les autres marchands avaient à portée de main au moment de la construction.

Nous sommes assis dans la partie la plus dense du Revel. Les spectateurs du dernier tournoi, enthousiasmés par notre performance aux jeux, ne cessent de nous apporter des boissons. Pour être tout à fait honnête, c'est surtout sa performance à elle qui les a séduits. Ils offrent donc bien plus de verres à Nalia qu'à moi.

– Ce n'est pas pour toi, dit Manila.

Son bras métallique s'étire vers l'avant et m'arrache la boisson. Elle la tend à Nalia, qui s'émerveille de la concoction.

– Comment as-tu fait ça ? demande-t-elle en regardant le Droherion de Manila et son bras renforcé par le stalyx.

Peut-être qu'elle n'admire pas la préparation, mais plutôt la vitesse de Manila.

– De quoi tu parles ? De ça ?

Elle lance quelque chose en l'air puis le rattrape si vite que je ne parviens pas à distinguer ce dont il s'agit.

– Ontte, ça.

Nalia acquiesce.

– C'est grâce à ton bras ? Il ressemble à celui de l'autre femme.

– Ce n'était pas une femelle humaine, fait remarquer Manila.

Elle tend la main à travers la barre rocheuse et interpelle le Walrey qui se trouve derrière. Quelques instants plus tard, un autre Walrey arrive et dépose devant nous trois hydromels walreys.

– C'était une tueuse de Sky et je pense que c'était une

tueuse de la dernière génération. Je n'ai jamais vu certaines de ses améliorations auparavant.

– Moi non plus.

– Le yeeyar qu'ils ont utilisé pour ses yeux surpasse même le yeeyar des Niahhorrus, à mon avis.

Les yeux noirs de Manila se posent sur les miens et, bien que son sourire n'ait pas changé, je devine une légère crainte sous son expression.

– Nous produisons le meilleur yeeyar, tu le sais, dis-je en grommelant.

Je cherche à masquer ma peur avec de l'assurance.

Elle secoue la tête.

– Ils n'arrêtent pas de sortir de nouveaux modèles, ces solaires. Depuis que je me suis partie, les mises à jour sont toutes plus surprenantes les unes que les autres.

– Tu étais comme elle ?

– Il y a longtemps, dit Manila en jetant son hydromel et en appelant un Walrey pour en avoir un autre.

Le bar est fait de roche rouge piquée de stries dorées de ioni, de sorte qu'il brille comme un serpent doré se faufilant sur les plateformes sans raison. Manila s'essuie la bouche avec le dos de son autre main, d'un orange jaunâtre qui témoigne de son héritage Hypha, avant de poser son verre et d'appeler un Walrey pour qu'il lui en apporte un autre.

– Manila est la seule tueuse de Sky à s'être libérée, j'ajoute en heurtant la hanche de Nalia avec mon genou.

Elle porte une création des Walreys, faite avec leurs soies. Ils l'ont fait ajuster à sa taille pendant qu'elle était dans le mérillien et il brille d'un rouge brillant et brutal. Des bandes de soie enveloppent sa fine et pâle carrure. Il entoure sa gorge et couvre ses seins avant de s'enrouler autour d'une jupe longue et fluide. C'est extrêmement délicat. Je peux voir toutes les lignes de son corps se presser contre le tissu de la robe. Les pointes de ses seins... Les boucles entre ses jambes...

– Ah bon ?

– Oui.

Je me racle la gorge et ignore les regards aguicheurs de Manila.

– Les architectes de Sky – ceux qui créent les assassins – implantent deux choses dans chaque nouvel assassin qu'ils fabriquent. La première est une clé de Sky : c'est une sorte de balise permettant à tous les assassins de Sky de retrouver leur chemin vers Sky...

– C'est ce que je pensais, interrompt Nalia. Tu as pris la clé de Sky sur la femme que nous avons combattue dans l'arène ?

Je secoue la tête.

– La clé n'est active que si l'assassin a un pouls.

– C'est une assurance, explique Manila. Sinon, envoyer des assassins avec une clé serait trop risqué pour les architectes. Il y a beaucoup de technologie de valeur sur leur planète, beaucoup d'esclaves possédant des alliés qui aimeraient les libérer, et il y a autant de vendettas contre eux pour leurs crimes et leur cruauté qu'il y a d'étoiles dans les quadrants.

Nalia acquiesce calmement, mais à en juger par la couleur de son visage et la brillance retrouvée de son regard, elle est loin d'être aussi calme qu'elle en a l'air.

– Qu'est-ce qu'ils installent de plus dans les assassins de Sky ?

– Un dispositif de repérage. Il est fait de yeeyar, la même substance que celle de tes bâtons de mok bir, mais il répond aux ordres émis par Sky lui-même. Les architectes de Sky l'enfilent si profondément dans le corps que celui-ci ne peut généralement pas survivre au processus d'extraction. Manila est la première et la seule à avoir survécu. C'est parce qu'elle a survécu au processus qu'elle a conservé sa clé de Sky. Elle les a vaincus.

– Je n'ai rien fait, c'est Ashmara qui les a vaincus, dit-elle à Nalia. J'étais une expérience d'Ashmara.

– Ashmara ?

– La pilleuse eshmiri qui t'a indiqué où trouver le sabre andalou.

Nalia fait claquer son gobelet rose sur le rebord rocheux et frissonne de tous ses membres. Elle s'essuie la bouche du revers de la main, fait une grimace et bafouille :

– Wow… Encore !

Trois boissons apparaissent devant elle, poussées respectivement par un Hypha, un Mormora et un Tinkana. Je les goûte toutes avant de les lui donner. Je ne pense pas qu'elle s'en aperçoive. Elle est captivée par l'histoire de Manila.

– La pilleuse eshmiri ? demande-t-elle en secouant la tête. Je croyais que tous les Eshmiris étaient des mâles.

– Ashmara est l'exception qui confirme la règle.

– Elle a été adoptée, j'ajoute, mais elle n'en est pas moins une vraie Eshmiri. N'en doute pas une seconde. Il paraît que ça faisait des rotations qu'elle cherchait à libérer un assassin de Sky…

– Pourquoi ? Cette femme… cette femelle est… je n'ai jamais vu quelqu'un se battre comme elle. Je pense que la traquer ne doit pas être sans danger.

– C'est extrêmement dangereux en effet, mais comme Ashmara est folle, ça ne m'étonne pas. Tous les pilleurs sont cinglés. C'était probablement une lubie passagère…

– C'est son plus grand défi, interrompt Manila. C'est ce qui l'a rendue célèbre.

– Encore *plus* célèbre, je corrige. Ne prends pas la grosse tête, elle s'était déjà fait un nom avant de te libérer.

Manila rit et ramène ses cheveux noirs sur ses épaules. J'observe la façon dont les pointes s'animent légèrement et se courbent contre le vent nauséabond qui suit le contingent d'Egamas qui se dirige vers nous.

Mes muscles se souviennent de la douleur que j'ai ressentie en m'accrochant à cette tresse d'assassin, en m'y accrochant encore et encore. Je savais que je devais m'en débarrasser pour sauver Nalia et je savais que je ne devais pas la lâcher, pour cette même raison. Je devais m'y agripper même si cela me tuait. Et, pendant un moment, j'ai bien cru que j'allais crever.

– Quoi qu'il en soit, reprend Manila. Les pilleurs à bord de son vaisseau : Tintin, Gibli, Uuni et les autres, ont réussi à me piéger ou à m'attraper. C'est ce qui se dit ; moi, je n'en suis pas sûre, mes souvenirs de cette période *de transition* sont bizarres.

Elle prend un autre verre.

– D'après Ashmara, il a fallu six solaires à tout le clan pour effectuer l'opération. Ils l'ont fait à bord de son vaisseau. Ils étaient accompagnés d'un guérisseur walrey, d'un érudit voraxian spécialiste de Sky, et ils ont même fait appel à un pirate niahhorru, expert en yeeyar et moissonneur de surcroît. Cela leur a coûté une fortune. Ashmara a dû vendre son vaisseau pour payer les frais. C'est la raison pour laquelle elle arpente les cieux dans le tas de ferraille dans lequel elle se trouve maintenant.

J'ouvre la bouche pour ajouter quelque chose sur

l'addiction d'Ashmara au muuir, puis j'y renonce. Je bois une nouvelle gorgée de mon hydromel, je laisse le sucre et l'alcool me monter à la tête.

– Hé ! je crie à une lemorane placée derrière le bar. Tu as de la lobba ?

La femelle me sourit et me tend une cruche de lobba. Je lui lance un jeton, qu'elle me rend.

– C'est gratuit, et tout le plaisir est pour moi. Mon clan déteste Sky. Tu nous a rendu un fier service, dit-elle. Toi et ta femelle. Une fois le tournoi terminé, venez nous voir dans le deuxième quadrant. Je sais que le chef de clan Raingar et sa miriga aimeraient vous rencontrer tous les deux.

Je souris.

– Peut-être que pour une bonne quantité de kintarr, nous y réfléchirons.

Je lui fais un clin d'œil et elle lève les yeux au ciel. Ses cornes grises s'éloignent de son front comme des flèches vers les étoiles.

Derrière moi, Manila continue de parler.

– Ils ont trouvé un moyen d'extraire le yeeyar de mes muscles et de mes os. Ils n'ont pas pu l'extraire de mon crâne, mais ils ont trouvé le moyen de l'atténuer en injectant une dose très concentrée d'ionine directement dans le yeeyar lui-même. Après cela, j'ai repris le contrôle de mon corps. J'ai retrouvé... non pas mes souvenirs, mais ma conscience. Tout ce que je suis aujourd'hui, je le dois à Ashmara et à son équipage.

– Wow. C'est une femme impressionnante... enfin, je ne sais pas vraiment ce qu'elle est.

– Elle est hybride mais personne ne sait avec certitude de quel croisement d'espèces il s'agit.

Moi *je le sais*. Je m'éclaircis la gorge.

– C'est une pilleuse. Peu importe la planète où elle est née, je déclare en m'éclaircissant la gorge.

Manila sourit et Nalia lève son gobelet noir.

– À la tienne ! s'exclame ma femelle.

– La mienne ?

– Oh…

Nalia rit et secoue la tête.

– Parfois, j'oublie que je ne suis pas sur Terre. C'est une coutume humaine. Il faut lever son verre et toucher celui d'une personne en son honneur. Ça s'appelle trinquer.

– Tu as dit que c'était la mienne.

– Ça veut dire la même chose.

– Je n'y comprends rien.

J'acquiesce, je suis bien d'accord avec Manila.

– La langue des Humains est incompréhensible.

– Dans ce cas, à la mienne, et pas de quoi pour le traducteur, dit Manila en soulevant sa tasse et en l'écrasant contre celle de Nalia.

Je fais de même et Nalia rit tandis que nous buvons à satiété. La tasse de Manila étant vide, elle se lève de son tabouret.

– En parlant d'équipement, j'ai entendu dire que tu aurais besoin d'un disrupteur pour pouvoir communiquer avec le vaisseau mère.

Je tends l'oreille.

– Tu sais où je peux en trouver un ?

– Je sais où tu peux en *acheter* un, ontte. Et avec tous les jetons que ta compagne et toi avez gagnés lors de la dernière bataille, vous pourrez vous en offrir deux.

Elle fait un geste distrait par-dessus son épaule.

– Allez aux dômes des Rekkarus, au niveau quatre-vingt-neuf, onze, deux. Une femme à l'aile cassée y vend des objets rares, mais n'espérez pas pouvoir négocier avec elle, ça ne sert strictement à rien.

Manila fronce les sourcils, ce qui me laisse penser qu'elle négocie avec la femelle depuis un certain temps pour obtenir quelque chose qu'elle veut et qu'elle perd. Je ris. Manila déteste perdre.

– Merci.

Je lui fais un signe de tête.

Elle me répond par un signe de tête. Mais avant qu'elle ne disparaisse dans la foule, Nalia demande :

– Si tu dois tant à Ashmara, pourquoi tu ne lui donnes pas la clé de Sky ?

Manila se fige. Son expression se trouble puis se recompose tandis qu'elle se tourne vers ma femelle. Ma *compagne*, comme elle l'a si bien dit. Je ressens la même surprise qu'elle, ou du moins un écho de celle-ci. C'est une question intelligente, que je n'avais pas osé poser.

Les lèvres de Manila s'ouvrent.

– Comment as-tu... comment as-tu appris qu'Ashmara la cherchait ?

Je réponds :

– C'est Uuni qui le lui a dit.

Manila acquiesce gravement. La foule bruyante qui nous entoure ne fait pas le poids face à la solennité de son regard.

– Ce n'est pas une question reconnaissance ou de gratitude. Je veux que celui qui prendra la clé soit capable d'affronter un assassin de Sky grâce à son esprit et sa ruse – pas par la force, car les assassins ne peuvent être égalés dans ce domaine. De plus, celui qui aura la clé sera traqué sans pitié. C'est un lourd fardeau à porter et après ce qu'Ashmara a fait pour moi, c'est un prix trop élevé à payer pour elle, même si elle est assez intelligente.

Manila fait un pas de plus, mais les mots de Nalia la retiennent.

– Tu tiens vraiment à elle, n'est-ce pas ?

Avec le sourire en coin de Manila, une partie de la tension autour de nous se dissipe.

– Ashmara est l'une des créatures les moins sympathiques de toute la galaxie et pourtant, elle a des amis partout. J'en fais partie.

Son regard passe de Nalia à moi, et, pour une raison quelconque, je glisse mon bras inférieur autour de la taille de Nalia, comme pour affirmer au monde qu'elle est à moi.

– Et je suis aussi votre amie. Je vous verrai tous les deux au tournoi final de mok bir. Pour les mêmes raisons que celles que je viens d'évoquer, j'espère que vous perdrez. Mais si vous insistez pour gagner, je vous souhaite bonne chance. Vous en aurez besoin. Rhogan et Olanora ont fait main basse sur les gains les plus intéressants. Il ne restera plus aucun jeton de valeur si vous ne parvenez pas à les dépouiller. Je vais vous donner deux indices : le point faible d'Olanora est Rhogan. Et la faiblesse de Rhogan, c'est peut-être toi Nalia. J'ai vu la façon dont il te regarde.

Elle agite ses doigts par-dessus son épaule et disparaît avant que je puisse lui demander de s'expliquer.

– Shrov ! De quoi elle parle ? je demande au moment où Nalia me demande comment Manila et moi nous nous sommes rencontrés.

Nous répondons tous les deux en même temps :
– Eh bien…

En me faufilant entre les étals flottants de la place du marché des Rekkarus, j'apprends à connaître les hommes et les femmes contre lesquels Nalia a disputé son précédent tournoi de mok bir. Je prends également le temps de lui parler du shekurr.

– Alors, si je comprends bien, dit-elle en ralentissant et en se tournant pour me faire face. Il y a huit mâles...

– Ou plus.

– Putain. Il y a huit mâles ou plus et une seule femelle. Vous mettez la femelle sur une table et vous lui beurrez tous la fente ?

– Centare, pas du tout. Nous n'utilisons pas de beurre. Nous la baisons tous sur la table de reproduction. C'est à ça que ça sert.

Nalia éclate de rire. Ma poitrine et mon pantalon de cuir tantu se serrent.

– Ce n'est pas ce que je voulais dire, précise-t-elle. Et sinon, tout se passe bien ? Vous allez casser en deux n'importe quelle femelle que vous baiserez, surtout si vous vous y mettez à plusieurs ! J'ai vu la taille de ta... queue.

– Tu parles de ma bite ?

Sa peau devient d'un rose saisissant.

– Ontte.

– Plus la bite est longue, plus les chances de féconder la femelle sont grandes. Cependant, Manila ne voulait pas être fécondée, elle voulait simplement être choyée par onze mâles en même temps.

– Onze... murmure Nalia à voix basse.

Je dois admettre que sa réaction me surprend. Centare, je ne suis pas seulement surpris, je suis surtout excité.

– Tu n'es pas en colère ?

– Centare.

Ses sourcils se froncent.

– Pourquoi serais-je en colère ?

– Deena, la femelle humaine de Rhorkanterannu, était jalouse quand elle a appris que son compagnon avait participé à des shekurrs. C'est pourquoi ils ne baisent qu'entre eux.

Nalia se contente de hausser les épaules.

– Je peux comprendre que d'autres soient jaloux. Mais je ne te connaissais pas à l'époque. Si tu étais dans un shekurr maintenant, sans moi, ce serait différent. Je ne…

Elle s'arrête, elle cherche ses mots, la température de son corps augmente – je peux le sentir de là où je suis.

– Je n'aimerais pas ça, conclut-elle.

Ma gorge est serrée. Je ne peux pas m'empêcher de m'élancer pour attraper sa nuque. Je l'entraîne contre ma poitrine et elle trébuche avant de se rattraper à mes plaques avec ses petites mains douces. *Ses petites mains douces faites pour attraper et masser des bites sensibles.*

– Et si jamais tu participais à un shekurr sans moi, je massacrerais tous les mâles impliqués.

Sa respiration est saccadée, ses yeux se ferment longuement. Elle se lèche les lèvres. Sa langue a un goût de victoire et de malt sucré. J'en veux plus. Toujours *plus*. C'est elle que je veux boire pour étancher ma soif.

– Et un shekurr avec toi ?

Mon cœur bat la chamade. Une vague d'énergie me traverse comme un courant océanique, elle est assez forte pour m'entraîner sous l'eau. Elle est assez forte pour nous ensevelir tous les deux.

– Ça te plairait ?

Elle hausse les épaules, ses yeux s'inclinent sur le côté.

– Peut-être. Je ne sais pas. Honnêtement, ça a l'air un peu effrayant.

– Tu n'as aucune raison d'avoir peur. Je tuerais tout

mâle qui ferait quoi que ce soit que tu n'aimes pas, même involontairement.

Elle rit, mais son rire s'éteint rapidement.

– Tu serais prêt à le faire, n'est-ce pas ?

– Ontte.

-Tu serais prêt à le faire même si tu n'aimes pas tuer.

– Ontte. Je le ferais même si je n'aime pas tuer.

Je soulève sa main de ma poitrine et la porte à ma bouche. Je passe ma langue sur l'arrière de ses jointures, je la marque de mon odeur.

– Dans chaque shekurr, les mâles participants se soumettent à un mâle dominant. Si tu le voulais, je te guiderais à travers des champs de plaisir sans fin jusqu'à ce que tu en sois malade, jusqu'à ce que ton ventre soit gonflé de semence, jusqu'à ce que des étoiles éclatent dans tes yeux.

Elle se balance en avant. Je fais glisser ma main inférieure sur son ventre. Elle gémit contre ma poitrine, son petit menton se relève tandis qu'elle frotte son visage contre moi, comme si elle *me* marquait de son odeur. Cette idée me rend absolument sauvage.

– Ontte. J'aimerais faire ça avec toi. C'est juste que je ne veux pas tomber enceinte de n'importe quel mâle.

– Ça n'arrivera jamais. Les mâles ne sont pas choisis au hasard. Ce seront mes frères. Et tu ne tomberas pas enceinte d'eux non plus. Ils boiront un breuvage de stérilité. La seule semence qui pourra féconder sera la mienne, dis-je en me penchant et en murmurant contre sa joue. Et je te féconderai. Quand tous mes frères auront fini de se presser contre toi, tu seras tellement imbibée de leur semence, tellement préparée et prête pour moi qu'il n'y aura pas d'autre option. Tu aimerais ça, Nalia ? Huit mâles qui te vénèrent, tous sous mon contrôle, à mes ordres ?

Elle inspire, gémit légèrement lorsque je tire sur ses cheveux, puis passe ses griffes émoussées sur mes plaques – assez rudement – mais je les sens à peine.

– Je croyais que tu avais dit qu'il y aurait onze mâle.

– Ma petite coquine humaine… je siffle.

Je l'attrape par la taille, mais elle se redresse et ramène ses cheveux sur son cou, dévoilant ainsi sa peau enfiévrée.

Elle prend ma main – la gauche en bas – et la tire.

– Finissons-en vite et retournons à la tente.

Un grognement que je ne contrôle pas s'échappe de ma gorge. Ses yeux s'écarquillent. Elle se lèche la lèvre inférieure. Je me penche et passe ma langue dessus, je goûte sa saveur sucrée et salée. Elle sent les fleurs – centare, elle sent leurs épines dégoulinantes de sang.

– Petite vilaine, petite sauvage. Tu n'es pas ce que tu semblais être au début.

Ses dents émoussées s'enfoncent dans ma lèvre inférieure. Une vague de chaleur atteint mes dents. Mes plaques se soulèvent pour expulser de la chaleur. Je veux la prendre. Je ne transpire pas car j'ai des plaques, mais je veux sentir la sueur glisser sur sa peau à elle. Elle s'éloigne un peu et je me retrouve penché en avant sur la pointe des pieds.

– J'ai changé.

Elle me tire vers l'avant, elle me conduit à travers la foule et je la suis aveuglément.

– Qu'est-ce que tu veux dire ?

– Je veux dire que je crois qu'il s'est passé quelque chose. Je commence à me souvenir de celle que j'étais avant.

– Avant ?

Je sursaute. Le froid balaie ma peau, gelant une partie de la chaleur.

– Avant quoi ?

– Avant de me réveiller. Je commence à me souvenir de certaines choses de la Terre.

– La Terre ? C'est le nom de la planète humaine ?

– C'*était* son nom, oui, mais je... j'ai l'impression que la Terre n'existe plus.

– Te souviens-tu de ce qui s'est passé immédiatement après ton réveil dans la boîte bleue ?

Elle secoue la tête.

– Pas vraiment. Je me souviens de Jerrock. C'est mon premier vrai souvenir d'après, et même celui-là est plus ou moins vague. Je me souviens surtout du moment où Jerrock a kidnappé Essmira, et je me rappelle que les Lemorans et toi, vous êtes venus nous sauver.

Je déglutis difficilement. Mes plaques se soulèvent à nouveau, mais cette fois, avec anxiété.

– C'est... bien.

Elle me jette un regard étrange par-dessus son épaule.

– Jusqu'à présent, mes souvenirs ne sont pas particulièrement agréables. Je préfère les nouveaux souvenirs que j'ai créés.

Elle ferme un œil moi en se tournant vers moi. J'ai déjà vu Deena faire ça de nombreuses fois quand elle plaisantait. Et ça avait toujours l'air affectueux. Rhorkanterannu a une femelle affectueuse. Pas moi. Cela donne encore plus de sens à son clignement d'œil.

– Je suis honoré de faire partie de ces souvenirs, lui dis-je.

Elle sourit. Je tourne le menton vers la gauche.

– Je crois que c'est là.

Il y a très peu de Rekkarus qui prennent la peine de

marcher, alors en voir une au sol est remarquable. Nalia se dirige vers la gauche lorsqu'elle aperçoit ce que je vois – une femelle sous l'auvent d'une tente carrée faite de bâtons blancs grossièrement rapiécés.

– On dirait un nid, dit Nalia.

J'acquiesce et m'approche de la femelle, qui est en train de marchander avec un Avmar, une créature à huit pattes dont la carapace est d'un jaune étincelant. La créature est intimidante : elle se dresse sur ses quatre pattes arrière et claque sa gueule vers la femme, beaucoup plus petite, qui ne fait rien d'autre que de tendre une main grisonnante. Elle recourbe ses doigts vers la créature lorsqu'elle s'élance à nouveau sur elle.

Un moment s'écoule avant que l'Avmar ne passe une pince sous une écaille cachée dans son ventre. Il en sort une pierre jaune lumineuse qu'il dépose dans sa main. Elle remet à l'Avmar un bâton de mok bir. Un très bon bâton. Un bâton qui ne se contente pas de parer les coups de bâton de mok bir, mais qui les incinère. Il peut même brûler le yeeyar.

– Shrov…

– Quoi ?

Je secoue la tête et sourit.

– Je te le dirai plus tard. Ishitengram !

C'est une salutation rekkaru formelle. La femme lève les yeux vers moi : elle n'est ni surprise, ni amusée.

– Les bâtons de mok bir coûtent cinquante mille crédits.

– Cinquante mille !

Nous ne sommes pas là pour acheter des bâtons de mok bir, mais nous sommes tout de même scandalisés.

– On peut acheter des sacs de kintarr pour moins que ça.

La femelle hausse les épaules, ses ailes gauches battent par réflexe tandis que ses ailes droites pendent un peu plus qu'elles ne le devraient.

– Vous n'avez qu'à jouer au mok bir avec des sacs de kintarr dans ce cas. Ce n'est pas mon problème.

Elle se retourne et commence à se dandiner vers sa tente.

– Elle a dû perdre son sens de l'humour en perdant l'usage de ses ailes, je chuchote à Nalia, qui sourit.

– Attends !

Nalia fait un pas en avant, et recule immédiatement lorsque l'Avmar se laisse tomber en avant et passe en trombe.

– Combien pour un disrupteur ?

La femelle s'arrête, se retourne et regarde Nalia de ses yeux gris foncé.

– Un disrupteur de communication ? Vous voulez contacter quelqu'un qui n'est pas sur cette planète ?

– Ontte.

– C'est interdit sur Evernor.

Elle cligne rapidement des yeux. Ses ailes battent plus fébrilement, ce qui froisse les tissus amples et les dentelles qu'elle porte. Elles ont l'air chères. Tout comme les pierres qui ornent le cou de la femelle.

Nalia se contente de hausser les épaules.

La femelle Rekkaru me regarde. J'imite ma compagne et hausse les épaules à mon tour.

– Ok, grogne la marchande. Ce sera cent vingt-cinq mille crédits. Mais cela ne vous servira pas à grand-chose. Aucun vaisseau ne peut accoster ici, et vos amis ne pourront pas vous sauver en vous empêchant de participer au dernier combat ou à la fin du tournoi de mok bir.

Son regard passe de Nalia à moi, puis de moi à Nalia.

– À moins que vos amis ne disposent d'une certaine machine dont j'ai entendu parler, ajoute-t-elle.

Je me contente de sourire.

– Une machine ? Quelle machine ?

– Une machine capable d'extraire des créatures vivantes de planètes situées à des quadrants de distance...

– Ce serait merveilleux, mais c'est la première fois que j'en entends parler, dis-je lentement. Nous avons besoin du disrupteur pour contacter nos amis. Ils doivent s'inquiéter pour nous.

Elle me regarde d'un air si maussade que j'en ris. Elle retourne en traînant les pieds dans sa tente, tout en marmonnant :

– Marre de ces pirates niahhorrus... Vous passerai l'envie de rire moi...

À l'intérieur, dans l'ombre, elle crie :

– Je l'ai trouvé ! Il est en bon état. Ce sera cent-trente crédits.

– Quoi ? Shrov ! je réplique. Cent-vingt crédits.

– Cent-cinquante.

– Argh ! Ok, ok. Va pour cent-vingt-cinq...

– Attends ! s'écrie Nalia.

Elle s'avance vers l'entrée de la tente et lève une main. Accrochés au bord de l'auvent, ses doigts s'enroulent dans les lianes du treillis.

– Combien coûterait un disque de sauvetage ?

– Nalia... je commence.

Mon cœur bat plus vite. Je glisse ma main autour de son coude et la tire en arrière, loin de la tente.

– Nalia, je ne suis pas en colère contre toi à cause de... de notre dispute de tout à l'heure. J'ai été... un trou anal comme tu dis.

Elle sourit.

– Oui, ça c'est vrai.

– Je suis désolé.

– Ce n'est pas grave. Après avoir vu ce à quoi tu es confronté solaire après solaire…

Elle prend une grande inspiration.

– Je te comprends, je sais que ce n'est pas facile. Et je sais que tu n'aimes pas tuer. Je ne veux pas que tu aies à le faire.

Ma poitrine se gonfle soudain d'une émotion inconnue. Cela ne m'était jamais arrivé auparavant. Je ne peux même pas lui donner un nom.

– Nalia, nous pourrions utiliser le disrupteur pour sortir d'ici. Nous n'aurions pas besoin du disque.

– Et la clé de Sky ?

Elle sourit, comme si elle avait oublié toutes les vies en jeu dans cette histoire. Elle sourit comme si elle ne mettait pas sa vie en danger en choisissant de rester.

– Tu partirais sans nos gains ? Alors que nous pourrions tout remporter ? Ce n'est pas digne d'un pirate.

Je souris et lui pince le menton d'une main. D'une autre, je l'enlace contre ma poitrine.

– Se venger c'est bien, rester en vie, c'est mieux.

– Un pirate très sage m'a dit un jour que si nous essayions de nous retirer avant la finale, notre tête serait mise à prix.

– Ce ne serait pas la première fois et ce ne sera pas la dernière.

– Herannathon, souffle-t-elle. Ne fais pas ta poule mouillée. Finissons-en.

– Quoi ? Qu'est-ce qu'une poule ?

– C'est un oiseau, mais ce n'est pas important. Je ne plaisante pas. Moi aussi je suis prête à tout pour me venger de Sky ! Plus que tu ne le penses. Pas seulement parce qu'à cause d'un de leurs assassins j'ai été enfermée sur ce vaisseau, mais aussi pour ce qu'ils ont fait à ces géants.

Elle frissonne, son regard se décentre.

– Ce n'était pas juste. Et s'ils enlèvent des gens – des êtres – et les forcent à commettre de telles tortures, alors il faut les arrêter et libérer ceux qui sont retenus prisonniers là-bas.

Je lis dans ses yeux étincelants de passion, une détermination sans bornes.

– Tu parles comme Ashmara maintenant.

– Peut-être que nous devrions nous associer à elle.

– Les pilleurs et les pirates ne travaillent pas ensemble.

– Dans ce cas j'ai de la chance, je ne suis pas une pirate.

Je souris.

– Tu te comportes *trop* comme une pirate au contraire. Et puis, il est peu probable qu'elle ait un disque de sauvetage. D'après ce que j'ai cru comprendre, ils ont tous été utilisés...

– Cinq cent mille crédits ! interrompt la femelle Rekkaru avant de sortir de sa tente, un orbe à la main.

Il brille d'un éclat vert, mais cela ne signifie pas qu'il est actif. Le Droherion brut et liquide qu'il contient est en sommeil. Ce n'est que lorsqu'il est en sommeil qu'il brille.

– C'est mon dernier disque de sauvetage. Tu le veux ou pas ?

Je suis sous le choc. Mon cœur bat la chamade et mes

vingt doigts fléchissent. Je glisse une main autour de la nuque de Nalia. J'en tends une autre vers la marchande de Rekkaru.

– Je veux le voir.

– Dans ce cas, il me faut une garantie.

Elle lance la pierre et avant qu'elle n'atterrisse, Nalia l'attrape dans les airs. Elle est rapide. Pour une humaine, elle est extraordinairement rapide. Je sens à nouveau une sensation de picotement remonter le long de ma colonne vertébrale, comme lorsque je l'ai regardée manier ce sabre andalou. Elle le tenait comme si elle avait déjà manié ce genre d'armes, et lorsqu'elle a frappé la guerrière de Sky, elle n'a pas hésité. *Elle s'est déjà battue. Elle a peut-être même déjà tué.*

Je l'observe avec un soupçon de méfiance lorsqu'elle me montre la pierre avec un sourire. Elle agit comme si se déplacer aussi vite était naturel pour elle. *Peut-être qu'elle est elle-même une tueuse. Une tueuse habile. Et si Jerrock lui avait enfoncé quelque chose dans le crâne et qu'il me surveillait à travers ses yeux en ce moment ?*

– Quoi ?

– Rien.

Je prends la pierre tandis que la femelle Rekkaru grommelle derrière Nalia. Toutefois, elle ne demande pas à ses proches de nous encercler.

– C'est…

Je l'incline vers la lumière et j'observe le Droherion qui s'accroche à la cavité intérieure. Je souris.

– C'est un faux, n'est-ce pas ?

– Centare, répond la Rekkaru.

Je la fixe plus intensément.

– Vraiment ?

– Si tu as un doute, c'est que ce n'est pas un faux.

Elle n'a pas tort. Les Eshmiris n'y verront que du feu. Enfin, non, ils verront le subterfuge mais ils s'en fichent. Un faux disque est presque aussi difficile à produire qu'un disque authentique et la tricherie n'est pas seulement tolérée dans les jeux, elle est encouragée. Le seul problème, c'est que je n'ai pas cinq cent mille crédits. Je vais devoir voler cette femme et ensuite les autres Rekkarus enverront leurs drones me tuer dans l'espace. Ce n'est pas un bon plan.

Je serre les dents.

– Deux cent mille.

– Je ne négocie pas.

– Deux cent mille et je te donne dix pour cent de mes gains de mok bir ! s'exclame Nalia.

À ma grande surprise, la Rekkaru hésite.

– Je t'ai vu jouer. Tu joues bien, mais sans stratégie. Tu ne ramèneras pas beaucoup de gains. Ce serait une mauvaise affaire pour moi.

– Tu m'as vue jouer une fois, concède Nalia. Je t'ai remarquée dans la foule. C'était la première fois que je jouais. Je ne connaissais pas les règles. Je les connais maintenant.

– Hum…

La femme caresse ses longs cheveux gris. Ils tombent drus sur ses épaules, trahissant son âge. Plus les Rekkarus vieillissent, plus leurs cheveux sont épais. Les siens sont brillants et luisent comme du stalyx. Ils lui vont jusqu'aux coudes.

– C'était ton premier match ?

Nalia acquiesce.

– Combien en as-tu joué depuis ?

– Un seul autre, mais entre-temps je me suis entraînée avec Herannathon.

La femme est silencieuse. Je ne bronche pas lorsqu'elle m'observe.

– Tu penses qu'elle va gagner ?

– Oui, je réponds-je sans hésiter. Elle gagnera.

– Je vais gagner, et je t'apporterai bien plus que cinq cent mille jetons.

– Des jetons ? dit la Rekkaru.

– Euh… des crédits. Je ne sais pas pourquoi j'ai dit des jetons. Nous devions parier avec des jetons là d'où je viens.

– Parier, dit lentement la Rekkaru.

Elle caresse ses cheveux plus fébrilement, comme si elle n'avait jamais entendu ce mot auparavant.

– Deux cent cinquante mille et cinquante pour cent de tes gains, annonce-t-elle.

– Pas possible, dit Nalia.

Heureusement pour nous tous, elle s'est exprimée avant que je ne puisse enfoncer mon poing dans la mâchoire de la Rekkaru. Cinquante pour cent de ses gains. *Cinquante* pour cent ! Elle a perdu la tête ? Pas étonnant que l'Avmar ait été si furieux.

– Quinze pour cent.

– Quarante.

– Vingt-cinq.

– Ok.

La Rekkaru agite une main au visage de Nalia pour la congédier.

– Marché conclu, mais tu as intérêt à gagner.

– Je ne te décevrai pas.

Nalia rayonne et me regarde.

– Ça te va ?

– Bien sûr. Tu es dans ton élément on dirait.

Elle est un peu *trop* dans son élément. Je fouille dans

ma poche et sors un disque plat de yeeyar, sur lequel sont inscrits tous nos crédits.

Nalia en a aussi un qu'elle sort de sa robe. Elle me le tend.

– Je ne sais pas comment ça marche.

J'acquiesce et presse les deux disques l'un contre l'autre, des chiffres apparaissent sur les deux surfaces. Dans un noir changeant, comme du sable ou de la fumée, je vois que le disque de Nalia contient vingt-six mille crédits – ce qui n'est pas mal pour deux tournois de mok bir – je transfère donc exactement deux cent vingt-quatre mille crédits sur le disque de Nalia avant de donner le jeton de yeeyar plat, pas plus grand que la paume de la main de Nalia, à la Rekkaru.

– Nous reviendrons avec les gains de Nalia.

– Ouais, c'est ça… Je viendrai moi-même chercher mes gains.

Elle pointe le nez de Nalia, qui n'est pas beaucoup plus haut que le sien.

– Si je ne suis pas satisfaite de tes gains, je prendrai ceux de ton compagnon. S'il survit.

– Tu as ta garantie maintenant, n'est-ce pas ? demande Nalia.

La Rekkaru hausse les épaules.

– Tu devrais savoir mieux que quiconque que tout peut arriver dans les tournois.

Je glisse le disque du sauvetage dans ma poche, ainsi que les quelques jetons qu'il nous reste, à Nalia et à moi.

– Viens, Nalia. Allons chercher à manger et retournons à la tente.

Nalia lève les yeux vers moi, sans sourire cette fois. Elle a l'air préoccupée. Elle peut l'être : la Rekkaru a tout à fait raison.

Et moi, j'ai un mauvais pressentiment.

14
Nalia

Je n'ai jamais été aussi malade de ma vie. Ce que j'ai mangé hier soir était apparemment trop nouveau pour mon estomac. Quand je pense que je me plaignais de la pâte d'Ebo que les Eshmiris me donnaient à manger ! Je n'ai jamais eu ce souci avec l'Ebo en tout cas.

– Oh… je gémis.

Depuis que j'ai vomi pour la première fois la nuit dernière, Herannathon alterne entre le rire et la panique.

C'est le milieu de la nuit – la lune, comme il l'appelle. Il me tient les cheveux d'une main et me frotte le dos d'une autre.

– Tiens, bois ça. Le putain de shrov de guérisseur eshmiri est enfin arrivé. Il dit que c'est un remède universel pour toutes les espèces.

– Tu… Tu le crois ? je gémis dans le bassin rocheux.

Il n'y a pas d'écho *comme il pourrait y en avoir dans des toilettes*, parce le bassin est entièrement fait de roche et qu'il disparaît profondément dans le sol. Le sol sent bon. *Il sent l'argile rouge de Géorgie. J'avais l'habitude de jouer dedans quand j'étais petite. Je suis une fille du Sud.*

– Malheureusement, je lui fais confiance sur ce coup-là.

– Pourquoi… malheureusement ?

Au moment où je pose la question, mon estomac se soulève à nouveau. Rien ne sort cette fois-ci. Dieu merci. Il me tend le gobelet en plastique et je bois une grande gorgée du liquide légèrement sucré et étrangement salé. Mon estomac se met à gargouiller presque immédiatement.

– Parce qu'il dit que la seule façon de… de se débarrasser des délices du marché est de tout évacuer par tous les orifices.

Mes tripes se serrent. *Et merde…*

15

Nalia

J'ai dormi si profondément que j'ai l'impression de sortir d'un état comateux lorsque je sens des griffes sur le côté de mon visage. Elles caressent tendrement la racine de mes cheveux avant de se perdre à nouveau dans ma chevelure. Je frémis et gémis sous l'effet de l'étincelle inattendue qui palpite entre mes jambes.

– Il y a de la nourriture, tu pourras manger quand tu seras complètement réveillée. N'attends pas trop, tu dois reprendre des forces.

Sa bouche effleure mon front, qui est frais et sec, grâce à tous les bains d'éponge qu'il m'a donnés.

– Quelle heure est-il ? je marmonne.

– Il est encore tôt. J'arrive, je vais sur l'arène du tournoi pour expliquer aux Eshmiris pourquoi tu ne seras pas là.

– Centare. Centare, je peux venir.

– Chut.

– Ne me demande pas de me taire.

Je me redresse sur un coude, surprise de me sentir

mieux. Je ne suis plus malade, je suis juste crevée. Mon estomac me fait encore mal, mais au moins, je n'ai plus envie de vomir.

– Je *vais* y arriver. Je dois m'assurer que tu utilises ce stupide disque sur toi-même et pas sur une autre âme en peine.

Herannathon glousse, mais je sens qu'il s'éloigne de moi. Sa chaleur est remplacée par une autre, moins palpitante et plus... normale. Je fronce les sourcils. Il y a longtemps que j'ai oublié ce qu'était la norme. Je lutte pour ouvrir les yeux et, quand j'y parviens, je le vois debout au pied du filet. Il me regarde avec une tendresse qui me fait mal aux os. Une énergie inconnue parcourt mon corps, mes pieds se recroquevillent...

Je sursaute un peu et Herannathon tressaille comme s'il avait été secoué par un taser minuscule.

– Tu ne devrais pas me regarder comme ça, siffle-t-il.

– Pourquoi ?

– Parce que je vais rester ici et me fondre en toi alors que je devrais me concentrer sur la bataille.

– Humm… Je ne dirais pas non.

Je roule sur le dos. Son regard glisse sur la couverture qui me recouvre. Je ne porte rien en-dessous. Au cours de la période lunaire, il m'a déshabillée. Ses soins étaient purement cliniques, mais je me souviens encore de ce que j'ai ressenti lorsque ses quatre mains m'ont caressée. Lentement, j'abaisse le haut de la fourrure et lui montre mes seins.

Il grogne et avance par à-coups, puis se frotte grossièrement le visage avec sa main supérieure gauche. Lorsqu'il me regarde à nouveau, ses visières de protection se sont remises en place.

– Tu dois te reposer. Ne me tente pas, femelle.

– Je vais bien. La saleté que m'a donnée le médecin eshmiri m'a aidée.

Il rit, mais me tourne le dos. *Je trouve ses pointes sexy et dangereuses. J'ai toujours aimé prendre des risques.*

– Ne bouge pas. Reste ici; ici, tu es en sécurité. Et mange quelque chose.

Il atteint l'embrasure de la porte et soulève le rabat de la tente. La lumière rouge-orange du dehors filtre. Elle se reflète sur sa peau argentée et la fait scintiller.

– Tu auras besoin d'énergie à mon retour.

– Donc tu ne veux plus attendre d'être sur Kor pour me baiser ?

Mon estomac vide se met à gargouiller. Herannathon doit avoir une bonne ouïe, car les petits clapets que je suppose être le centre de son ouïe se contractent et il rit fort.

– Mange, femelle ! aboie-t-il.

Il ignore ma question, mes taquineries et mes désirs.

Il me laisse en plan, mais cela n'a pas d'importance : j'ai le sourire aux lèvres. Cela ne dure pas, cependant. Il ne me faut que deux secondes allongée sur le dos à sourire au plafond, pour commencer à imaginer le dernier adversaire d'Herannathon et son prochain combat.

J'imagine toutes sortes de choses folles et terribles. Envahie par l'inquiétude, je suis au bord de la crise d'angoisse. Je roule hors du filet – je fais une vraie roulade – et je parviens à me rendre dans la salle de bains, ou plutôt, dans la pièce où il y a de l'eau.

Je commence à me laver, un peu ennuyée de ne pas avoir de rasoir pour me raser les aisselles et le buisson rouge géant qui pousse entre mes jambes, mais peu importe. Je passe outre, je suis bien contente de ne plus être dégueulasse et de me sentir mieux, surtout depuis que j'ai décidé de recommencer à manger de la pâte de noix d'Ebo.

Sur le plateau que Herannathon m'a laissé, il y a de la viande séchée. J'en goûte un peu, lentement, pour ne pas contrarier mon estomac. Tout va bien. Il y a aussi une substance crémeuse à côté. J'ai *cru* que c'était de la crème glacée hier. Malheureusement, ça n'en était pas, et c'est cette substance, qui avait plutôt un goût de viande et de fromage, qui m'a rendue malade hier soir. Je mange les fruits, la brique blanche que je n'arrive pas à identifier, et je bois toute l'eau que je vois.

Je viens de vider le deuxième pichet d'eau sucrée qui se trouve devant moi lorsque j'entends le bruit distinct des prospectus qui s'envolent à l'extérieur. Ils font plus de bruit qu'ils ne le devraient.

– Allo ? dis-je bêtement, comme si je m'attendais à ce que les meubles me répondent.

Comme je n'obtiens pas de réponse, je m'empresse d'enfiler une robe de chambre à ma taille, cadeau du dernier tournoi d'Herannathon, et de la nouer autour de mes hanches.

Je me dirige vers la sortie et me glisse à travers les volets de la tente. Je reconnais aisément l'un des visages eshmiris qui s'y trouvent, les deux autres me sont inconnus.

– Gibli ?

Gibli et les deux autres Eshmiris m'adressent un signe de la main. Leur salut est étrange. Ils semblent imiter les humains mais leur mouvement est bizarre. Je leur réponds par un signe des deux mains. Tant qu'on y est… Ils éclatent simultanément de rire.

– Viens, viens ! s'écrie Gibli quand leurs rires

s'apaisent.

Il me fait signe d'avancer.

– Où ?

– Au-dessus.

– Je croyais qu'Herannathon vous avait dit que je devais rester ici.

Je pose les deux mains sur les hanches. Leur proposition ne me dit rien qui vaille. Rien du tout. On ne peut pas faire confiance aux Eshmiris. Herannathon me l'a assez répété, et même s'il ne me l'avait pas dit, je n'aurais jamais pu faire confiance à quelque chose qui sourit autant.

– Il nous l'a dit, mais il y a des personnes qui veulent *absolument* te voir en haut.

Ses yeux couleur feu brillent et luisent. Ce n'est pas bon signe.

– Qui ?

– Des Oosas.

Je croise les bras et m'avance. La surface de notre petit rocher est sèche, poussiéreuse et chaude sous la plante de mes pieds nus.

– Pourquoi veulent-ils me voir suspendue dans une boîte dans le ciel pendant que les combattants se battent en bas ? Qu'est-ce que ça leur apporte ?

Les Eshmiris se tournent l'un vers l'autre. Ils ricanent et chuchotent trop bas et trop vite pour que mon traducteur puisse traduire. Ils préparent quelque chose et je veux savoir quoi.

– Gibli, de quoi s'agit-il ? Vous n'avez même pas la boîte avec vous.

– On n'a pas besoin de la boîte de kintarr aujourd'hui, dit-il en riant.

– Tu ne seras pas en exposition, précise l'un de ses

amis.

C'est alors que son autre ami lui donne un coup de coude dans le ventre avec l'extrémité émoussée de l'étrange arme qu'il porte et qui ressemble à une lance. L'Eshmiri qui a reçu le coup de coude sort sa propre lance. Elle crépite de bleu à l'une de ses extrémités lorsqu'il la brandit vers son autre ami, qui glapit et saute d'un mètre en l'air. L'engin volant sur lequel ils se trouvent oscille alors dangereusement et fait plonger les trois mâles dans l'une des rambardes branlantes.

Gibli pousse un cri strident, sort un blaster et en martèle le manche sur la tête de ses amis jusqu'à ce qu'ils soient tous pris d'une crise de fou rire et reportent leur attention sur moi.

– Viens. C'est un tournoi spécial aujourd'hui, dit Gibli en s'essuyant les yeux.

– Ça a l'air dangereux. Je pense que je vais rester ici, je réponds.

Il est hors de question que je reste ici. S'il se passe quelque chose de *spécial* là-haut, c'est sans aucun doute dangereux, et si Herannathon est impliqué, je veux être là. Mes doigts se crispent. Je les glisse sous mes bras. *Où est mon arme* ?

Gibli ne sourit pas, ce qui transforme encore plus l'étrange forme de son visage : il passe d'un cercle aplati à un triangle presque parfait. Les bouches des Eshmiris disparaissent presque lorsqu'ils ne sourient pas et leurs grands yeux paraissent aussi énormes que des lunes.

– Les Oosas sont prêts à payer beaucoup de crédits pour te voir au-dessus. Herannathon ira les chercher directement. Et toi aussi.

– Au moins deux cent mille ! s'écrie l'un des Eshmiris.

Deux cent mille ? Ils ont toute mon attention. Ce serait

assez pour acheter le disjoncteur de communication à la marchande Rekkaru et ce serait assez pour nous rapprocher de la possibilité d'acheter le disque de sauvetage. Toutefois, en y réfléchissant plus longuement, une chose me paraît claire : ils ne nous proposeraient pas de nous payer autant si le risque n'était pas élevé. Très élevé.

Lentement, je secoue la tête.

– Non. Je sens que je vais m'attirer des ennuis.

– Pas d'ennuis, dit Gibli.

– Pas de bagarre.

– Victoire garantie.

– Tu mens, je réplique en fronçant les sourcils.

– Je ne mens pas.

– Jamais.

– Les Eshmiris ne mentent jamais, affirme Gibli en souriant.

– Qu'est-ce que tu ne me dis pas ?

Gibli se tourne vers ses amis avec une incrédulité feinte.

– Rien. Nous ne te cachons rien. Viens en haut. Tu vas gagner beaucoup de crédits et tu reviendras tout de suite après. Aucun risque.

Ses amis acquiescent.

– Pas de risque, disent-ils ensemble.

Je fais un pas hésitant, puis j'en fais un autre. Les Eshmiris poussent un cri de joie collectif et frappent leurs mains boudinées à plusieurs doigts l'une contre l'autre. L'un des Eshmiris semble avoir vingt doigts répartis sur ses deux mains, tandis que Gibli n'en a que huit et ils ne sont pas répartis uniformément : cinq sur une main, trois sur l'autre. Il me fait signe d'avancer avec sa main à trois doigts et l'engin sur lequel ils se trouvent bascule vers l'avant tandis qu'il m'aide à monter.

– Whooooowwweeee ! hurle l'un d'eux.

Je me tourne vers lui. Le vent me fouette le visage et nous avançons en trombe.

– Cet engin a été construit pour quatre ? je demande alors que la machine sous moi crachote et s'affaisse.

– Oh krakaw.

L'ami secoue la tête en marmonnant un mot que mon traducteur interprète comme « *non* ». Il doit donc s'agir d'une autre langue.

– Moi, c'est Hunhun.

J'hésite, puis je tends la main.

– Je m'appelle Nalia.

Il s'esclaffe sauvagement et me donne un coup de poing au centre de la paume de la main. Je lui souris.

– Chez les humains, on se serre la main. Comme ça.

Je lui serre la main. Je suis surprise par la texture de sa paume agréablement poilue et chaude, ce qui l'entraîne dans une spirale de rires ininterrompus.

Son ami s'avance et s'écrie :

– Moi, c'est Dogo ! Serre-moi la main !

Je le fais et Dogo rit aussi fort que Hunhun. Gibli finit par le repousser et répète le geste. Puis, ils se mettent tous à rire et je ne peux m'empêcher de rire moi aussi alors que nous descendons dangereusement vers les étals du marché, accrochant le dessous de notre boîte de conserve à une tente conique. Nous montons ensuite dangereusement vers un planeur oosa bleu vif en cognant l'une des barrières branlantes du vaisseau contre un rebord bleu vif.

– Oh mon Dieu ! je crie alors qu'un bloc de gelée bleue tente de m'attraper les cheveux par le haut.

– Chesumkripppees ! crient les Eshmiris autour de

moi.

Ils se mettent à rire à nouveau, puis applaudissent avant de serrer mes mains et celles des autres.

Je lève les yeux au ciel. Je suis déjà impatiente de quitter ce vaisseau pourri. Nous arrivons au trou noir – on dirait l'entrée de l'enfer, même s'il faut monter et non descendre pour y accéder. Après la clarté lumineuse du Dessous, l'obscurité qui s'ensuit me fait mal aux yeux. Nous nous engouffrons dans le tunnel qui mène aux portes de l'arène. Elles sont fermées.

– Où a lieu le tournoi ? Il y a bien un tournoi en ce moment.. ? je demande.

Les portes de l'arène se referment. Je jette un coup d'œil autour de moi. Le tunnel est curieusement vide. Trop vide. Normalement, il y a toujours quelques Eshmiris ivres qui traînent ou jouent et très occasionnellement, qui travaillent, sans même prendre la peine de regarder les combats qui se déroulent à l'extérieur, mais aujourd'hui... Il n'y a absolument personne.

C'est *calme*. Enfin, pas tout à fait, vu le bruit de la foule dehors, cet endroit ne sera jamais vraiment calme. Je peux sentir les vibrations des dizaines de milliers de corps dans les gradins à travers les murs rocheux qui nous entourent.

– Il y a toujours des combats ?

– Yeeshee, yeeshee, dit Hunhun.

Dogo et Gibli secouent la tête.

– Krakaw. Il n'a pas encore commencé.

Le planeur plonge. Dogo saute au sol et se dirige vers les commandes sur le mur. Il parle et met une main à l'intérieur d'une boîte noire. Quand il a fini de faire ce qu'il fait, il nous fait signe d'avancer et les portes s'ouvrent.

– Je ne comprends pas. Je croyais que vous aviez dit qu'il ne fallait pas se battre.

Je croise les bras. Je sens la chaleur et la nervosité me monter à la nuque tandis que je fixe Gibli. Il n'est pas aussi grand que moi mais il est dix fois plus large que moi.

– S'il n'y a pas de combat, pourquoi sommes-nous ici ?

Gibli me sourit avec ses petites dents pointues.

– Pas de bagarre. Promis juré.

Il lève l'un de ses cinq doigts. Ce doigt est aussi épais que trois de mes doigts mais j'enroule quand même mon petit doigt autour de son large doigt, et j'acquiesce.

– Comment sais-tu que c'est ainsi que nous faisons des promesses ? C'est un truc d'humain.

Il se contente de rire et, alors que la chaleur et la lumière aveuglante nous envahissent, il guide le planeur vers l'avant.

Dès que nous sommes sous le dôme, la chaleur s'intensifie et devient brûlante. Je regrette de ne pas avoir mis autre chose que cette fine robe de chambre – parce que j'aimerais bien l'enlever.

– Oh la la… Putain !

Je commence à m'éventer. Autour de nous, la foule devient complètement folle.

– Qu'est-ce que…

Je jette un coup d'œil sur le sable rouge et sur les banquettes de l'arène en métal gris foncé et en pierre rouge. Ils se dressent comme d'énormes éclats de verre plantés dans la surface de la planète… Quelque chose m'échappe.

– Il n'y a pas de combat ici…

– Krakaw, il n'y en a pas. Nous avons dit qu'il n'y en avait pas et nous, les Eshmiris, nous ne mentons jamais, dit Gibli.

Puis, il enfonce sa main entre mes omoplates et me donne une forte poussée.

Je couine en dégringolant vers le bord du planeur et je m'agrippe aux rails pour me soutenir. Dogo se contente d'attraper ma main et de la faire trembler. Lorsqu'il la lâche, je trébuche en arrière. Nous sommes suffisamment bas pour que je ne tombe pas, mais je parviens à quitter la plate-forme en titubant et à me retrouver sur le sol brûlant. En me balançant comme une ivrogne, je me remets debout et je crie au planeur :

– Enfoirés !

– Envoirés ! se répètent-ils les uns aux autres avant de s'envoler vers les autres planeurs eshmiris, suspendus comme des décorations de Noël à l'arche grise et translucide du dôme.

– Putain de merde…

Je suis le chemin emprunté par le trio jusqu'au sommet du dôme. Il est *plein*. Il y a autant de planeurs et de boîtes cristallines contenant des prix que la dernière fois, et la dernière bataille était censée être la plus épique de toutes. Même avec sa peau orange vif, je n'arrive pas à identifier Manila parmi eux. Je jette un coup d'œil aux tribunes. Je n'identifie personne.

– Qu'est-ce que…

Je regarde vers l'avant et j'entends un son aigu. Je m'avance, plus loin sur le terrain, consciente que des centaines de milliers d'yeux sont braqués sur moi et qu'ils semblent *tous* enthousiastes et satisfaits. Je ne comprends rien. Tout ce que je sais, c'est que je ne suis pas seule.

Un poids s'installe dans ma poitrine comme une pierre, comme une ancre plutôt, lorsque j'aperçois un ensemble familier de pointes grises et acérées qui sortent du dos gris d'un mâle. Il se trouve de l'autre côté de l'arène et ne m'a pas encore vue. Au lieu de cela, il crie en direction d'un groupe de créatures à bord d'un planeur bleu plat et lumineux.

La plupart des créatures forment sans aucun doute un contingent d'Oosas, bien qu'avec leurs formes complètement bulbeuses et amorphes, je ne puisse pas dire combien ils sont – ou combien d'Eshmiris se trouvent avec eux. Je me demande quel est le sujet de leur dispute avec Herannathon.

La terre est chaude sous la plante de mes pieds nus lorsque je m'avance. Avec ses pans froncés, ma robe ressemble à celle d'une princesse. *Ce n'est pas exactement une tenue pour faire la guerre et j'en sais quelque chose.* La poussière rouge s'accroche à mes jambes et à ma robe, d'une beauté étrangement sinistre. J'ai l'étrange sensation d'être dans un rêve – *des coups de feu retentissent tout autour de moi. Je n'ai pas peur mais je suis en colère.* Cela me rappelle un rêve que j'ai fait – *ce n'était pas un rêve, c'est vraiment arrivé* – toutefois, je ne ressentais pas les même émotions alors. Pas du tout.

Ici, je ressens la chaleur et le feu qui brûlent dans mon sang, ces émotions me sont familières; cependant, je ne ressens pas la colère, la rage et la peur que je pouvais ressentir autrefois. Ici, je suis libre. Je suis l'incarnation de la liberté. Mon cœur se met à battre la chamade et mon estomac s'exalte lorsque je m'approche suffisamment pour entendre exactement ce qu'ils disent.

– ... bordel de shrov ! Vous ne pouvez pas changer les termes du tournoi ! s'écrie Herannathon.

– Nous ne changeons pas les termes. C'est toujours une bataille, répond un Eshmiri que je ne connais pas, mais que j'ai déjà vu présider les jeux.

Il gesticule sauvagement avec ses bras courts et la lance électrique qu'il porte. À plusieurs reprises, il surprend les Oosas qui se tiennent à ses côtés, ce qui lui vaut des *lueurs* intenses. Je ne peux que supposer que les lueurs et les gazouillis sont des insultes, car mon traducteur ne capte absolument rien et ne peut rien traduire.

Il y a pourtant un interprète à portée de main, un Hypha. Il émet des clics et des sifflements comme le font les Oosas avant de s'adresser à Herannathon.

– Ils te donneront tout ce que tu veux ; et si tu acceptes, tu survivras automatiquement à la bataille finale. Ils offriront également un cadeau à ta compagne. Ils veulent juste vous voir vous accoupler...

– Il n'en est pas question ! rugit Herannathon.

La violence de sa réponse me fait presque chavirer le cœur. Je ressens une énorme bouffée de contrariété qui s'efface au moment où il poursuit :

– Je ne l'impliquerai pas dans cette histoire. Je ne veux pas qu'elle se retrouve sur ce putain de shrov de sable !

– Trop tard...

Je déglutis difficilement et j'élève la voix, même si j'ai du mal à parler. Mes mots, comme mes entrailles, sont aussi secs que le vent environnant. L'air ambiant sent le désert ancien, il sent les batailles menées, les vies perdues, le métal, la fumée et une pointe de poudre à canon. Mais par-dessus tout, le vent transporte des épices étrangères que je n'ai jamais senties auparavant.

– Nalia !

Herannathon se retourne pour me faire face et son

expression, que j'ai patiemment appris à déchiffrer, se transforme complètement. Les visières devant ses yeux se mettent en place et ses poings se serrent, le haut de ses épaules tremble et ses pavillons d'oreilles s'agitent frénétiquement. Ses narines s'enflamment.

– Espèce de salauds !

Il se retourne vers la plate-forme, et cette fois, il s'élance vers elle. Il saute haut, près de trois mètres, pour s'accrocher au bord du planeur bleu incandescent.

L'Eshmiri qui tient le bâton électrique le plante dans le cou d'Herannathon. Cela ne l'affecte pas.

– Hé ! je crie.

Il le frappe à nouveau.

– Hé, connard !

Il y a des petits cailloux autour de mes pieds. J'en ramasse quelques-uns et les lance sur l'Eshmiri. Je fais mouche à chaque fois.

Il se renfrogne, lève son taser et le secoue vers moi. Pendant ce temps, Herannathon se laisse tomber et s'approche de moi, pointes en avant. Ses bras s'écartent sur les côtés dans une position défensive, comme s'il voulait me défendre contre cet étrange contingent hétéroclite de créatures en rut qui veulent manifestement nous regarder baiser.

J'ai beau avoir la peau chaude, j'ai la chair de poule. Mon sang se réchauffe. Mon regard parcourt le dos d'Herannathon, se pose sur les muscles ronds et serrés de son cul qui font de l'ombre à son pantalon de cuir gris. Il est si *sexy*...

– Je me battrai contre qui vous voulez. Mais je ne veux pas avilir ou souiller ma compagne.

– Ça ne me dérange pas.

Ma voix se brise. Est-ce qu'il vient de dire que je suis

sa compagne ? Oh... C'en est presque trop pour mon cœur. Mon pauvre petit cœur... *Personne n'a voulu de moi avant ce jour. Pas comme ça. Aucun homme n'a jamais voulu de moi pour plus d'une nuit.* Mais peut-être que c'était les êtres humains mon problème. Peut-être que j'avais juste besoin de rencontrer le bon... pirate.

Un sourire se dessine sur mon visage, il est un peu tremblant. Tous – Herannathon, l'Eshmiri et probablement les Oosas, bien que je ne sache pas où se trouvent leurs yeux sur leurs visages ou s'ils ont des yeux ou des visages tout court – se tournent vers moi au ralenti.

– *Nalia* ! s'exclame Herannathon.

Il se jette sur moi, m'empêche de voir tout ce qui se trouve derrière lui, étouffe la chaleur des soleils et réduit le bruit de l'arène. Il m'attrape par l'extérieur des bras.

– Nous ne sommes pas obligés de faire ça. Les Oosas croient pouvoir tout s'offrir parce qu'ils sont riches. Ils constituent la deuxième espèce la plus riche des Quadrants après les Lemorans – mais, contrairement aux Lemorans, ils n'hésitent pas à abuser de leur position.

– Ça ne me dérange pas.

Je hausse les épaules. J'essaie de faire croire que je ne suis pas nerveuse. Non, je ne suis pas du tout nerveuse. Je me prépare juste à m'exhiber devant cinquante mille extraterrestres hurlants. Je m'apprête à faire l'amour avec mon... *compagnon* pour la première fois. C'est étrange que ce soit ce qui m'effraie le plus, le fait que ce soit la première fois. Nous avons déjà fait tant de choses. Mais on n'a jamais fait ça avant.

– *Shrov* ! Ce n'est *pas une bonne idée*, réplique Herannathon. Je n'ai pas... nous n'avons pas...

Il a l'air troublé, ce qui ne fait que me serrer le cœur à

nouveau.

– Quoi ? Tu étais prêt à me partager avec dix de tes frères dans un shekurr. Ce serait juste un échauffement là…

Je ris mais mon rire semble forcé.

Il fronce les sourcils et serre les dents.

– Ce n'est pas comme ça que je voulais que ça se passe. Je voulais t'honorer, je voulais te vénérer…

– Tu peux le faire.

Je m'approche de son torse et pose ma paume sur son abdomen. Les Oosas derrière lui semblent apprécier et s'illuminent de couleurs qui me distraient momentanément.

– Honore-moi… devant eux.

Ses lèvres s'entrouvrent, mais je n'arrive pas à déterminer l'expression qu'il arbore. Il semble surtout surpris.

– Pourquoi as-tu envie de faire ça ? Les êtres humains sont pudiques.

– Les êtres humains sont tous différents. Chacun a sa personnalité. Ça ne me dérange pas de me donner en spectacle, surtout si je sais que cela signifie que tu n'auras pas à te battre et que tu n'auras pas à blesser qui que ce soit…

Je fais une grimace et recule d'un pas.

– … À moins que tu ne le veuilles pas. Je veux dire, si tu n'as pas envie de moi…

Je recule encore d'un pas et la réaction d'Herannathon manque me provoquer une crise cardiaque.

Il s'élance vers l'avant, m'attrape par le devant de ma robe et me traîne contre lui comme si j'étais un agresseur dans une ruelle. Mes orteils touchent à peine le sol lorsqu'il se penche et grogne contre ma joue :

– Ne dis pas des choses aussi stupides. N'essaie pas de me manipuler.

– Non, je balbutie. C'est juste que... je vis dans ta tente depuis des *jours* – depuis des solaires – et on prend notre pied, mais tu n'as pas encore essayé de me baiser. Et je ne sais pas pourquoi. Alors... pourquoi ?

– Parce que...

Il expire, la main contre ma nuque alors qu'il me repose sur le sol.

– Je voulais te faire des cadeaux d'abord, te présenter à mes frères, t'acheter un vaisseau à toi, t'emmener ailleurs, te montrer l'univers... Je voulais te baiser dans un endroit sûr, un endroit à moi, un endroit *à nous*.

Mon cœur va succomber. Mon petit cœur tremblant n'y tient plus. Je lui souris, l'émotion noue mes cordes vocales, et je murmure en souriant :

– Tu pourras faire tout ça une fois qu'on aura quitté cette maudite planète. Mais d'abord, laisse-moi faire ça pour toi. Laisse-moi t'emmener en finale. Laisse-moi te faire plaisir.

Un grognement s'échappe de sa gorge et l'une de ses mains inférieures se porte sur le devant de son pantalon, qui a commencé à gonfler.

– *Shrov...* siffle-t-il.

Prête à défaillir sous l'effet du désir, je m'extrais de son emprise, le contourne et crie vers le planeur :

– Herannathon veut un disrupteur de communication comme cadeau.

Les couleurs des Oosas commencent à étinceler et à flamboyer tandis qu'ils se concertent entre eux. Les Eshmiris tentent de rappeler que ce n'est pas autorisé, mais ils le font en ricanant.

– Les Oosas acceptent, annonce le traducteur Hypha.

– Et je veux aussi un cadeau.

D'autres ricanements, lueurs et chuchotements accueillent ma remarque.

– Les Oosas sont prêts à t'offrir un cadeau. Que veux-tu ?

– Un bâton de mok bir qui fait aussi bouclier.

– C'est contraire aux règles ! crient encore les Eshmiris.

Ils sont à nouveau ignorés.

– Les Oosas acceptent, *à condition* qu'ils soient satisfaits par votre prestation.

– Je ne m'inquiète pas pour ça, dis-je en leur tournant le dos et en revenant vers Herannathon.

Il m'observe, le cou tordu par-dessus son épaule en arborant une expression peinée.

– Moi, j'espère que c'est *toi* que je vais satisfaire.

Je passe mes ongles sur les plaques de son abdomen, je tâte toutes les rainures en descendant jusqu'à son pantalon. Je tire brutalement sur les liens.

– Nalia.

Il déglutit. Je regarde sa gorge s'agiter.

– Nalia, je peux utiliser le disque du sauvetage. Je peux te sortir de là...

C'est à mon tour de rechigner, cette fois.

– Après ce qu'on a payé pour ce truc ? Tu es fou ou quoi ? En plus, si tu le gardes et que cela nous permet d'accéder directement à la finale, tu es certain de survivre au tournoi. Et si tu gagnes, tu n'auras à tuer personne. Laisse-moi faire s'il te plaît.

– Nalia...

– J'ai envie de toi. Faisons-le.

– Nalia...

Il inspire bruyamment à nouveau tandis que je fais

glisser son pantalon sur son cul, exposant sa chair au soleil. Sa bite est visible, mais à peine. C'est une bite bizarre, ça c'est sûr. Elle ressemble à une souche d'arbre, rugueuse et plaquée à l'extérieur autour de la base. Plus je la regarde, plus la tête plate, gris clair, s'avance vers l'avant. Elle luit déjà de sperme.

– Ma bite ne peut pas être exposée longtemps à l'air libre.

– Je m'en doutais. Ne t'inquiète pas, elle ne restera pas longtemps à l'air libre.

Je défais la ceinture autour de ma taille et avant qu'il n'ait le temps de dire un mot de plus, je la retire et je jette ma robe sur le sol derrière moi.

Il grogne et tend la main vers ma poitrine. Les coussinets rugueux de ses doigts effleurent mon mamelon, mais seulement pendant une seconde avant que je ne tombe à genoux. Sa bite se libère et je lève les yeux. Je m'efforce de l'atteindre dans cette position. C'est plus facile quand sa bite sort de sa coquille protectrice, aussi épaisse que mon poignet – peut-être plus. Du sperme gicle sur mon menton et ma poitrine.

– Par les comètes ! Nalia, tu sais que tu ne peux pas tout prendre dans...

Je lui fais un clin d'oeil.

– Il y a ma bouche, mes deux mains et tes quatre mains... Je pense qu'on va y arriver.

Il siffle quand je ramène sa bite vers ma bouche et la prend entre mes lèvres. J'en avale autant que je peux. Mes mains serrent les endroits que mes lèvres ne peuvent pas atteindre. Ses deux mains inférieures, placées autour de la base de sa bite, suivent mes mouvements, et s'entremêlent avec mes doigts pendant que je suce avec force.

Il rejette la tête vers le soleil, le dôme et les centaines de créatures qui planent au-dessus de nous. Elles crient, hurlent et rugissent plus fort maintenant, toutes à leur excitation, ou peut-être que je projette et que j'imagine voir en eux le reflet de mon désir grandissant. Ma chatte est plus chaude que le feu alors que les rayons omniprésents des nombreux soleils traversent le dôme extérieur et caressent chaque centimètre de ma peau nue.

La chaleur de mon bas ventre irradie jusqu'à mes genoux tandis que j'avale son sperme, jusqu'à la dernière goutte, sans me soucier de son goût étrange. Son sperme ressemble à de la crème fouettée et a un goût de pâte de noix d'Ebo et de musc.

Il gémit et grogne. Il ne cesse de gémir et de grogner. Les Oosas sont en pleine frénésie sur leur petite plateforme, en vol stationnaire juste un peu plus loin, mais je ne me soucie pas de leur plaisir.

Seul le sien m'importe.

Mes mains font des mouvements brusques tandis que sa bite se détache de sa plaque. Elle est longue. Putain ! Elle est encore plus longue que je l'imaginais. Le rythme de ses caresses accompagnant les miennes sur sa longueur commence à perdre en régularité, et je peux sentir ses genoux trembler.

– Nalia…je ne peux pas… pas dans ta bouche…pas sans un vagin synthétique…

Je hoche la tête et gémis autour de sa bite. Je comprends ce qu'il veut dire. Il ne peut pas laisser sa bite aussi exposée, ce qui veut dire qu'il faudra qu'il l'enfonce entièrement dans mon corps. J'ai hâte.

– Ta semence... est délicieuse, je gémis autour de sa taille.

Son sperme s'écoule de ma bouche et dégouline le

long de mon menton sur mes seins.

Ses yeux s'enflamment vers moi, ses visières sont entièrement levées. Ses mains se crispent sur mes cheveux, en éloignent des mèches de mon visage et les enroulent autour de ses poings. Il me tire vers l'intérieur et j'agite ma mâchoire pour laisser sa bite entrer plus profondément dans ma bouche. Je la laisse glisser dans ma gorge jusqu'à ce que j'étouffe. Puis il se retire. Il recommence, six ou sept fois encore. Mes yeux semblent rouler à l'arrière de mon crâne tandis qu'il prend le contrôle, utilise mes cheveux comme des putains de rênes et baise ma bouche comme il le veut. Il continue ainsi jusqu'au moment où il s'arrête, halète, puis rugit comme un sanglier éventré...

Jusqu'à ce moment, je n'avais pas vraiment compris comment les pirates niahhorrus jouissaient. Je pensais qu'ils jouissaient sans discontinuer... Je suppose que c'est le cas, mais je ne savais rien de ce qu'est un orgasme dans l'univers des pirates. Et je n'y suis donc pas préparée. Il se fige et devient complètement rigide. Son corps se tend alors qu'une soudaine giclée de sperme remplit ma bouche et explose hors de ma bouche. Je m'étouffe et il recule. Ses poings se crispent autour des miens et s'agitent tandis qu'il pulvérise sa semence sur mon visage, mes cheveux et mon ventre.

– Shrov ! Nalia… sussure-t-il encore et encore.

Il saisit mes cheveux et ramène ma tête en arrière. Il vide ce qu'il lui reste dans ma bouche, le long de ma langue et dans ma gorge. J'avale. Ma gorge brûle alors qu'elle s'enroule autour de sa longueur. Je veux tout avaler. Je veux *le* prendre tout entier. Je gémis.

Le monde s'écroule, les rideaux du ciel tombent. Tout disparaît. Il ne reste que l'odeur de sa peau et mon désir croissant. Je gémis lorsqu'il se libère enfin et que ma main droite tâtonne sur la couche fraîche qui recouvre mon ventre. Je lève les yeux et croise son regard. Je recueille son sperme sur mon nombril et ma touffe. Je le fais tourbillonner autour de mon clitoris, puis je pousse mes doigts gorgés de sperme à l'intérieur de mon corps.

Il rugit et avant que je ne comprenne ce qui se passe, je suis soulevée du sol et je me retrouve dans ses bras. Sa bite est juste à l'entrée de mon corps, elle se fraye un chemin au-delà de la barrière de mes lèvres inférieures...

– Tu es prêt à recommencer ? Déjà ? je souffle.

– Ontte. Je suis toujours prêt pour toi. Je le serai toujours. Je suis prêt à te prendre mille fois… grogne-t-il en ramassant une bonne quantité de sperme gris sur mon mamelon gauche et dans le pli sous mon sein.

Il le tient dans sa main – il remplit presque sa paume – et je regarde, fascinée et ravie, comment il ramène cette paume entre nous et la place sous ma chatte. Je gémis à la rugosité de sa peau, j'en veux plus, je veux de la friction. Je commence à me frotter contre le sperme dans sa main, mais ce n'est pas...

– Ce n'est pas...

– Je sais…

– Je veux…

– Je sais ce que tu veux. Tais-toi, et je vais te le donner.

Je la ferme immédiatement, prête et impatiente. Mes cuisses tremblent alors qu'elles s'agrippent à ses flancs. Mes tibias sont repliés parce que si je l'enlaçais avec mes jambes, je serais embrochée .

Nous n'avons même pas commencé à baiser et je transpire déjà. Mes yeux sont rivés sur sa bite entre nous. Il la fait lentement glisser contre mon épaisse touffe rousse.

– Herannathon, je gémis.

J'écrase le plat de mon poing sur son épaule.

– Arrête de m'exciter, prends-moi. S'il te plaît.

Ses lèvres s'agitent avant de se resserrer. Sa mâchoire se crispe et il acquiesce.

– Une pirate ne supplie jamais, murmure-t-il, puis il s'enfonce en moi.

Il n'est entré que de quelques centimètres – du moins, c'est ce qu'il semble – mais j'ai l'impression d'avoir été empalée avec une brique.

Je crie, mon cou roule sur le côté puis vers l'avant. Je regarde dans l'ombre entre nos corps et je halète :

– Heureusement que je ne suis pas une pirate, alors.

– Oh si, tu es une pirate, gémit-il en s'enfonçant plus profondément – brutalement.

Il provoque des éruptions de douleur à l'intérieur de mon corps. J'essaie de me détendre et de m'ouvrir plus mais ce n'est tout simplement pas possible. Il s'enfonce à nouveau et je crie :

– Ta bite ne va pas rentrer entièrement, elle est trop grosse !

– Tu vas tout prendre, dit-il en serrant les dents.

Il m'attrape par les cheveux et renvoie ma tête en arrière. Il se penche et respire le long de mon cou.

– Tu vas tout prendre parce que tu es une pirate.

Il remonte ses hanches et je me sens coupée en deux, mais de la meilleure façon possible. Couvrant mon cri, je l'entends dire :

– J'en suis sûr et certain.

16

Herannathon

Je ne peux plus m'arrêter. Shrov ! Je n'arrête pas de la baiser. J'ai perdu la tête. Pour moi, il n'y a plus ni tournoi, ni spectateurs, il n'y a que ça : sa chair blanche brillante, tachetée, enveloppée de sable rouge, tachée du sang de ceux qui sont tombés.

Je rugis et enfonce mes griffes dans le sol dense à côté de son épaule gauche, puis je me cambre et me relâche. Je tends mes hanches, je les fais claquer contre les siennes en utilisant mes mains inférieures pour maintenir ses hanches en place. Elle hurle, les cheveux sur son visage sont collés à sa peau par le sperme et la sueur. Elle est collante partout et j'adore le goût de son corps. Elle a le goût du carnage. Elle a le goût d'une bataille que je n'ai jamais menée auparavant, elle a le goût d'une victoire que je n'ai jamais ressentie.

J'attrape son sein avec ma dernière main libre et je frappe son mamelon brutalement. Elle pousse un gémissement. Je sais qu'elle aime ça.

Sa chatte se resserre autour de ma tige, des éclats de

lumière m'aveuglent tandis que je me vide sauvagement en elle. Des gouttes grises de sperme jaillissent de son corps. Son ventre est gonflé de ma semence. Si elle ne veut pas tomber enceinte, elle devra boire au moins un litre d'eau stérilisante cette lune. Ou pas. Elle fera ce qu'elle voudra. Elle fait ce qu'elle veut de son corps. J'accepterai ce qu'elle choisira de faire et je serai ce qu'elle voudra que je sois.

Je serai son esclave sexuel ou sa bête de sexe si elle le souhaite. Je peux aussi être pirate, je peux être père, le père de ses enfants. Je peux être tout cela à la fois, rien de tout cela ou toutes les options intermédiaires.

Je n'arrive pas à réfléchir. Le brouillard s'est emparé de mon esprit. Je sens qu'elle se resserre autour de moi tandis que je frotte brutalement un doigt sur son bouton gonflé. Elle me crie que sa chair trop sensible, mais je m'en moque.

– Tu vas le supporter, je l'avertis. Et tu vas encore jouir pour moi...

J'enfonce mon doigt dans son corps.

– Tu jouiras quand je l'aurai décidé.

Je la caresse encore.

– Tu jouiras quand je te dirai de le faire.

Je la touche encore.

– Te'eno hnoor, Nalia. Tu es *à moi*. Vas-y, jouis pour moi, pirate. Maintenant. *Maintenant.*

Elle gémit et s'agrippe à mon bras. Ses ongles sont fendus et cassés à force de griffer mes plaques. Cela fait une éternité que nous sommes là. Nous baisons depuis si longtemps que j'ai senti la position des soleils changer. Ils se sont déplacés autour de nous. Les cris de la foule, eux, n'ont pas faibli, mais pour moi, ce n'est qu'une musique d'ambiance. Les objets que l'on nous jette sur le sol de l'arène sont de plus en plus grandioses et de plus en plus obscènes.

J'attrape un bâton de mok bir qui a atterri près de son épaule droite et je soulève son corps mou du sol. Elle lutte pour reprendre conscience tandis que je fais glisser un peu de sperme autour de mes plaques inférieures protectrices jusqu'à son trou arrière. Il est contracté par les vagues d'orgasmes qui se succèdent, il pulse lorsque je le caresse avec ma phalange. Je n'ai plus la dextérité nécessaire pour rétracter mes griffes. Ma capacité de contrôle ne tient qu'à un fil…

Un filet de sang.

– Qu'est-ce que tu… murmure-t-elle, un peu dans les vapes.

Ses paupières lourdes clignent langoureusement. Je m'en fiche. Je n'ai pas besoin qu'elle soit au top de sa forme pour ça. Du moins, pas complètement. Pas pour ce que j'ai prévu.

Je la hisse sur mon corps, j'étale son humidité sur mon abdomen tandis que deux de mes mains s'affairent autour de ses fesses, puis je les masse fermement.

– Je dois te préparer, je grogne dans ses cheveux humides. Parce que je vais te prendre ici.

– Oh mon Dieu, ouiiiii, gémit-elle dans sa propre langue.

Le jeton yeeyar dans mon oreille traduit ses mots mais je baisse le volume. Je veux entendre ses supplications à son créateur. Quel qu'il soit, il ne peut plus la sauver.

– Ton Dieu ne peut pas t'aider, Nalia, je murmure en caressant ses cheveux d'une main tout en glissant l'extrémité lisse et arrondie du bâton bleu brillant entre ses fesses.

– Pas tant que tu es avec moi.

– Oh putain… Herannathon.

– Veux-tu que je te pénètre dans ton trou arrière ?

– Prends mon cul, répond-elle immédiatement. Prends-moi n'importe où. Je suis à toi.

Les mots éclatent dans ma poitrine comme une fusée et je serre les dents. Je me bats pour ne pas l'empaler complètement alors que je glisse l'extrémité émoussée du bâton dans l'entrée la plus étroite de son corps. Je crains un instant que, lorsqu'elle commence à bouger, elle n'essaie de se débarrasser du bâton, d'autant plus que ma bite est beaucoup, beaucoup plus grosse que le bâton. Je m'arrête. Toutefois, ma patience est récompensée lorsque je sens ses cuisses tremblantes se serrer autour de mes hanches et ses bras tremblants s'agripper à mon cou alors qu'elle essaie de rebondir de haut en bas sur ma longueur dure et sur le bâton mok bir.

– Ontte… je grogne contre son cou en mordant la chair douce qui s'y trouve.

Elle crie et je commence à faire entrer et sortir le bâton mok bir lisse et brillant plus rapidement dans ses fesses, en synchronisant le mouvement avec son rebond et mes coups de butoir.

– Oh mon Dieu, oui. Oui, Herannathon, baise-moi.

Sa tête tombe en arrière, exposant la longue colonne de sa gorge. Je lèche sa sueur sucrée, l'arôme boisé de ma propre semence se retrouve aussi sur ma langue.

– Embrasse-moi, Herannathon. S'il te plaît…

Je m'élance, glisse ma langue dans sa bouche et l'enfonce dans sa gorge. Je sens que sa langue lutte avec la mienne, mais elle perd. Elle aime perdre cette bataille contre moi. Je n'en peux plus et je recule.

– Ça suffit.

Je ne me montre pas assez précautionneux lorsque je

la dépose au sol pour libérer ma bite; je n'en ai plus la force. Comme j'ai déjà joui une douzaine de fois, ma bite est moins sensible à l'atmosphère et à la chaleur et je peux supporter de l'avoir hors de son corps pendant les quelques instants qu'il me faut pour la faire rouler et la mettre en équilibre sur ses mains et ses genoux.

– Attends un peu, Nalia.

Elle expire bruyamment, sa gorge semble douloureuse. Je suis conscient qu'elle a besoin de nourriture, mais je l'ignore pour l'instant. Je m'occuperai d'elle plus tard, mais pas maintenant. Pas encore...

– Nalia...

– Désolée, souffle-t-elle, puis elle rit. Je te trouve bien exigeant tout d'un coup...

– Mets tes coudes et le front au sol, garde les fesses en l'air.

Je retire le bâton de mok bir de son cul et je le jette de côté. Elle soupire. J'écarte ses fesses, saisis des coulées de sperme qui glissent le long de ses cuisses pour mouiller son entrée arrière. Je glisse mes doigts à l'intérieur, un d'abord, puis deux à la fois, et je sens son canal serré s'étirer.

– Ça va être serré.

Elle ne répond pas, elle se contente de gémir pour moi.

– Tu es mon prix, je murmure en me penchant en avant et en me cambrant au-dessus d'elle alors que je place ma bite face au canal musclé serré que j'ai bien l'intention de pénétrer.

J'écarte ses cheveux du côté de son visage et je la regarde lentement cligner des yeux par-dessus son épaule. Elle sourit.

– Si tu as mal, dis-le-moi, dis-je.

Elle se frotte contre moi, elle fait glisser ma bite entre ses fesses. Sa peau est incroyablement douce. Ses fesses agrippent ma bite avec amour et j'en apprécie chaque instant.

– Je ne suis pas ton prix, murmure-t-elle, l'air à moitié endormi. C'est toi qui es à moi.

Je ris et je grogne. Mes mains inférieures se glissent sous ses hanches. Elles les soutiennent complètement, de sorte que ses genoux effleurent à peine le monde rouge en dessous tandis que mes mains s'appliquent à ouvrir grand ses fesses pour permettre à ma bite de se repaître de son trou le plus serré.

– Et si les deux propositions étaient vraies ? je demande.

Je pousse vers l'avant, je pénètre son entrée, et elle gémit comme une bête. Ou peut-être que c'est moi qui gémit.

Il faut une éternité pour que ma bite pénètre son corps et, une fois là, je n'arrive pas à aller bien loin. Je dois utiliser mes mains inférieures pour couvrir la partie de ma bite qui ne rentre pas dans son corps au cours des va et vient dans et hors de la surface de son trou le plus serré. Shrov, qu'est-ce qu'elle est serrée…

– Shrov ! Tu es serrée.

Pas de réponse de sa part. Seul un autre gémissement sauvage accueille ma remarque. Je ris vers le ciel – vers le dôme – et je laisse tomber ma visière pour me protéger de la lumière éclatante. Ici, il ne fait jamais nuit. Je ne sais pas combien de temps s'est écoulé, je sais seulement qu'un soleil a pris la place de l'autre et que d'autres planeurs Eshmiris se sont mis en place, tandis que d'autres sont partis. Je jette un regard vers les gradins : plusieurs créatures sont en train de s'accoupler ou de se branler avec ce qu'elles ont sous la main ou le tentacule… et je m'en fiche complètement.

Je vais un peu plus loin. Je ne la pénètre que de la longueur d'une main – la sienne, pas la mienne – et je pousse un juron quand elle se resserre.

– Touche… touche mon…

Elle n'a pas besoin de finir sa phrase, je sais ce qu'elle veut. Je sais qu'elle est prête à jouir à nouveau, mais elle ne peut pas atteindre la source de son plaisir, pas avec la force avec laquelle je la tamponne. Elle a besoin de ses deux avant-bras posés sur le sable pour s'arc-bouter.

Je passe la main autour de son corps et touche son petit bouton. Elle s'enflamme presque instantanément. La pression de son orgasme s'enroule autour de moi et c'est franchement trop. Beaucoup trop. Je siffle de douleur et de plaisir. Je ne sais pas si je suis terrifié par la sensation ou terrifié par le fait que j'en ai besoin, que j'en ai envie. Je suis *désespéré. C'est du désespoir.* J'éjacule dans son centre de plaisir le plus serré tandis que son corps se contracte autour de ma longueur en vagues saccadées. C'en est trop. Je n'en peux plus. Elle m'a vaincu, elle m'a terrassé. Mes adversaires dans l'arène n'ont pas pu faire ce qu'elle a accompli.

Je me retire d'elle dans un rugissement et m'effondre sur son corps en l'aplatissant sur le sable. Je capture son corps dans mes bras, mais je ne peux pas résister au plaisir lorsqu'il atteint son apogée et je rugis contre son dos. La chaleur, la douceur et la pression suffisent à me faire jouir sans fin.

Je termine contre sa peau. Des spasmes secouent mon corps comme jamais auparavant. Je n'ai jamais ressenti cela. Jamais. Je halète contre l'arrière de ses cheveux. Je fais de mon mieux pour bercer sa tête alors que je fais rouler nos corps sur le côté. Je remarque qu'elle frissonne – centare, elle tremble de tout son corps, les spasmes arrivent si vite qu'on a l'impression qu'elle ne contrôle plus son corps.

Ses jambes continuent de se contracter en s'enchevêtrant dans les miennes. Je lutte pour me réveiller quand je remarque que ses yeux sont fermés. Je veux m'endormir. Je tuerais pour m'endormir ici même... mais je ne peux pas. Pas sous le soleil qui cuit sa peau pâle, douce et sensible. Sa peau humaine... qui cache un cœur de pirate. Je jure de les protéger tous les deux alors que je la prends dans mes bras, délaissant le sol du tournoi pour la ramener dans le domaine du Dessous, dans l'obscurité.

17
Nalia

J'ai dormi pendant deux jours – enfin, ce qu'ils appellent deux solaires ici – et je ne me suis réveillée que lorsque Herannathon m'a dit qu'il fallait que je mange et que j'aille aux toilettes. Il dort à côté de moi sur le filet. C'est assez étrange de dormir là mais je pense que je pourrais m'y habituer, surtout quand je suis enveloppée dans des draps doux et chauds et que des bras rugueux et tout aussi chauds me bercent, me touchent et me caressent chaque fois que c'est possible. Des bras qui appartiennent à un corps qui me baise inlassablement.

Il est insatiable. Je me réveille deux fois en sentant sa bouche sur ma chatte et une fois en sentant sa langue dans mon cul. J'adore sa bite et j'écarte les jambes sans me faire prier. Je le laisse me prendre volontiers chaque fois que je le peux. Je n'ai jamais eu une telle bite à ma disposition auparavant. Une petite voix me murmure des choses que je n'aime pas entendre : *tu ne l'intéresses que pour le sexe, il te quittera dès que vous serez tous les deux sortis d'ici...*

Je n'ai pas vraiment le temps de me pencher plus longtemps sur ces pensées. Lorsque je me réveille, Herannathon ne me touche pas, ne me baise pas et ne me nourrit pas. Il me regarde, de l'autre côté de la pièce, assis sur un coffre en bois. Il n'aiguise pas ses armes cette fois-ci, il tripote mes armes – enfin, mes bâtons mok bir.

– Qu'est-ce qui se passe ? je croasse en étirant mes bras au-dessus de ma tête et en arquant mon dos.

J'agis *comme un chat*. C'est étrange que ce mot me vienne à l'esprit alors que je n'arrive pas à me représenter l'animal en question. Vu les contorsions sauvages de mon corps en ce moment, je me demande s'il s'agit d'un être vivant désossé comme les oroshis.

Herannathon fait la grimace et ce n'est pas une moue joyeuse.

– Le tournoi de mok bir a lieu dans deux lunes et nous ne nous sommes pas du tout entraînés.

Je souris et je hausse les épaules. *Mon haleine pourrait flétrir des plantes...*

– Ce n'est pas grave. Nous gagnerons quand même. Tu as quelque chose pour que je me brosse les dents ?

– La baguette gamma ?

Je hoche la tête et me lève – en roulant maladroitement sur le filet – pour aller vers la boîte de fournitures qu'il m'indique. Je brandis plusieurs bâtonnets jusqu'à ce que je trouve le bon, puis je passe le laser rouge sur mes dents. Ça picote.

– Qu'est-ce qu'il y a ? Pourquoi souris-tu ? J'ai du dentifrice sur le visage ? je demande en gloussant.

Il a l'air confus.

– C'est quoi du dentifrice ?

Je lève les yeux au ciel avant d'aller à l'arrière, dans la salle d'eau. Là; je tire sur le bouchon au fond de la baignoire et je la regarde commencer à se remplir par le bas d'une eau qui a une teinte légèrement violette. Elle semble changer constamment de couleur.

– C'est juste une blague humaine, je réponds. Je voulais juste savoir ce qui te faisait sourire.

– Tu as dit *nous*.

Sa voix est beaucoup plus proche. Je jette un coup d'œil par-dessus mon épaule et je le vois debout devant le rideau qui sépare la pièce de devant de celle de derrière.

– Je ne peux pas mener cette bataille avec toi. Ce ne sera pas comme la dernière bataille.

Je lui fais un clin d'œil et je souris, le cœur battant, tandis que mon regard parcourt son large torse, ses quatre bras musclés et ses grandes mains aux griffes grises comme de l'acier inoxydable. Je regarde son entrejambe et il le couvre d'une main, puis le frotte à travers son cuir.

– Dommage…

Je me glisse dans l'eau tandis qu'il lance une série de jurons et disparaît brutalement.

– Il faut que je prépare le vagin synthétique, grogne-t-il.

Je ris.

– Je suis disponible, lui dis-je en écartant les jambes de chaque côté de la baignoire.

Il jette un coup d'œil par-dessus le bord du mur et jure plus fort.

– Tu es dangereuse, toi.

Je ris à gorge déployée et je finis de me laver. Je me sens comme une Eshmiri. Rien ne peut m'atteindre. Rien du tout. Ni la douleur qui irradie dans tout mon corps, ni la menace d'un autre tournoi.

– Rhorkanterannu, es-tu là ?

C'est la voix d'Herannathon. Je sors de la baignoire en sursaut.

– C'est le roi des pirates ? je demande.

J'enroule à la hâte un grand tissu rouge autour de mon corps puis je me rends dans la pièce principale. Herannathon est debout au centre de tous nos gains. C'est le grand bordel.

Après avoir baisé devant des milliers de personnes *pendant des heures et des heures*, nous nous sommes réveillés et les Eshmiris ont déchargé des seaux, des barils, des paniers et des caisses de marchandises dans notre tente. Nos récompenses se déversent par les portes et recouvrent complètement la plate-forme. De tous ces objets, un seul, éminemment précieux, a retenu notre attention : la petite boîte noire que tient Herannathon.

– Roi ? Elle a dit « roi » des pirates ?

La voix d'une femme résonne dans la pièce. Elle parle une langue que je n'ai jamais entendue auparavant, une langue qui me semble *étrangement familière*. Le traducteur dans ma tête n'a aucun mal à la déchiffrer.

– Centare, réplique Herannathon.

Un sourire effleure ses lèvres. Je me demande si lui et la femme sont *amis*.

– Ce n'est pas ce qu'elle a dit, poursuit-il.

– C'est ça… répond la femme en riant. Alors, vous êtes prêts pour l'extraction ? Quinti a mis la machine en route. Nous pourrions vous évacuer tous les deux maintenant.

– Centare, dis-je en m'avançant jusqu'à ce que je sois à côté d'Herannathon.

Je m'adresse à la boîte, même si je me sens un peu ridicule, car je sais que la communication part de l'appareil dans l'oreille d'Herannathon. La boîte ne fait que perturber la fréquence qui l'empêche de communiquer depuis cette fichue planète. Cette planète merveilleusement désespérante.

– Nous ne sommes pas prêts, je reprends. Herannathon doit participer à la finale et moi au tournoi de mok bir. Laissez-moi gagner la clé de Sky pour nous tous; Herannathon, lui, va vider les magasins d'Evernor. Nous serons prêts en un clin d'œil.

La voix qui intervient est sombre et menaçante. Elle a un accent qui n'est atténué que par les mots qu'il prononce :

– Un clindeuil ? C'est encore une expression humaine ?

La femme rit, comme si elle ne parlait pas avec la voix la plus intimidante du monde, et répond :

– Probablement. Mais je ne la connais pas. Les humains viennent de différents horizons, tu le sais. Tu as entendu parler du nombre de langues différentes qu'ils parlent sur Reqama. Svera a un mal fou à les télécharger dans les bases de données de traduction universelles...

– Ontte, ontte, ma pirate. Viens, prends ta fille. Elle a faim.

Complètement sous le choc, j'entends le doux son d'un bébé qui babille et la voix douce et apaisante d'une femme qui lui parle. Je regarde Herannathon. Il sourit, ce qui me rappelle notre conversation. *L'accouplement entre des Niahhorrus et des humains a déjà produit des enfants.* Ce doit être la voix de la compagne humaine de Rhorkanterannu. La reine des pirates. Celle qui n'aime pas partager. Celle qui a donné naissance à des hybrides. Je place ma main sur mon estomac. Je déglutis bruyamment. Et difficilement.

– Ne t'inquiète pas, me dit Herannathon. Il existe un breuvage de stérilité qui peut être pris jusqu'à dix-sept solaires après l'accouplement. Je prendrai les doses, jusqu'à ce que tu me demandes de ne pas le faire.

J'expire. Je sens une chaleur m'envahir, elle me rappelle le léger échauffement qui me fait planer quand j'ai un peu trop bu.

– Merci. Un jour, je serai prête à avoir des enfants, c'est promis. Mais pas tout de suite. J'ai encore d'autres mondes à explorer.

– À ravager.

Herannathon abaisse sa visière comme s'il me faisait un clin d'œil, et je ris.

À travers le son qui résonne entre nous, j'entends la voix féminine dire :

– Dis-donc, tu ne m'as pas donné le choix toi, *Rhorky chéri*.

– Non, tu n'as pas eu et tu n'auras pas le choix. Je remplirai ton ventre de suffisamment de petits pour occuper la prochaine planète que j'achèterai pour eux, *Deena*, répond-il en employant le même ton qu'elle.

Herannathon me regarde.

– Il ne plaisante pas.

– Si c'est pour une nouvelle planète… dit Deena en soupirant. Je suppose que c'est un bon compromis. Après tout, je dois *partager* ma plage maintenant.

– C'était ton idée, fait remarquer Rhorkanterannu.

– J'ai changé d'avis. Je veux une planète.

– Laquelle devons-nous voler ?

– Qu'est-ce que tu as en tête ?

Ils se lancent dans une conversation sur des planètes dont je n'ai jamais entendu parler, puis se chamaillent comme s'ils étaient mariés depuis des décennies, avant que je n'entende le son inimitable d'un gloussement haletant féminin et d'un gémissement mâle plus profond.

– Si vous n'avez pas besoin de nous pour autre chose, je crois que je vais aller me préparer pour mon tournoi de mok bir.

– Nalia, tu es sûre ? On peut te sortir de là. Tu as assez souffert. Tu n'as plus besoin de te battre, fait Deena.

– Je ne vois pas de quoi tu veux parler… je réponds, surprise et ravie qu'elle connaisse mon nom. Qui souffre ? Moi, je prends mon pied.

– Tu parles comme une vraie pirate, affirme-t-elle en riant. *Putain*, j'adore cette expression. Je parlais surtout du fait qu'Herannathon t'ait sortie de ton caisson de sommeil plus tôt que prévu et que tu te sois fait capturer par Jerrock. Tu n'aurais pas dû faire ça, Herannathon. Tu sais que Rhork et moi sommes toujours en colère à ce sujet. Je ne sais pas comment Nalia s'en est remise.

À côté de moi, je sens Herannathon se crisper. Je lève les yeux vers son visage : ses visières sont en place, il fronce les sourcils. Il ne baisse jamais ses visières dans notre tente, pas quand nous sommes seuls.

– Désolée, je crois que j'ai raté quelque chose. Il m'a réveillée plus tôt que prévu..? C'est-à-dire ?

– Shrov ! Herannathon, tu ne lui as pas dit ?

– Deena… grogne-t-il avec colère.

– Centare. Tu peux aller te faire shrov si tu penses que je vais garder le silence. Elle a le droit de savoir.

J'entends du mouvement, puis un souffle lourd.

– Nalia, nous avons trouvé des centaines d'humains enfermés dans des sortes de réservoirs de stase bleus. Ils étaient à bord d'un satellite depuis des générations. Des centaines de rotations. Nous avons convenu avec les

Voraxians d'ouvrir les réservoirs humains un par un, d'intégrer les humains dans la société, de répondre à toutes leurs questions et de les aider à s'adapter à ce qui deviendrait leur nouvelle réalité. Toutefois, Herannathon n'a pas pu attendre. Il t'a vue et il a su qu'il te voulait. Il a ouvert ton réservoir plus tôt que prévu et je pense que ça a eu un impact sur ta capacité à te souvenir, n'est-ce pas ?

Je hoche la tête, muette, incapable de catégoriser l'émotion coincée dans ma gorge.

– Ontte, je ne me souviens de rien d'avant. Les autres se souviennent de leur passé ?

– Oui. La plupart. Pas tous, mais ceux qui ne sont pas... euh… tout le monde n'a pas survécu à la stase. Les Voraxians ont une technologie médicale très avancée, et cela a aidé, mais les humains n'ont pas tous récupéré de la même façon. Cela dit, si ton seul souci c'est que tu as perdu tes souvenirs, tu ne t'en sors pas mal. *Le problème* ce n'est pas qu'Herannathon t'ait sortie plus tôt de ton caisson. Le problème, c'est qu'il a *mal choisi son moment*. Nous étions attaqués par des géants Egamas et ils se sont emparés de toi à bord de notre vaisseau quand tu as cherché à fuir. Ils t'ont capturée, mais un chasseur de primes qui les poursuivait est monté à bord peu de temps après. C'est ainsi que tu t'es retrouvée enfermée avec Jerrock. Je suis désolée, Nalia. Personne ne devrait avoir à passer du temps avec ce monstre. Je ne peux pas imaginer ce que tu as vécu.

Je secoue la tête.

– Ce que j'ai vécu n'est rien comparé à ce dont j'ai été témoin. Ce qu'il a fait à ces géants... Ils ne m'avaient rien fait de mal. Peut-être qu'ils l'auraient fait à un moment donné, mais ils n'ont jamais eu cette chance. Il... Il les a torturés.

Je frissonne, ma peau devient froide et moite à mesure que je m'en souviens. Je me souviens de tout cela... mais pas de mon passé.

Herannathon m'a coûté mon passé.

Je fronce les sourcils en le regardant depuis son siège. Je me demande quelle vie j'ai ratée, quelles compétences il m'a fait perdre. J'étais une observatrice hors paire, avec de solides capacités d'analyse; peut-être même un bonne combattante, aussi. *J'étais aussi une alcoolique accro aux jeux d'argent avec une libido défiant toute concurrence.* Mais ce n'est pas tout. Il devait y avoir plus. J'avais une mère, un père, une famille. *Une sœur aux cheveux aussi roux que les miens.*

– Je comprends que tu veuilles rester pour récupérer la clé, dit Deena.

J'acquiesce.

– Cet enfoiré doit crever.

– Nous sommes avec toi. Gagne la clé, et une fois que tu l'auras, tuer Jerrock sera notre priorité. Les Lemorans sont trop gentils. Ils le veulent vivant. Moi, je veux son cœur.

– À supposer qu'il en ait un, je murmure.

– En effet.

– Moi je veux ses yeux. Il y a pas mal de yeeyar dedans, ajoute Rhorkanterannu, toujours aussi pragmatique.

Je souris, mais le cœur n'y est pas.

– J'ai compris. Je vais gagner la clé et nous pourrons le découper tous ensemble.

Rhorkanterannu rit :

– Tu as fait le bon choix, Herannathon. Cette humaine a plus d'esprit que les autres sur Reqama.

– Quelle humaine ? demande doucement

Herannathon d'une voix blanche. Il n'y a que des pirates ici.

– Je me suis trompé, mon frère.

– À bientôt, mon frère.

– Garde ton disrupteur sur toi. Nous serons près de toi et nous pourrons t'extraire dès que tu appelleras.

Herannathon acquiesce et la ligne est coupée. Je n'entends plus leurs voix, ni les bruits de fond, ni les bébés, ni aucun autre bruit.

– Nalia, je...

Je secoue la tête et lui coupe la parole. Je me sens... déçue. Je ne sus pas en colère, non; ce qui est dommage car ce serait peut-être plus facile à gérer.

– C'est juste que... Tu aurais dû me le dire, je souffle.

– Je sais.

– Surtout avant que nous...

Il grimace.

– Je sais. C'est l'une des raisons pour lesquelles je voulais attendre pour m'accoupler avec toi. Je voulais avoir la chance de te sortir d'Evernor, de te montrer Reqama, de te présenter à d'autres humains, et de t'expliquer... ce que j'ai fait.

Il fouille dans la poche de son pantalon et en retire quelque chose de petit et de métallique. Il me le tend et je le prends.

C'est une sorte de rondelle ou d'écrou, plus petit qu'un jeton et beaucoup plus épais. Fait de métal sombre et troué, il a un trou au centre bordé de rainures que je ne comprends pas.

– Qu'est-ce que c'est ?

– Ça vient de ton réservoir. Je l'ai pris quand je l'ai démonté. Tu es tombée dans mes bras et j'ai cru que tout irait bien... jusqu'à ce que l'Egama arrive et que tu t'enfuies.

Je pouffe de rire tristement et lui renvoie le rivet métallique sur la poitrine. Il l'attrape d'une main, ce qui m'agace encore plus.

— Ça fait une éternité que j'ai des maux de tête, que je me demande qui et parfois même ce que je suis, d'où je viens, pourquoi je ne me souviens pas, comment j'ai fini avec ce psychopathe... et pendant tout ce temps, tu le savais, tu avais les réponses. Pourtant, tu as prétendu que tu ne le savais pas. Tu m'as menti et je ne comprends pas. Pourquoi as-tu agi ainsi ? Je n'aurais même pas été en colère.

Les muscles de la courbe de sa mâchoire se contractent. Ses yeux se crispent sous ses visières.

— Je ne voulais pas que tu te serves de cette information pour décider quel mâle choisir.

Il attrape mon épaule, ou peut-être mon sein.

Le regret me traverse, il se fait l'écho d'une émotion que j'ai souvent ressentie par le passé, bien que je n'aie aucun souvenir pour l'accompagner.

— Oui, j'imagine. Pas avant que tu m'aies baisée d'abord.

Il fronce les sourcils.

— Ça n'a rien à voir avec ça.

— C'est ça.

— Qu'est-ce que ça veut dire ?

Je souffle, je me sens frustrée et incertaine.

— Tout ce que tu pouvais voir, quand j'étais dans le réservoir, c'était mon apparence. Tu m'as choisie pour ça à ce moment-là, parce que je te plaisais, parce que je te faisais bander. Pour quelle autre raison aurais-tu pu me choisir ?

— Nalia, arrête.

– Arrête quoi ? De dire la vérité ?

Je me retourne vers lui, je laisse tomber ma serviette et je regarde son regard descendre avec elle. Ses narines s'agitent. Il tend la main et je suis à peine moins affectée que je ne l'aurais été il y a quelques minutes, alors que je me sentais totalement invincible. Ses griffes tracent une ligne directement entre mes seins, enflamment une ligne rouge sur ma peau pâle, mais sans coupure, il ne fait pas couler le sang. Il sait se contrôler.

Sa main forme un poing.

– Je pensais… Je ne sais pas… je ne savais vraiment pas quoi faire. Je savais juste que tu étais à moi et que j'étais à toi. Pas juste pour un moment. Pour toujours.

Quand il ouvre à nouveau la main, il tient toujours ce boulon.

– Pourquoi as-tu gardé ça ?

Il mouille ses lèvres gris foncé avec sa langue rose.

– Parce que... Quand je t'ai vue pour la première fois, j'ai voulu garder quelque chose qui t'appartenait. Je me suis fait la promesse de…

Il prend une grande inspiration, expire et replie ses doigts autour du métal.

– Je l'ai gardé pour te dire la vérité. Je me suis fait la promesse de te dire la vérité quand je te le rendrai.

Je lève les yeux au ciel et me détourne de lui en prenant le boulon et le serrant fort. Il est chaud. Ma main se porte instinctivement à mon cœur et je le frotte doucement avec mes phalanges. Mon cœur est faible. Trop faible.

– C'est vraiment fleur bleue.

Je laisse tomber le boulon dans ma poche et je regarde son visage s'abaisser lorsque le boulon disparaît de son champ de vision.

– Je ne comprends pas cette expression. La traduction...

Mon cœur s'emballe. Le boulon me pèse. Ou peut-être que c'est autre chose. Peut-être que ce qui me dérange, c'est le sentiment que, quoi qu'il ait fait, je m'en fiche. Je devrais m'en soucier. Je devrais, mais je ne m'en soucie pas.

– Ce n'est pas grave. J'y vais, j'ai besoin d'aller m'entraîner.

J'ai besoin de *réfléchir*.

Je m'habille rapidement et me dirige vers la sortie, munie d'une boîte de bâtons de mok bir et du bouclier illégal que l'Oosa m'a donné, dans la poche, juste à côté du verrou.

– Ontte. Je viens avec toi.

– Je peux m'entraîner avec d'autres personnes – avec des créatures qui participeront aussi au tournoi. Tu l'as dit toi-même, je serai seule le jour du tournoi, mieux vaut que je m'entraîne dans des conditions proches de ce qui m'attend.

– Nalia... commence-t-il.

Trop tard. J'ai déjà franchi la porte, le planeur yeeyar enroulé autour de mon poignet se déploie pour m'emmener vers les terrains d'entraînement où je sais que je trouverai mes amis. Enfin... mes concurrents.

Olanora est près des tables où les spectateurs et les participants sont entassés. Les personnes rassemblées applaudissent en me voyant. Je me demande pourquoi pendant une seconde, jusqu'à ce que je me souvienne que toutes ces créatures m'ont probablement vu baiser Herannathon dans l'arène. *Et maintenant, elles doivent toutes penser que je suis une salope.* Je fronce les sourcils. Je ne sais pas trop ce qu'était une salope sur Terre, ni pourquoi j'y pense avec tant de dédain. J'aime le sexe. Est-ce que c'est mal ? Je n'en suis pas sûre. J'ai l'impression que je devrais le savoir, mais mes souvenirs ne me donnent aucune réponse.

Je pousse un soupir de frustration, tire le sac de bâtons de mon dos et le dépose sur le bord de la table. Ce n'est pas réglementaire – enfin, il n'y a pas de règlement ici sur les tables d'entraînement, mais celles-ci sont assez fragiles. Je me demande pourquoi Olanora s'entraîne à cette table en particulier alors qu'il y a des tables qui brillent, qui rebondissent et qui sont plus proches des vraies tables que nous verrons en finale.

J'ouvre la bouche pour le lui demander quand elle vole vers moi, mais c'est elle qui parle en premier.

– Wow ! Tu as apporté beaucoup de choses pour t'entraîner.

Elle plane au-dessus de mon épaule droite et jette un coup d'œil par-dessus ma tête dans le sac pour voir ce que j'ai apporté avec moi.

– J'ai obtenu tout ça grâce à mon dernier *combat* dans l'arène des gladiateurs.

Elle rit.

– Eh ben dis donc, ce combat valait vraiment la peine d'être mené.

– Tu l'as vu ?

Je fronce le nez et lève les yeux vers son regard, qui ne semble jamais se fixer sur mon visage. Ses yeux sont gris clair avec de petits points noirs qui, s'ils étaient plus statiques, pourraient me rappeler des pupilles, comme les miennes. Mais ce n'est pas le cas. Je suis la seule humaine ici, alors naturellement, me voir baiser est une attraction.

– Tout le monde t'a vue. C'était vachement torride !

Ma bouche tressaille. Je ne peux pas m'en empêcher.

– Oh, la honte…

– La honte ? Pourquoi ?

– Je…

Je ne sais pas vraiment. Mon cerveau essaie de trouver des souvenirs qui me rappelleraient pourquoi je suis gênée, mais le brouillard est trop épais pour que je puisse le dissiper. Je soupire. Je me sens soudain épuisée et frustrée d'être aussi épuisée parce que, tout compte fait, je ne suis pas vraiment en colère. Je ne suis pas en colère contre Herannathon. Et je n'en veux pas à ceux qui ont pris plaisir à me regarder baiser. Je ne m'en veux pas non plus. J'aimerais juste avoir toutes les pièces de mon passé pour pouvoir les rassembler et me sentir... entière. Oui, c'est peut-être ça le problème.

– Je ne sais pas.

Je secoue la tête en riant légèrement.

– Je me suis bien amusée en plus, j'ajoute.

– Je sais. Tout le monde le sait. Moi, je me suis amusée à regarder.

Elle rit et je ris avec elle. Ce qui est étrange, c'est que son rire est totalement dépourvu de jugement. Ce qui est plus étrange, c'est que j'ai l'impression qu'elle devrait me juger, mais je ne sais pas pourquoi.

Elle passe de l'autre côté.

– Tu veux que je t'aide à t'entraîner avec ça ? Tu l'as bien mérité.

Je lui souris.

– Merci.

Elle m'aide à comprendre le fonctionnement de quelques bâtons mok bir et il devient rapidement évident que certains sont plus utiles que d'autres, tandis que d'autres sont presque trop utiles. La foule rit et trépigne lorsque le bâton mok bir que je tiens dans la main s'envole à des centaines de mètres de hauteur, près d'un planeur eshmiri. Il heurte le bord du planeur avec suffisamment de force pour le faire basculer et l'Eshmiri qui le chevauche me lance une pierre ou un autre objet contondant en guise de représailles. Je lève les bras pour me protéger la tête, mais l'objet n'atterrit jamais.

– Attention, me dit une voix gutturale.

Je grimace. Je ne sais pas si le projectile poursuit sa route vers moi alors je jette un bref coup d'œil en l'air et je vois Rhogan qui se profile au-dessus de moi avec un petit sourire en coin. Il jette le rocher par-dessus son épaule.

– Rhogan.

Mes entrailles se resserrent. Chaque fois que je le vois, j'oublie à quel point il est beau. C'est inquiétant qu'il soit si beau. Il pourrait m'étourdir d'un simple regard.

– Ravie de te voir.

– Moi aussi. Mais je dois avouer que j'ai encore plus apprécié la dernière fois que je t'ai vue. Ta bataille dans l'arène était… impressionnante.

Mes joues brûlent. Je ne réponds pas. Ses mots me font de l'effet.

Olanora se rapproche de Rhogan et sa voix s'essouffle un peu lorsqu'elle affirme :

– Ne mets pas l'humaine en colère. Elle est gênée par la bataille.

– À cause du mâle qui t'a prise ? demande Rhogan.

La facilité avec laquelle il pose cette question me déconcerte.

– Quoi ?

– C'était un pirate de Niahhorru. J'imagine qu'une femelle comme toi mérite mieux comme mâle.

À ces mots, je fronce les sourcils.

– Mieux ? C'est-à-dire ?

Et là, il a l'audace de se désigner. Olanora rit doucement.

– Un mâle qui en jette et qui...

– Ce n'est pas ce que je cherche, dis-je en lui coupant la parole et en le fixant du regard. Herannathon est mon mâle, mon compagnon. N'importe quelle femelle peut vouloir ton corps, mais est-ce qu'une femelle a déjà déclaré que tu étais à elle et qu'elle était à toi ?

Il ne répond pas. Je ne peux même pas distinguer son expression. Le coin de sa bouche tressaille et c'est tout.

– Je suis simplement gênée parce que je ne veux pas qu'on me voie comme ça. Je ne veux pas que les gens – les êtres de cette planète – me considèrent comme une femelle de plaisir, une femelle qui se donne à tous, qui n'appartient à personne.

Je secoue la tête et fouille dans mon sac pour en sortir le bâton mok bir suivant. Il ressemble à un simple tuyau de bois, creux au milieu avec deux encoches de chaque côté.

– Je suis... Je suis plus que cela. Je ne sais pas. C'est juste que... je ne suis pas une... je ne baise pas avec des mâles pour des jetons ou des bâtons ou quoi que ce soit d'autre.

Je lève les yeux vers lui. Je me sens mal à l'aise, et je détourne rapidement le regard. Il tend la main vers moi, sa peau verte est étonnamment lisse et froide lorsqu'elle se pose sur la mienne. Je tremble un peu et le laisse éloigner le bâton de moi. Il appuie sur les côtés du bâton dans une combinaison simple : deux impulsions en haut, trois en bas, une au milieu – et deux compartiments latéraux s'ouvrent; des fléchettes en sortent.

Olanora pousse un petit cri lorsqu'une fléchette passe à côté de son oreille gauche. Elle frappe Rhogan sur l'épaule et il rit si gentiment que je suis forcée d'oublier qu'il vient d'insulter mon mec, en quelque sorte. Le mec que j'aime bien. Peut-être même plus… *Sûrement plus…*

Je ne devrais pas. Il m'a ôté la possibilité de retrouver mes souvenirs et il m'a fait kidnapper. Mais il… *il m'a aussi fait découvrir ma nouvelle vie, sauvage et merveilleuse.* Je souris.

– Désolé, dit-il.

Il y a une certaine gentillesse dans son regard qui me pousse à le croire.

– Ce bâton mok bir est inutile, ajoute-t-il.

Rhogan me touche l'épaule. Sa main est froide. Elle est plus que froide, elle est glacée. Je ne peux m'empêcher de m'écarter légèrement en grimaçant.

– C'est bon à savoir.

Je souris plus franchement lorsqu'il change de sujet. Un élégant planeur argenté passe en trombe au-dessus de nous et j'aperçois une mèche de cheveux noirs familière qui s'envole dans le vent à son sommet. Je lui fais signe.

Manila se penche sur la solide rambarde de son planeur – bien plus sûr que les machines décrépites que pilotent les Eshmiris, et *certainement* plus sûr que le tapis noir et plat que je chevauche et qui n'a aucune paroi. Son planeur commence à ralentir.

– Je te cherchais ! crie-t-elle.

Elle m'observe et ignore les autres joueurs installés de part et d'autre de la table d'entraînement et installe son planeur en plein centre de la surface usée brun-rouge. De son bras armé, elle éloigne un bâton mok bir de son visage. Le tintement qu'il produit est surprenant : c'est presque le bruit d'une balle qui frappe un bouclier. Elle se déplace rapidement. Je crois Herannathon sur parole lorsqu'il dit qu'elle ferait une combattante redoutable dans l'arène.

En descendant sur l'une des tables, elle désigne un Eshmiri dans la foule.

– Il faut que je te parle aussi. Ne bouge pas.

C'est Gibli. Elle vient de s'adresser à Gibli. Dès que je le vois, je prends un bâton mok bir dans mon sac au hasard et je le lui balance à la figure. Mon bâton jaune et noir le heurte juste entre ses yeux de menteur éhonté. Il y laisse un résidu rose poudreux qu'il se met immédiatement à frotter sauvagement.

– Toi ! Viens par ici espèce de sale menteur !

Gibli me fait un signe des deux mains et se met à rire aux éclats en me voyant. Son trille aigu me donne la nausée. Il me montre le front et frotte la tache rose où la matraque l'a frappé, puis il me désigne fébrilement les deux mains, en faisant des gestes que je ne peux interpréter que comme de la colère.

– Moi ? Non, c'est toi ! C'est à toi que je parle, trou du cul !

– Trou de caca ? crie-t-il en retour. Je ne suis pas un trou de caca !

– Tu m'as menti !

– Je n'ai pas menti. Je n'ai jamais...

J'attrape un autre bâton mok bir et le lance au-dessus de la table. Il pousse un cri et parvient à lever son propre bâton à temps pour se défendre – ce qui m'arrange bien car le bâton violet que j'ai utilisé explose dès qu'il entre en contact avec le sien.

Il pousse un cri. De nombreuses créatures rassemblées rient et applaudissent tandis que l'air se remplit d'encre violette. Pendant ce temps, Olanora essaie de me faire reculer et Manila tente de s'approcher, mais elle est bloquée par Gibli et les deux autres créatures qui se tiennent entre nous – un Oosa et un Oroshi. Ils sont si proches qu'ensemble, ils n'apparaissent que comme une masse gélatineuse et tentaculaire.

– Arrête ! J'ai quelque chose d'important à te dire ! s'écrie Manila en toussant et en essuyant la poudre violette sur ses bras.

– Pas avant de lui avoir fait la peau…

Je me jette sur l'Eshmiri, avec l'intention de lui arracher les oreilles, mais je suis retenue par Rhogan et Olanora, qui rient tous les deux. Moi, je ne trouve pas ça drôle.

– La prochaine fois que tu essaieras de me tromper, Gibli, je… je te réduirai en miettes ! Je te transformerai… je te transformerai en chair à pâté !

– Chair à pâté ?

Manila ne comprend pas et met les mains sur les hanches.

– C'est bizarre… ajoute-t-elle.

– Hé !

Une voix s'élève d'en haut, suivie par le bruit d'un planeur *très* branlant qui s'approche en faisant des bruits, des cliquetis et des claquements – on dirait un robot en métal qui s'étouffe. Je lève la tête. Non, ce n'est pas un planeur branlant. C'est un planeur *ancien*, presque antique à ce stade.

L'engin est presque entièrement noir et rouge. Je ne suis pas sûre de la couleur d'origine, mais on dirait qu'elle a été soit moulée, soit complètement rouillée. Le planeur est de forme oblongue, avec des lattes inégalement empilées en guise de mur et sans garde-corps pour maintenir ces lattes ensemble. Il y a un trou dans le fond du planeur d'un côté et je peux voir un corps à travers. Putain, c'est à peine croyable. C'est *elle.*

– Oh, putain, c'est pas possible.

Je souris. C'est la célèbre Ashmara.

La main froide sur mon épaule gauche se détache et je me retourne. Rhogan recule dans la foule. Sa queue fend l'air derrière lui. Je remarque que la foule lui laisse plus d'espace qu'à moi ou Olanora, même s'ils se pressent vers la table, comme s'ils attendaient quelque chose. Son regard se porte sur le planeur, comme celui de tout le monde.

La moitié de la foule bouillonne d'excitation lorsque le planeur s'abaisse à la hauteur de la table et qu'une femme aux proportions similaires aux miennes, mais aux boucles d'un blanc éclatant et à la peau brun foncé, descend sur la table à côté de Manila.

Elle est habillée comme les Eshmiris; toutefois, le cuir rapiécé de sa tenue est ajusté à sa poitrine, contrairement à la plupart des Eshmiris, qui portent des guenilles dans lesquelles on ne peut même pas distinguer leurs formes. Il leur arrive aussi de ne pas porter de haut, et dans ce cas, ils n'ont que des pantalons rapiécés, et ils restent torse nu.

L'autre moitié de la foule – y compris l'Oroshi et l'Oosa qui se tiennent à ma droite – attend avec impatience qu'un combat éclate. L'Oroshi et l'Oosa, en particulier, sont presque hystériques. L'Oosa rayonne d'un jaune vif et furieux qui brille en son centre – du moins, je pense qu'il est furieux, je n'en suis pas tout à fait sûre – tandis qu'une créature jaune, grande et trapue, de l'autre côté de la table, lance ce qui ressemble à un poignard vers la nouvelle venue.

Il rate sa cible. Elle se retourne et lui fait signe de s'éloigner, comme si des tentatives d'assassinat contre sa personne se produisaient tout le temps.

– Yeeshee, yeeshee, quel ingrat tu fais ! Shrov ! Je t'ai sauvé la mise dans le Quadrant 5, et tu le sais. Tu n'aurais jamais pu quitter Xixix sans mon aide. Ces seigneurs de guerre t'auraient dévoré tout cru…

Il lance une autre dague, aussi jaune que lui. Elle esquive et pointe un doigt accusateur vers lui.

– Tu n'aurais clairement pas survécu sans moi.

Elle descend en titubant de l'arrière du planeur et vacille dangereusement sur ses pieds en se retournant lentement. Elle a l'air un peu patraque, comme si elle avait le vertige, puis elle inspire bruyamment par le nez et se redresse, tandis que son parapente et celui de Manila s'élèvent à nouveau dans le ciel, libérant ainsi de la place sur la table.

– Ashmara, je déclare maintenant qu'elle est dans mon champ de vision. Merci.

Elle me regarde, mais seulement pendant une seconde. Elle ne semble pas me reconnaître, même si je ne sais pas comment c'est possible. Je suis presque sûre que c'est grâce à elle que je suis sortie de cette cellule, que je suis arrivée sur le champ de bataille et que j'ai pu aider Herannathon. Je pense aussi que c'est elle qui m'a offert le sabre andalou dont j'avais besoin pour sauver la vie d'Herannathon. Et ce fut une bataille plutôt épique, si je puis dire.

Grrr. J'essaie de ne pas m'énerver lorsque son regard se détourne dédaigneusement de moi pour revenir sur Manila.

– Toi, il faut que je te parle.

– Et moi, je n'ai rien à te dire. Je dois leur parler.

Elle pointe un élégant doigt orange vers Olanora et moi, puis jette un coup d'œil par-dessus mon épaule.

– Centare, reviens ici Rhogan. Il faut que je te parle aussi. C'est à propos du tournoi final. L'emplacement de la table a été modifié. Des rumeurs font état de la présence d'assassins de Sky parmi nous, nous avons donc déménagé dans un endroit plus sûr. Centare ! Ne t'éloigne pas maintenant, ou tu ne sauras pas où c'est. J'ai entendu dire que certains d'entre vous envisageaient d'utiliser des boucliers. Vous devriez savoir que c'est interdit.

Elle me regarde en disant cela, mais je me contente de rester impassible et de ne pas approcher ma main du mini-bouclier holo de la taille d'une paume dans la poche de mon pantalon pour ne pas éveiller les soupçons. Je ne suis pas sûre que ça marche, car son expression change et son regard se rétrécit. Heureusement, Rhogan fait une drôle d'affaire derrière moi et la distrait.

– Rhogan !

– Rhogan ?

La voix rauque d'Ashmara laisse échapper un rire guttural, aussi désinvolte que celui de n'importe quel Eshmiri, bien qu'il soit plus grave de plusieurs octaves.

– Rhogan ! Rhogan, c'est vraiment toi ?

Je me retourne et je reconnais à peine Rhogan. Son visage est... bizarre et effrayant, mais il est aussi... *familier*. C'est peut-être son expression. Je ne sais pas ce que c'est au juste mais c'est quelque chose de familier qui me glace le sang. Je cherche instinctivement un bâton mok bir et j'en trouve un blanc. Je ne sais pas comment il fonctionne, mais je sens l'énergie qui le traverse et je sais qu'il est dangereux. J'ai l'étrange sentiment que je dois me défendre. Oui. Je dois me défendre.

Ashmara, elle, n'a pas l'air de ressentir la même chose. Elle s'avance d'un pas rapide, en écartant de son chemin les bâtons de mok bir et les autres objets éparpillés sur la table.

– Rhogan, heelee, qu'as-tu fait de ton visage ?

– Je ne sais pas de quoi tu parles, dit sa voix grave derrière moi. J'ai entendu parler de toi, bien sûr, mais nous ne nous sommes jamais rencontrés.

Ashmara rit à nouveau, plus fort cette fois.

– Tu es bien laid maintenant.

Elle fait un nouveau pas en avant. Je me retourne à temps pour voir Rhogan reculer d'un pas.

Laid ! Est-elle aveugle ?

À côté de moi, les ailes d'Olanora battent plus intensément, comme si elle s'indignait au nom de Rhogan.

– Tu me confonds avec quelqu'un d'autre, ajoute-t-il.

Il lui sourit et ce faisant, il retrouve un peu de son charme, mais seulement d'un côté de la bouche.

– Ooooh, roucoule Ashmara. Tu as sans doute raison.

Elle se laisse tomber sur le bord de la table. Ses doigts font tourner le bâton en bois rempli de fléchettes que j'ai jeté. Son regard est tellement concentré sur lui que j'ai l'impression de m'immiscer dans quelque chose d'intensément privé rien qu'en l'observant. Rhogan est raide comme une planche. Il se tient immobile comme s'il avait peur d'*elle*, même s'il fait deux fois sa taille et qu'elle a l'air un peu défraîchie.

Elle acquiesce. Sa bouche s'entrouvre pour révéler un éclat de dents blanches et brillantes.

– Yeeshee, tu as parfaitement raison. Je suppose que j'aurais dû t'appeler Jerrock.

Si j'en avais eu le temps, je me serais étouffée avec ma propre langue, j'aurais figé le temps, j'aurais crié, mordu, rongé et hurlé... Mais je n'en ai pas le temps. Les instants suivants se déroulent si rapidement qu'ils se heurtent tous directement les uns aux autres, en s'entrechoquant comme des navires entrant en collision dans les profondeurs noires et silencieuses de l'univers.

– Un assassin de Sky ! Sécurité ! rugit Manila.

Elle lève sa main métallique et son planeur, qui se trouve maintenant à une douzaine de mètres au-dessus de la table, se scinde alors en quatre drones distincts qui descendent en tandem. Un éclair noir d'énergie pure irradie de chaleur en explosant de l'un des drones, qui se dirige directement vers Rhogan. Mais... il attrape Olanora par l'aile gauche et traîne son corps tout entier devant lui. Le drone la percute à l'estomac.

– Non ! je hurle alors que ses ailes cessent de battre et que son corps tombe aux pieds de Rhogan.

Elle touche le sol et l'Oosa le plus proche de moi vibre frénétiquement, tandis que les Rekkarus flottant dans la foule hurlent. Je m'élance vers Olanora, mais Rhogan est déjà en train de bouger, son bras gauche se lève.

De la matière noire monte et sort de son poignet. Elle forme une arme qui ressemble à un pistolet. *Une arme de poing*, petite. Ses doigts ne s'insèrent pas autour de la poignée comme ils le feraient pour un pistolet humain. Au lieu de cela, il n'appuie qu'un seul doigt sur le long canon et des balles noires explosent. Elles se dirigent directement vers le Rekkaru qui s'approchait pour défendre sa congénère.

Mon cœur se serre dans mon estomac et j'attrape le bouclier dans ma poche, mais j'ai à peine refermé la main dessus que Manila, sortie de nulle part, crie des ordres à ses drones. Ses plombs bloquent la trajectoire de ceux de Rhogan.

Rhogan tourne son poignet vers elle, mais ses drones lui tirent dessus – tous en même temps. Malheureusement, il n'est pas touché. Il porte une sorte de bouclier qui ne repousse pas les balles mais les *absorbe*. Je peux sentir la chaleur qui irradie de sa peau verte sans tache alors que je recule avant d'entrer en collision avec l'Oosa derrière moi qui semble sincèrement essayer de m'aider et de me faire reculer. Personne n'aide Olanora.

Ses cheveux noirs frisés et sauvages s'étalent sur le sol au-dessus des pieds de Rhogan. Il marche sur ses cheveux tandis que du sang jaune jaillit du milieu de son estomac comme du magma de la bouche d'un volcan. La rage bouillonne dans mon estomac, tout aussi violente que le mâle lui-même.

– Enfoiré ! je crie.

Il m'ignore et tourne son bras armé vers Manila. Elle est prête à bloquer sa première attaque, mais elle n'anticipe pas le bâton mok bir qu'il sort de sa ceinture. Il le lance vers elle et, alors qu'il tourne dans l'air, les extrémités émoussées forment des lames qui en sortent aussi rapidement qu'un éclair. Elles sont si nombreuses qu'elles se transforment en une étoile à mille branches.

Je retire le bouclier-bâton mok bir de ma poche et le lance aussi fort que possible. Mon timing est parfait. L'étoile frappe le bouclier, ricoche dessus et s'enfonce profondément dans la table. Rhogan tire à nouveau avec son bras, sans se décourager, mais cette fois, il est contré par Ashmara qui ne semble pas du tout perturbée par tout ce qui se passe.

Ashmara se contente de lancer distraitement un jeton

noir sur sa trajectoire, de sorte que la balle qui visait le front de Manila touche son épaule orange à la place. Manila recule en titubant, tombe du bord de la table et tourne sur elle-même sous l'effet de la balle. Mon cœur se serre dans ma gorge et j'exhale un souffle de soulagement lorsque Gibli s'élance en avant et la rattrape.

Rhogan tourne son bras vers Ashmara.

– Non ! je hurle.

Je sais qu'elle n'a aucune chance. Mes armes sont trop loin et la foule se disperse follement maintenant, les créatures courent et crient de tous côtés. Personne ne regarde vers Ashmara. Personne n'interviendra pour lui sauver la vie.

Et pourtant... elle le regarde et sourit.

– Jerrockounet, murmure-t-elle en secouant la tête. Krakaw, Azza.

Rhogan n'hésite pas. Il tire et Ashmara esquive en jetant ses mains au-dessus de sa tête. Mais... le bras du tueur tressaille. On dirait qu'un allié invisible l'a attrapé par son bras de tir et l'a tiré vers la droite, juste un peu. Juste assez pour qu'il rate sa cible. Il rate donc sa cible.

Son tir passe à côté et touche un Rekkaru à travers l'aile. Le Rekkaru tombe au sol de l'autre côté de la table vide, blessé mais vivant.

– Prends ça ! Il est là pour moi ! crie Manila à Ashmara.

Son bras bionique se déploie en son centre, les plaques se déplacent comme un puzzle pour révéler un petit cube translucide avec des couleurs oscillantes flottant en son centre.

Elle le lance à Ashmara, qui ne parvient pas à l'attraper. Comble de malchance, il se heurte à ses ongles et tombe sur la table.

– Argh, siffle-t-elle en se baissant comme si elle n'avait rien à faire dans ce foutu monde.

Elle prend tout son temps pour le récupérer. Une fois qu'elle l'a ramassé, Rhogan lui tire dessus à nouveau, et cette fois il effleure l'extérieur de sa main gauche et la fait tomber.

Je me retourne pour regarder le monstre et je vois qu'il se tortille. Il est pris de soubresauts mécaniques. Sa peau *bouge*, elle rampe comme si elle était en train de se détacher de son corps, elle mue comme s'il s'agissait d'un insecte vil et malin. Le rouge scintille sous le vert. Le noir aussi. Le métal argenté est si brillant et étincelant qu'il ressemble à un lac cristallin sous un soleil éclatant. Je me souviens de ce métal. Je me souviens de ce visage, à moitié caché par le métal. La peur m'envahit. Je peine à déglutir mais je prends sur moi et je cherche une arme.

Rhogan – Jerrock, l'assassin – est plus rapide.

La moitié gauche et métallique de son visage me rappelle l'assassin de Sky que Herannathon et moi avons déjà combattu. Ils doivent utiliser le même type de technologie. Une putain de technologie qui déchire tout. Son œil bionique se déplace, et il en sort une petite gouttelette grise qui ressemble à s'y méprendre à une larme.

Il l'enlève de son visage avec son bras métallique et Manila hurle quand il la jette. Je fouille dans ma poche. Quelles armes me reste-t-il ? Aucune. Je n'ai qu'un seul objet sur moi : un boulon qui s'est détaché de mon réservoir de stase, le boulon qui a signé le début de mes aventures.

Je le lance comme une pierre. La gouttelette et le boulon se rencontrent en plein vol. Une explosion retentit et le boulon est éviscéré. Je suis soulevée du sol et projetée vers le bord de l'île rocheuse.

L'obscurité.

Un bourdonnement dans mes oreilles.

Un bourdonnement dans mon crâne.

L'obscurité se brise.

Je ne sais pas combien de temps s'écoule pendant que mes pensées se bousculent dans mon crâne et que la chaleur envahit ma poitrine. Tout ce que je sais, c'est que je deviens pleinement consciente quand je sens la pression d'une bande autour de ma cheville. Mes yeux s'ouvrent. La fumée et la poussière envahissent mes poumons. Tout a un goût de bois brûlé et d'acier en fusion. J'ai l'étrange impression d'être chez moi. *Non, ce n'est pas si étrange, soldat.*

Je lève les yeux et je vois Jerrock sous sa vraie forme. Rhogan a disparu. Il a jeté le corps d'Ashmara sur son épaule. Elle s'est sans doute évanouie. Manila est coincée sous le bras qu'il utilise pour me traîner, tandis que sa main robotique est tendue devant lui. On dirait qu'elle bouge, que de la matière noire se répand sur son poignet. Je ne sais pas ce qu'il fait, mais quoi qu'il fasse, il n'y a sûrement pas de quoi se réjouir. Il travaille assidûment alors qu'il nous traîne toutes les trois vers le bord de la plate-forme rocheuse rouge. Vers la falaise.

La matière noire produit un son régulier dans mon cerveau et je relève la tête juste au moment où une pierre s'enfonce dans ma colonne vertébrale. Une douleur fulgurante me traverse l'omoplate gauche et remonte le long de ma nuque. Je me sens... *vivante*. Vivante.

Olanora.

Je penche le cou vers l'arrière, je cherche à travers la fumée et l'ombre une forme familière cachée sous un tas de débris. La table d'entraînement mok bir a disparu, complètement anéantie, tout comme le morceau de roche rouge qui se trouvait en dessous. Mais Olanora est toujours là, vivante. Enfin, c'est ce que j'espère.

J'ordonne silencieusement au noir autour de mon poignet de se déployer et d'aller vers elle, et alors que je tourne au ralenti, à la limite de la conscience, je lui ordonne d'emmener Olanora à Herannathon, dans notre tente. Il y a du merillien là-bas. Elle vivra. Elle doit vivre. C'est mon amie. Je n'ai pas l'habitude d'avoir des amies. *Je n'en ai jamais eu. Ma sœur m'a toujours accusée d'être antisociale. Elle disait que c'était pour ça que je ne réussissais pas bien à la caserne. Mais ce n'était pas vrai. J'aimais vivre avec les gens. C'est eux qui n'aimaient pas vivre avec moi. Ils pensaient que je ne valais rien, que j'étais une pâle copie de ma sœur, qui était sans défaut et sans pitié.*

Je gémis lorsqu'une autre pierre me transperce la nuque et la base du crâne. Mes yeux me brûlent et je me dis qu'il vaut mieux que je les ferme car Jerrock a atteint le bord de la falaise et ne s'est pas arrêté de marcher. Il tombe... et nous entraîne toutes les trois avec lui.

Avant que la peur de mourir après avoir enfin trouvé le fond du Dessous ne s'installe vraiment, mon estomac se soulève et je pense à un tour de montagnes russes. Je déteste les montagnes russes.

Le vent me frappe au visage. Mon corps est secoué et mon cœur monte dans ma bouche.

Je m'évanouis.

18

Herannathon

La tente s'ouvre et je me retourne. Les questions et les excuses qui se pressent sur ma langue la quittent aussi rapidement qu'elles étaient arrivées. Le planeur qui se glisse dans ma tente m'est familier, mais le corps qui le chevauche ne l'est pas.

– Olanora ?

Je connais cette femelle, je l'ai déjà vue aux tables de mok bir. J'inspire. Je m'apprête à lui demander ce qu'elle fait ici, mais l'odeur du sang frais me cloue sur place.

– Shrov !

J'appelle le yeeyar et me précipite à l'arrière de ma tente. Là se trouve une bassine pleine de merillien. Elle à ma disposition ou à celle de Nalia, en cas de besoin, mais je n'hésite pas à y plonger la femelle Rekkaru blessée jusqu'au sommet de sa tête.

Je ne garde que son nez et sa bouche élevés hors de la substance pour qu'elle puisse respirer l'air du dessus et je regarde ses yeux s'agiter derrière des paupières closes. Elle n'est pas prête de se réveiller. Elle ne devrait pas. La blessure qui s'étend sur son ventre semble profonde. La peau a disparu et je peux voir ses organes vitaux.

– Chut, ça va aller, lui dis-je. Calme-toi.

Il faut que je sorte d'ici et que je comprenne ce qui s'est passé là-bas...

Mais alors que je me lève et me retourne, j'entends la petite femelle essayer de parler. Je me retourne, je me penche tout près de sa bouche et j'entends un mot murmuré faiblement, un mot qui change tout irrévocablement.

– *Ass...assa...assassin...*

Je pars immédiatement dans le Dessous. Mon planeur se déplace plus vite qu'il ne l'a jamais fait. Lorsque j'y parviens, l'endroit est en proie au chaos, mais il ne me faut pas longtemps pour découvrir l'origine du carnage. Là, au sommet d'une plate-forme où se trouvaient autrefois des tables d'entraînement au mok bir, des patrouilleurs eshmiris tournent en rond, paniqués, et tentent de récupérer des corps dans les tas de roches rouges et de débris.

En écoutant ce que les patrouilleurs ont à dire, je me rends compte que j'avais tort. Gibli ne me mettait pas en garde contre un assassin de Sky, mais contre *des assassins*. La femme que j'ai combattue au tournoi n'était pas la seule. Ils peuvent se camoufler, avait-il dit, mais je n'avais pas écouté. Je n'avais pas compris. Peut-être ne comprenait-il pas lui-même la portée de ses propos. Le mâle avec lequel ma compagne jouait au mok bir à chaque putain de shrov de solaire était aussi celui qui l'avait enlevée auparavant.

Et maintenant, il l'a à nouveau capturée. C'est de ma faute.

Je l'ai trop souvent déçue, et même si je la retrouve, je

ne gagnerai jamais son pardon.

La rage et le regret m'envahissent. L'adrénaline rend la combinaison mortelle. Jerrock a réussi à s'échapper de la planète avec ma femelle, Ashmara et Manila. La clé de Sky est avec eux, donc si je ne rattrape pas son vaisseau – et vite – et qu'ils retournent sur Sky, il n'y aura aucun moyen de les retrouver et de les sauver. Eux seuls possèdent la seule clé permettant de trouver l'emplacement de Sky.

Je vais devoir partir à la chasse aux assassins, alors. C'est ma mission. S'il la ramène à Sky, ce sera la guerre pour les Niahhorrus. Nous tuerons tous les assassins de la galaxie. L'effusion de sang sera stupéfiante. Et je déchirerai celui qu'ils appellent Jerrock avec mes propres griffes. J'extrairai le yeeyar de son corps goutte à goutte.

Je retourne dans ma tente, j'attrape mon disrupteur de communication et je l'allume. Mon frère répond à mon premier appel, la voix de sa femme retentit juste à côté de la sienne. Ils ne sont jamais loin l'un de l'autre, car il est plus malin que moi et lui, il ne la perd jamais de vue.

– Qu'est-ce que tu veux, mon frère ? dit-il, tandis que Deena demande :

– Tout va bien ? Je croyais que tu voulais attendre la fin des tournois pour l'extraction.

– Rien à shrov des tournois. Jerrock a enlevé ma femelle. Encore une fois. Et cette fois, il a emmené Ashmara et une autre femelle avec lui.

– J'ai hâte de le tuer, dit Rhorkanterannu sans attendre.

– Mais comment allons-nous les trouver ? demande Deena, sincèrement inquiète.

Je n'en sais rien et cela me fait peur. C'est alors que j'entends un bruissement qui attire mon attention sur l'entrée de ma tente. Gibli entre à l'improviste. Quelque chose d'assez intéressant se trouve au centre de sa paume. Je me redresse et croise son regard. Il croise le mien et, pour la première fois, il ne sourit pas. Son expression est froide. Je remarque alors le petit cube qu'il porte sur lui.

– J'ai une solution, je réponds en grimaçant.

– Alors j'allume la machine, gronde Rhorkanterannu. Ramenons notre frère à bord et récupérons sa compagne.

19
Nalia

Où suis-je ? Où est ma tente ? Où est Herannathon ? Je cligne des yeux et fronce les sourcils. J'ai été enlevée, ça je le sais, mais ce n'est pas le même vaisseau que la dernière fois...

Je vois de grandes cellules bleues. Une silhouette imposante se tient à l'extérieur de la mienne. Il a quatre bras et un visage sévère. Je sens, dans ma poitrine, même si je ne suis pas vraiment réveillée – même si, encore inconsciente, je n'ai rien fait d'autre que d'enregistrer sa présence – je sais qu'il m'appartient.

Je suis allongée sur le dos sur une table noire. Tout est noir ici, il est donc difficile d'y voir clair. Le bon côté c'est que c'est apaisant pour mon mal de tête, il me foudroyait mais là, il s'est assourdi.

Mon corps palpite et ma peau est chaude et tendue, comme si j'étais restée trop longtemps au soleil. J'essaie de bouger mes bras et mes jambes et, pendant une seconde, j'y parviens. Je pourrais peut-être glisser de la table et me libérer... Ah non. Des pinces glissent vers le haut et se détachent de la surface de la table. Elles sont sans doute composées du même matériau lisse que la table elle-même. Elles s'enroulent autour de mes avant-bras et de mes tibias; les menottes ainsi créées sont impossibles à briser.

Sous les liens lisses et froids qui me retiennent, ma panique accélère mon pouls. Je sursaute contre mes entraves en me rappelant ce que j'ai ressenti à bord du vaisseau Egama avec Jerrock. Il n'avait même pas pris la peine de m'attacher à l'époque. Il savait que je n'étais pas une menace. Et il avait bien raison. J'étais tellement paniquée, mes maux de tête étaient si violents, que je n'avais même pas essayé de m'enfuir. Mon mal de tête s'appesantit maintenant, il s'infiltre à l'arrière de mon crâne. Un brouillard intense et épais tente d'envahir mon esprit conscient, mais je refuse d'adopter la même posture que la première fois. Non, pas cette fois. Je ne suis pas la femme que j'étais alors. Je ne suis plus une femme du tout.

Cette fois, je suis une putain de pirate.

J'inspire par le nez et expire bruyamment par la bouche. *Souviens-toi de ton entraînement. Si jamais tu es capturée par l'ennemi, sache que même la pire des tortures aura une fin.* Dans la vie ou dans la mort, elle prendra fin. Euh… Ce n'est pas vraiment un souvenir rassurant, mais il m'apaise. C'est peut-être à cause de celle qui l'a dit. Je connais son nom. Je l'ai sur le bout de la langue… mais le mal de tête me prend et je perds à nouveau la tête.

Je cogne l'arrière de mon crâne contre la table en dessous de moi et le mal de tête se dissipe étrangement, au lieu de s'intensifier. Je sens une odeur lointaine. Je ne sais pas de quoi il s'agit. Je me concentre. J'ouvre les yeux et scrute le plafond. Il fait trop sombre pour trouver des joints dans les ombres, qui semblent plus épaisses par endroits. J'ai l'étrange impression d'être observée.

Pour en être sûre, je crie :

– Hé, sale cyborg de merde ! Descends si t'es un homme !

Je ne sais pas pourquoi je choisis de crier des insultes au plafond, ni ce que je ferai si j'obtiens une réaction. Toutefois, je veux juste qu'il réagisse parce qu'être collée à la table, dans ce lieu, en cet instant, est pire que tout.

J'attends une éternité que quelque chose se produise. C'est le temps qu'il faut pour que mon courage initial s'estompe et que la panique revienne. Cette fois, je ne m'inquiète pas pour moi. Je m'inquiète pour les deux autres femmes.

Je ne sais pas dans quel état est Ashmara, mais je sais que Jerrock attend quelque chose d'elle. Son air détaché semble s'effilocher un peu lorsqu'il la regarde. Et ce qui est plus grave, c'est qu'il l'a manquée quand il lui a tiré dessus. Je le connais. Je le connais bien maintenant. Les semaines passées seule avec cet enfoiré silencieux et effrayant m'ont appris qu'il ne fait pas d'erreurs. Quasiment pas. En fait, il n'a commis que deux erreurs, à ma connaissance.

La première lui a valu d'être interrompu par les Lemorans, Herannathon et les autres pirates.

Et l'autre a eu lieu tout à l'heure, quand il a raté son coup.

Les deux fois, c'est Ashmara qui a servi de catalyseur.

Quant à Manila… Je tremble en pensant à elle. J'ai plus peur pour elle que pour Ashmara. Manila s'est échappée de cet endroit. S'il l'a attrapée pour la ramener là-bas… Je sais que tout cela ne se terminera pas bien pour elle.

En revanche, je n'ai aucune idée de ce qu'il me veut. Je ne sais pas quels sont ses plans ou pour quelle raison Jerrock m'avait enlevée sur le vaisseau niahhorru. Je ne sais pas non plus si les Niahhorrus peuvent me retrouver. Qui possède la clé de Sky ? Ashmara a-t-elle réussi à s'en emparer ? Est-elle toujours avec Manila ? A-t-elle été abandonnée à Evernor ? Herannathon l'a-t-il retrouvée ? Herannathon va-t-il pouvoir me sauver ? *Putain, t'as toujours pas compris qu'il fallait que tu te sauves toi-même...*

Le noir se fend comme un rideau sur ma gauche et je me retourne. Un autre être à moitié métallique, que je ne connais pas encore, se dirige vers moi. Il n'est pas particulièrement grand – pas plus qu'un Niahhorru, c'est certain – mais il n'a pas d'yeux et je n'aime pas ça. Comme la femelle à la tresse dans l'arène, ce mâle a beaucoup de matière noire-grise à la place des yeux. La matière noire se déplace par à-coups, de manière autonome, tout comme les murs et le plafond noirs du vaisseau dans lequel je suis retenue prisonnière. Je me demande si c'est du yeeyar, la même substance que mon bracelet. En parlant de mon bracelet... où est-il ?

Boom.

Je me souviens de l'explosion et de la main métallique qui m'a attrapé la cheville, pour m'entraîner au bord de la falaise. Je frissonne et ouvre les yeux quand une autre main métallique me prend à la gorge.

Je lève les yeux vers le mâle. Je ne suis même pas sûre qu'il m'ait bien vue. Sa peau est violette et il n'a pas de cheveux. Tout le sommet de sa tête est en métal. La majeure partie de sa gorge l'est aussi, mais son torse – ce que je peux voir sous son gilet de cuir noir – est musclé, violet et couvert d'épaisses plaques qui me rappellent un peu celles d'Herannathon.

Il a l'air à la fois d'un Voraxian et d'un Niahhorru. Sa queue ressemble plus à un tentacule qu'une queue. Ses jambes sont aussi énormes que d'épais troncs d'arbre, mais elles sont pliées à des angles bizarres. Il a l'air robuste, résistant et terrifiant; cependant, il a aussi l'air d'avoir été assemblé à partir d'une foule de pièces disparates. Et ça a l'air douloureux.

– Ça va ?

Il ne me regarde pas et il ne répond pas. Ou s'il me regarde, je ne peux pas le remarquer. Au lieu de cela, il sort une aiguille. Une grosse aiguille.

– Oh seigneur. Je parie que tu ne te prépares pas pour une séance de tricot…

Il commence à l'abaisser, au-delà de ma ligne de mire. Je ne la vois plus lorsqu'il l'abaisse sous la courbe de ma joue et la déplace jusqu'à l'arrière de ma tête.

– Oh non, non, non; ce ne sera pas nécessaire. Tu n'as pas besoin de me planter avec ton aiguille. On peut discuter à la place. Je suis plutôt douée pour ça.

Pas vraiment.

– Tu veux qu'on essaie de découvrir comment tu es devenu le plus gros connard de tous les cyborgs ?

Le pincement à l'arrière de ma tête, derrière mon oreille gauche, m'indique que je suis en train de mener une bataille perdue d'avance. La peur contrôle un instant mes membres. Je suis momentanément paralysée. Je pense à ce que j'ai *vu* dans cette aiguille – encore plus de noir. Je pense à ce qu'Herannathon a extrait du crâne de la combattante dans l'arène lorsqu'il lui a arraché l'arrière des cheveux : de la matière noire. Je pense à l'œil gris de Jerrock, au vaisseau qui m'entoure et au planeur, cet outil formidable qui a illuminé ces jours interminables et ces nuits compliquées. S'il m'injecte ce yeeyar dans la tête, je suis foutue. Peut-être que je deviendrai comme lui. Sans yeux, sans conscience.

Je serre mes mains moites, je forme des poings et je ferme les yeux. Une vague de glace s'abat sur le côté gauche de ma tête. Ça me rappelle une étrange sensation de froid au niveau du cerveau. *Je mange une glace avec ma sœur au soleil. Nous sommes sous le porche. J'ai dix ans, elle en a treize et nos parents sont quelque part dans la grange.* Elle s'appelait... quel était son prénom ?

Le froid s'épaissit, devient visqueux. Le mâle au-dessus de moi fronce les sourcils et s'écarte soudainement en tirant l'aiguille vers l'arrière. Je vois qu'elle est à moitié vide et je me demande ce qui ne va pas alors que le froid continue à s'installer et à remplacer la chaleur qui était présente dans mon cerveau. Bizarrement, cela semble apaiser la douleur de mes pensées. Mon mal de tête... a presque disparu.

Le mâle me saisit le menton et inspecte mon visage – je sais qu'il me regarde cette fois-ci à la façon dont son froncement de sourcils s'accentue. Il me repousse sur la table, et ma tête cogne contre la planche du dessous.

– Aïe !

Il se déplace de l'autre côté. Je me débats pour m'éloigner de lui, en vain. La force de ses bras témoigne de du métal argenté qui les traverse tous les deux. Il s'étend du centre de ses trois doigts jusqu'à son aisselle argentée.

Il pousse mon visage sur le côté et la piqûre de l'aiguille me fait paniquer, puis je frissonne lorsque je sens quelque chose de froid, de glacial et d'*écrasant* attaquer le reste de la chaleur. Ce froid transforme tout en glace.

Je cligne des yeux. L'obscurité de la pièce empiète sur ma vision, elle la brouille sur les côtés. Je commence à respirer plus fort, paniquée. C'est alors que la voix retentit à nouveau, plus dure que la glace et deux fois plus claire qu'un diamant. *Reprends-toi, soldat... je t'aime, Nali... tu vas t'en sortir. Tu peux tout affronter.* Je garde les yeux fermés et pratique une technique de respiration qu'on m'a apprise il y a longtemps. Il y a très longtemps. C'est elle qui me l'a apprise.

La glace s'empare de moi et ça fait mal, mais je fais la morte malgré la douleur. *Oui, c'est ainsi que s'appelle cette technique.* Je détends tous mes muscles, du sommet de ma tête à la pointe de mes orteils. J'ignore la douleur qui me transperce le crâne comme une hache et j'ignore le froid qui m'empêche de voir et de respirer. Un cadavre ne voit pas. Un cadavre ne respire pas. Un cadavre ne ressent pas la douleur. Je suis engourdie.

Engourdie, mais consciente. La glace dans mon esprit devient une tempête, elle crache des aiguilles, elle coupe à gauche et à droite, elle déchiquette tout sur leur passage. Non, pas tout. Juste la chaleur. La douleur chaude est remplacée par une douleur froide. Je ne comprends pas ce qui se passe et j'ai du mal à me concentrer. Mes dents se serrent, mais je les relâche immédiatement. Les cadavres ne grincent pas des dents et ne se tortillent pas les doigts ou les mains. Les cadavres ne font que frissonner une fois, peut-être deux, lorsque le dernier souffle de vie les quitte.

Je m'éteins.

Lorsque, quelque temps plus tard, je sonde le monde qui m'entoure, je sens des mains sur mes bras qui libèrent mes poignets des menottes qui les entravaient.

– Elle n'absorbe pas le yeeyar modifié. C'est une

espèce inférieure. Si elle n'est pas assez forte pour ça, elle ne pourra pas s'accoupler avec les horlax non plus.

J'entends alors une deuxième voix, plus robotique que la première.

– Ce n'est pas à toi d'en décider. C'est aux architectes d'en décider. D'après nos rapports, les humains ont des trous de reproduction adaptables. Peut-être qu'avec quelques modifications, elle conviendra à cet usage.

– Peut-être.

Ils me soulèvent de la table. L'un d'eux porte mes bras, l'autre mes jambes, alors qu'un seul d'entre eux pourrait me porter avec un bras. Pendant ce temps, je ne bouge pas. En fait, je m'aperçois que je ne peux pas. Ma tête... ma tête fait quelque chose d'étrange.

J'ai l'impression que tous les morceaux de mon cerveau ont été arrachés de leurs racines, mis en boule, poussés dans une machine à laver, puis que cette machine a été mise en marche, attachée à une fusée et envoyée dans l'espace. Le froid m'envahit et rivalise avec la chaleur. J'entends des mots d'ici et de maintenant, mais aussi d'autres qui ont été prononcés par Herannathon, ma famille et les monstres qui m'ont amenée ici.

Ils étaient humains, ces monstres.

Et parfois, ces monstres, c'était moi.

Trop accablée pour réfléchir ou me concentrer, je force mon esprit conscient à se retirer à nouveau.

Je reviens à moi quelques minutes plus tard, peut-être seulement quelques secondes plus tard, et quand je me réveille, je parviens à ouvrir facilement les yeux. La fraîcheur et la chaleur se sont mélangées dans mon esprit et s'y sont installées. Lorsque je cligne des yeux, je peux tout voir. Tout est clair. J'aperçois les silhouettes tranchantes des assassins de Sky qui m'entraînent quelque part. Je vois les contours sombres du vaisseau qui se déplace derrière eux.

Je fixe le plafond noir, je regarde le yeeyar dont il est fait flotter d'un côté à l'autre. Partout où il n'est pas, les couleurs flamboient, argentées et bronzées, et plus je regarde, plus je le *sens*. Je peux sentir le vaisseau, oui, tout comme je peux sentir le planeur d'Herannathon. Il pulse comme un battement de cœur contre les parois de mon crâne, mais alors que cette sensation étrange et surnaturelle se heurte à mes pensées, je réalise quelque chose d'autre – quelque chose de très important...

Je n'ai plus mal à la tête.

Et je me souviens de *tout*.

Je commence à sourire. Puis je me mets à rire. Quoi qu'ils aient fait à ma tête, ils l'ont bien abîmée. Ils n'ont *pas dû y aller de main morte*. Le froid du yeeyar a réparé ce qui était cassé. Mon esprit fonctionne à nouveau. Il est réparé et *électrifié*. Je ressens tellement plus de choses maintenant. Je ressens le vaisseau autour de moi, oui, mais ce n'est *pas tout*.

Qu'est-ce que... Qu'est-ce que c'est que *ce truc* ?

Il y a des pulsations de conscience sur les bords de mon esprit. Deux pulsations se rapprochent, comme des pensées que je ne peux pas repousser. Je ris un peu plus fort. Je suis consciente, non seulement du vaisseau, mais aussi des autres assassins de Sky qui s'y trouvent et qui en sont éloignés, de près ou de loin. *Nous sommes tous reliés par le yeeyar.*

Je ne peux pas lire leurs pensées ou connaître leur humeur ou leurs sentiments – si tant est qu'ils en aient – mais je sais où ils se trouvent. Je peux sentir les pulsations des assassins qui me portent. Je peux sentir le mouvement de la matière noire, cette substance extraterrestre malléable qui traverse mon crâne, aussi facilement que je peux la sentir se déplacer dans leurs poitrines, leurs jambes, leurs bras et dans les clés de Sky en yeeyar qu'ils portent sur eux, cachées dans des endroits que je pourrais peut-être trouver si je me concentrais un peu plus. Certains êtres, comme le plus grand des deux assassins qui me traînent, sont plus intenses que d'autres. Celui-ci est presque entièrement composé de yeeyar. Je sens aussi quelque chose d'autre, quelque chose d'un peu effrayant.

Je sens le yeeyar bouger différemment dans ma tête et dans leur corps. Dans ma tête, il se déplace en douceur, il se mêle à ce qui est déjà là, il comble les vides qui s'y trouvaient, mais qui n'y sont plus. Toutefois, dans leur corps, il se déplace comme sur le vaisseau, il se disperse et se reforme, s'élance et se replie, s'agite et se secoue, se brise...

Il les brise mais pas moi. Moi, j'étais déjà brisée à cause du *projet Surante*. Je ris encore plus fort en repensant à tout cela. Je pense à la façon dont je suis arrivée ici, aux différentes versions de moi que j'ai traversées pour parvenir à celle-ci. Je pense à Herannathon et à son sentiment de culpabilité : il pense avoir effacé ma mémoire, il croit être responsable de ma présence ici et de mon enlèvement. Je pense à son serment de me protéger de tout.

Mais c'est faux.

Il n'a rien fait de tout cela. Tout est de ma faute. Si je suis ici, c'est par ma faute. Et j'ai en ma possession tout ce qu'il me faut pour me sortir de là.

Je ne suis pas une demoiselle en détresse.

Je ne suis pas non plus un prix à gagner.

Je ne suis pas une combattante dans une arène.

Je ne suis même pas une championne de mok bir.

J'aime boire, j'aime baiser, j'aime m'éclater et jouer à des jeux d'argent.

Je suis aussi un ancien soldat des forces spéciales. J'ai été déshonorée à la suite d'un projet intra-gouvernemental top secret : le projet Surante. Dans le cadre de ce projet, *ils* ont effacé ma mémoire et modifié mes pensées. Pour être plus précise, c'est ma propre sœur qui l'a fait, cette pétasse n'a pas hésité une seconde. Mais ce n'est pas grave, je ne lui en veux pas. Je lui en ai voulu alors, juste après qu'ils m'aient mis dans le tube bleu et qu'ils m'aient endormie, mais je ne lui en veux plus. Si elle n'avait pas fait ce qu'elle a fait et si je n'avais pas été celle que j'étais, je n'aurais jamais fini ici, je ne serais pas devenue ce que je suis maintenant.

Une putain de shrov de pirate.

Une pirate qui rêve de revoir son putain de shrov de pirate.

Et je ne vais pas l'abandonner, parce que je sais qu'il ne m'a pas abandonnée.

L'énergie se répand dans mon corps et je me concentre. Je me réveille membre par membre jusqu'à ce que je sois une flèche encochée et pointée sur sa proie, prête à tuer.

Les assassins qui me tiennent prennent le prochain virage à droite. Leurs pas sont étrangement synchronisés. Je vois une porte sur la gauche. Elle est ouverte, et à travers, j'aperçois une femme attachée à un banc. Je *la connais*.

Je tire sur mon bras droit et donne un coup de pied avec la jambe gauche. J'entraîne le mâle qui tient mes bras vers le bas, en le forçant à se baisser. Je fais tourner mon poignet et libère sa prise autour de mon bras. Il me relâche et sa main d'argent s'élance vers l'avant pour reprendre la mienne, mais je le *sens* bouger avant qu'il n'arrive, comme une étrange prémonition. Je sais donc où bouger pour le bloquer. Nos avant-bras s'entrechoquent douloureusement, mais j'en ai vu d'autres, et je n'hésite pas à riposter.

Je pense à Hérannathon et je force mes doigts à former une fourche. Je les raidis ensemble, puis je m'élance vers l'avant. Je plante ma main directement dans l'orbite de l'enfoiré violet. Le gris s'enfonce profondément, et avec mes ongles déchiquetés et ébréchés, je m'accroche aux fibres qui s'y trouvent. C'est flippant de voir à quel point elles sont douces et malléables – c'est comme si j'enfonçais mon poing dans de la pâte à modeler. Plus étrange encore, les fibres semblent me répondre; elles se plient autour de mes doigts et me permettent de tirer.

J'appuie aussi fort que possible et je regarde les fibres de yeeyar s'étirer sur son visage jusqu'à ce qu'il recule pour essayer de se libérer. Les cordes finissent par se déchirer et se briser. Sa main droite s'enfonce comme s'il allait m'empaler dans l'estomac avec son poing, mais je me redresse et roule sur le côté. Je tourne, toujours dans son emprise, de façon à faire face au sol.

Il finit par me donner un coup de poing sur le côté, mais je riposte avec ma jambe. Je frappe le mâle à mes pieds – le grand enfoiré bronzé – sur son visage rocailleux. Il me rappelle une espèce que j'ai déjà vue – les Lemorans – sauf qu'il n'a pas la bonne couleur et que ses cornes ne sont pas grises ou blanches, mais argentées avec des veines bleues qui les traversent.

Des étincelles d'électricité jaillissent entre ses cornes

lorsque je lui donne un autre coup de pied et je sursaute quand un éclair me transperce le bas du mollet. Ses cornes projettent des vagues d'énergie aussi douloureuses que celles de la tresse de la femelle. Cette fois, je lutte contre la chaleur paralysante qui m'assaille. Je lui donne un coup de pied au visage et roule une troisième fois. Je libère enfin mon deuxième bras de l'emprise du Violet.

Je touche le sol et me hisse sur la pointe des pieds. Les deux mâles m'atteignent en même temps, mais je m'élance vers le bas, j'attrape la cheville droite de l'assassin violet et je tire aussi fort que je le peux. Au même moment, je lève mes talons et donne un coup de pied au Cornu. J'utilise le ressort du sol sous moi pour rebondir sur mes orteils et *courir*.

Je m'engouffre dans la porte ouverte, qui se referme derrière moi en un clin d'œil. Je la maintiens fermée grâce à l'élasticité de mon esprit, même si je sens la résistance des autres assassins qui se liguent contre moi pour l'ouvrir. J'ignore la douleur de l'effort mental, j'en suis capable. Il me suffit d'utiliser les ressources obtenues après les mois de conditionnement et de torture qui m'ont été imposés par ma sœur et par ses supérieurs. Je ne sens pas la douleur. La porte reste fermée.

Je m'approche de la table et regarde le visage d'Ashmara. Ses yeux se contractent sous ses paupières closes et les muscles de ses poignets se tendent légèrement, c'est à peine perceptible. Je lui pousse le bras.

– Allez debout, je sais que tu es réveillée. Tu n'es pas une très bonne actrice, tu le sais, ça ?

– C'est quoi une actrice ?

Elle ouvre un œil, un seul, et fronce les sourcils.

– Qu'est-ce qui est arrivé à tes globes oculaires ?

– Comment ça ?

– Ils sont tout noirs. Il n'y avait pas de la couleur avant ?

Je ne prête pas attention à ce qu'elle vient de dire, j'y penserai plus tard.

– Lève-toi. Je ne pourrai pas les retenir éternellement.

– Retenir qui ? Tu es aveugle ou quoi ? Je suis enchaînée.

Je jette un coup d'œil aux menottes qui entourent ses bras, ses jambes, sa gorge et sa taille. Ils ont manifestement pris plus de précautions avec elle qu'avec moi : elle porte deux fois plus d'entraves que moi.

– Je pense que je vais pouvoir…

Je marmonne surtout pour moi-même.

– Qu'est-ce que tu… commence-t-elle.

Alors que la matière noire qui l'entrave se détache brusquement, elle s'écrie :

– Par les comètes ! Tu es devenue une tueuse de Sky !

Elle roule hors de la table et se met en position de combat, mais elle n'a pas l'air bien. Elle vacille d'un côté à l'autre. Elle doit être patraque.

– Ça va ?

– Recule !

Je fronce les sourcils. Je remarque que ses yeux habituellement blancs sont colorés d'un jaune-gris-brun très pâle. Je ne sais pas comment l'interpréter.

– Tu parlais de *mes* yeux tout à l'heure mais tu n'as pas vu les tiens ! Qu'est-ce qui est arrivé à tes yeux ?

Elle secoue la tête et titube vers la gauche alors que le vaisseau n'a presque pas bougé. Je me demande où ils nous ont emmenées, où nous allons, et si nous avançons.

Elle relève le menton, mais ses poings s'abaissent

légèrement.

– Réponds d'abord, dit-elle.

– Ils ont essayé de me mettre leur truc de contrôle mental yeeyar dans la tête, mais ça n'a pas marché. Je *pense* que le yeeyar a en fait réparé ce qui n'allait pas chez moi.

– Qu'est-ce qui n'allait pas ?

Le projet Surante. Les guerres de l'eau. Ma sœur. Moi.

– C'est une longue histoire.

Une énorme explosion retentit derrière nous. Putain.

– Ils vont arriver d'une minute à l'autre. Je pense qu'ils ont renoncé à combattre contre moi. Ils vont employer la manière forte. Il faut trouver Manila *maintenant* et se tirer d'ici.

– Combattre ? Tu veux dire…

Ses yeux s'embrouillent. Les couleurs qu'ils contiennent changent, deviennent plus jaunes avant de pâlir jusqu'à devenir presque blanches. Sa mâchoire se crispe en micro-pulsations qui n'annoncent rien de bon. Elle a l'air malade.

– Le yeeyar n'a pas seulement réparé ton cerveau, n'est-ce pas ?

Je secoue la tête. Une autre explosion retentit derrière moi; les portes en yeeyar se déforment et se plient vers l'intérieur.

– Centare. Il a fait bien plus.

– Il t'a connectée à Sky.

Elle pousse un grand cri et lève le poing en l'air dans un geste si humain que je sens une vague de nostalgie m'envahir. C'est bref, mais intense.

– Tu *es* une putain de clé de Sky.

– Je ne crois pas, non. Je ne sens rien d'assez grand qui pourrait être une planète. Mais je sens les autres assassins par contre. Ou peut-être que je ne sens que leurs clés. Je n'en suis pas sûre. Quoi qu'il en soit, je crois savoir où se trouve Manila. Je sens les clés des deux zombies à l'extérieur des portes, mais il y a une troisième clé à bord du vaisseau et le... je ne sais pas trop mais... le *signal* est différent des autres.

– C'est la signature de Manila, elle est un modèle plus ancien. Oui, c'est logique. Sa signature est différente, il fallait s'y attendre.

J'acquiesce.

– Ok, mais comment on fait pour sortir d'ici ?

J'attrape son bras alors que l'électricité projette de l'air froid derrière nous et qu'un trou apparaît dans la porte.

– Putain, qu'est-ce qui t'arrive ? je m'exclame. Sans vouloir te vexer t'es pas bien utile en ce moment…

– Va te faire foutre. Il y a une autre solution. Tu peux te connecter au système yeeyar de Sky, n'est-ce pas ?

Je hausse les épaules.

– Peut-être ? Je n'en ai aucune idée.

– Bien sûr que tu peux. C'est comme ça que tu gardes la porte fermée.

Elle lève son regard trouble vers le plafond.

– Voilà. On va passer par le plafond. J'ai entendu parler d'une autre humaine qui a fait la même chose à bord d'un vaisseau pirate Niahhorru.

– Ah… Tu dois parler de Deena.

Je me sers de son épaule comme d'un appui et je monte sur la table sur laquelle elle était montée auparavant. Je regarde le plafond et concentre mes pensées sur notre objectif. Malheureusement, plus je me concentre sur le plafond, moins j'ai d'énergie pour garder la porte fermée. Une autre explosion fait entrer de l'air frais par l'ouverture de la taille d'une tête humaine. Je lève les yeux, je me mords l'intérieur de la joue et je me concentre davantage.

– Ça marche, murmure Ashmara.

Je hoche la tête vers la masse noire qui se détache au-dessus de moi. Une énorme explosion interrompt ma concentration et je me retourne pour voir le cornu frapper la porte de ses cornes. L'ouverture est passée de la taille d'une tête humaine à celle d'une tête d'Egama. Elle est assez grande pour permettre au moins à l'enfoiré violet de passer.

– Putain, il faut qu'on se casse. On y va.

J'attrape la main moite d'Ashmara et la hisse, mais le plafond est encore trop haut.

– Pousse-moi là-haut et je te ferai monter ensuite.

– Tu as l'air d'être sur le point de t'évanouir, je réponds en sifflant. Tu ne vas pas pouvoir me soulever... Oh, putain !

Le banc sous nous commence à se soulever dès que je prononce le mot « *soulever* ». Nous nous précipitons vers le plafond trop vite pour nous arrêter.

Un rugissement retentit derrière moi et Ashmara pousse un cri aigu. Nous pénétrons dans un noir absolu et je me précipite sur le plafond yeeyar – ou le plancher – puis je referme le trou sous nos pieds.

– Ça va ?

Mon cœur bat comme une caisse de résonance dans mes veines.

– Très bien.

On dirait qu'elle souffre. L'humaine en moi voudrait évaluer ses blessures et m'assurer qu'elle va vraiment bien mais la pirate en moi me conseille de m'occuper de mes oignons : les blessures ne sont que ce que l'on en fait. Il faut avancer.

– C'est bien. Foutons le camp d'ici.

– Manila, croasse-t-elle.

Mon cœur se serre un peu.

– Tu sais, ton petit numéro de salope qui n'en a rien à foutre de personne n'est pas très efficace. Je vois bien que tu l'aimes bien.

Elle laisse échapper un faible rire.

– De quoi tu parles ? Je veux juste lui prendre sa clé pour la vendre aux Lemorans.

Je lève les yeux au ciel.

– Mais bien sûr.

Seul le bruit de nos respirations lourdes perce le silence pendant les longs moments qui suivent. C'est tout ce que j'entends pendant les instants qui suivent, assorti à la respiration sifflante d'Ashmara derrière moi, alors qu'elle et moi rampons dans cette étrange obscurité. Il y a de la substance et de la texture, mais pas de forme solide. La matière se contente de se plier pour m'ouvrir le passage lorsque j'y pénètre, en formant des tunnels sous mon impulsion. C'est bien. Ça veut dire qu'on ne peut pas nous suivre facilement. À moins que...

– Je sens les autres. Tu crois qu'eux aussi ils peuvent me sentir ?

– Krakaw, je suis sûre que non, dit-elle en plaisantant à moitié.

– Tu es une vraie garce, je ricane.

– On me le dit souvent. On y est presque ?

– Oui.

Nous avançons encore un peu jusqu'à ce que je sente cette étrange présence, qui a la marque de Sky et qui me parvient avec tant de nuances. Elle est différente de tous les autres assassins. C'est une présence unique. Cela me rassure de savoir qu'elle est là. Si je peux la sentir, c'est que celle qui la porte est vivante.

– Ici.

J'indique le sol.

– As-tu quelque chose que tu pourrais utiliser comme arme ?

– Tu sens d'autres assassins de Sky en bas ?

– Pas encore, mais il y en a deux autres qui se déplacent dans cette direction.

Je sens une présence légère au loin et une autre plus tissée de yeeyar. Je sais instinctivement qu'il s'agit respectivement du Violet et du Cornu.

– Ces deux-là sont-ils les seuls à bord du vaisseau ?

– Pour autant que je sache, il n'y a que trois clés sur le navire. Ces deux-là et Manila.

– Hum… fait Ashmara.

– Tu penses à Jerrock ?

– Oui. Je me demande où est passé ce salopard.

– Il t'a tiré dessus ?

– Oui.

– Ça va ? je répète.

– Ça pourrait aller plus mal. Ma jambe est foutue pour l'instant, mais il a dû me poser un pansement. Si ce n'est pas lui, alors les deux psychopathes de ce vaisseau s'en sont chargé.

Je fronce les sourcils et je me concentre. J'essaye de former un joint dans le plancher-plafond en dessous. Il doit être assez grand pour que nous puissions ramper toutes les deux.

– C'est bizarre, non ? Pourquoi t'a-t-il abandonnée ?

– Il détient mon contrat. Il aurait dû me tuer quand j'étais évanouie. Au lieu de ça, ce con voulait me torturer, je suppose. Il a peut-être réparé mon épaule, mais il a aussi pris mon muuir avec lui.

– C'est quoi du muuir ?

– L'élixir de vie. Une chevauchée sauvage. Le Nirvana.

Elle rit.

– Eck ! C'est la substance parfaite.

J'ai l'impression qu'elle parle de drogue, mais je n'en suis pas sûre. Toutefois, comme ce n'est pas plus important que le trou que j'ai ouvert dans le sol et à travers lequel je peux sentir les vibrations de l'eau, je ne m'en soucie pas plus longtemps. Les assassins de Sky se rapprochent.

– On doit se dépêcher. Le vaisseau est grand et les assassins ont de la distance à parcourir, mais nous aussi si nous voulons trouver les capsules de sauvetage.

Je passe mes jambes par-dessus le bord du trou et je me laisse tomber sur le sol. Il est plus loin que je ne l'aurais cru. Je parviens à peine à retomber sur mes pieds. Ashmara, elle, n'y arrive pas du tout. Elle s'effondre en un tas et roule sur le côté en poussant des jurons.

Je lui fais une grimace. Je peux voir sa peau déchirée et brûlée à travers un trou dans son pantalon, mais mon attention est attirée par un cliquetis contre le mur.

– Manila !

Son bras bionique a été arraché. Le moignon qui reste laisse couler du sang vert sur le sol. Mais la femelle, coriace comme elle l'est, lève encore la tête.

– Nalia.

– Manila, j'expire, soulagée.

Je ne la connais pas très bien, mais je la considère quand même comme une amie, quelqu'un qui a toujours veillé sur moi. D'une certaine façon, elle me rappelle ma sœur, Leanna.

Leanna ! Je sursaute à l'apparition de son nom dans mes pensées. *Oui, elle s'appelle Leanna. Je me demande où elle est en ce moment...* Je sais qu'elle n'est pas morte. Je le sais, tout comme je sais que Manila ne l'est pas non plus. Elle est quelque part dans ce cosmos dément et sauvage.

Je traverse la pièce pour arriver devant Manila et des points de douleur me parcourent le dos alors que je la regarde lutter pour soulever son menton de sa poitrine. Elle me regarde et sourit. Je m'approche d'elle et passe prudemment mon épaule sous son bras avant de faire tomber les menottes qui ancrent son autre poignet au-dessus de sa tête, trop haut pour que ses pieds touchent complètement le sol. Elle a dû rester suspendue comme ça pendant des heures. Ça a dû être atroce.

– Ça va aller ?

– Comment as-tu…

Elle hurle alors que le poids de son corps retombe entièrement sur moi. Son bras n'est pas disloqué, mais il lui fait visiblement très mal.

– Comment as-tu... fait ça ?

Je lui explique ce qui s'est passé aussi brièvement que possible et, lorsque j'ai terminé, elle rejette la tête en arrière en riant.

– Shrov ! Quels idiots !

Ses cheveux noirs ondulent autour de ses joues tandis qu'elle et moi nous dirigeons vers Ashmara. Toujours assise au centre du sol, elle respire difficilement comme si elle essayait de ne pas vomir.

– Sky ne se trompe jamais, déclare Manila.

Elle m'observe de la tête aux pieds. Ses yeux noirs brillants clignent lentement. On dirait qu'elle a été droguée avec quelque chose. J'espère que ce n'est pas mortel.

– Mais ils ont commis une erreur cette fois-ci, l'erreur la plus répandue dans le cosmos…

– C'est-à-dire ?

Elle cligne des yeux.

– Ils ont sous-estimé les humains.

Une toux provenant du sol attire son attention sur celle qui nous accompagne.

– Shrov, Ashmara, tu as vraiment une sale tête, dit Manila.

– Tu ne t'es pas vue…

Ashmara penche la tête vers le bras blessé de Manila pour appuyer son propos. Je dois reconnaître qu'elle n'a pas tort. Je porte Manila jusqu'à la table-banc de cette pièce, et je l'aide à s'asseoir dessus.

– On doit s'occuper de ta plaie, lui dis-je en jetant un coup d'œil autour de moi, à la recherche de quelque chose – n'importe quoi – qui pourrait l'aider.

– Tiens.

Je jette un coup d'œil vers le bas et vois Ashmara sortir un couteau de sa botte.

– Utilise ça. C'est un couteau au radium.

– C'est l'une des créations de la Rakukanna voraxiane explique Manila . Ça fera l'affaire.

Je prends le couteau d'Ashmara et me dirige vers le bras de Manila. Je vois l'os, mais cela ne me dérange pas. Sur le champ de bataille, lors des guerres de l'eau, j'ai vu des blessures plus graves. Ce que je n'ai pas eu l'occasion de voir, ce sont des soldats qui prenaient le temps de les soigner avec autant de tendresse.

Manila m'explique comment l'allumer, et quand je le fais, je vois la lame s'illuminer. Elle passe du bleu pâle au rouge.

– C'est bon ?

– Oui, dit-elle.

Je jette un coup d'œil à son visage.

– Tu es prête ?

– Centare.

– Parfait. Alors on y va.

J'appuie la lame chauffée sur le moignon de son bras, juste au-dessus de l'endroit où devrait se trouver son coude, et je bloque les bruits et les sensations de douleur qui émanent de son corps. Des crachats s'échappent de ses lèvres et elle pousse un seul gémissement douloureux avant de s'affaisser sur le côté, les yeux fermés, le corps crispé. Je jure. J'ai peur de tout gâcher et de la brûler plus que nécessaire, mais avant qu'elle ne s'effondre complètement de la table, Ashmara apparaît à ses côtés.

Elle tient Manila tout au long du processus et, au fond de ma tête, je suis très consciente de la présence des deux assassins de l'autre côté de la porte. Je la maintiens fermée, avec toute la ténacité de mon esprit. Je me demande pourquoi les deux autres semblent avoir tant de mal à franchir les nouvelles défenses que j'ai découvertes. Au lieu de cela, ils repassent par le chemin le plus difficile, les cornes en premier. Ça nous laissera un peu plus de temps, mais pas beaucoup.

– C'est fait.

À peu près.

– Ça tiendra.

Pour le moment.

– Par contre, je ne pourrai pas retenir la porte beaucoup plus longtemps. Nous devons y aller maintenant.

– Manila, heelee, chuchote Ashmara contre la tempe de Manila.

Elle lui donne un petit baiser qui fait battre mon cœur

de façon irrégulière.

– Ne…

La respiration de Manila est sifflante.

– Ne m'abandonne pas maintenant.

– Non, non, ne t'inquiète pas. J'allais juste te demander si tu avais du muuir sur toi.

Manila se met à rire. Ses dents aiguisées brillent, même dans la pénombre.

– Shrov ! Tu es complètement siphonnée et ravagée, toi !

– On ne change pas une équipe qui gagne.

Ashmara essaie de sourire, mais c'est une grimace. Je ne suis pas sûre qu'elle soit en train de plaisanter.

– On prend la clé et on se casse.

– La clé ?

Manila secoue la tête et lutte pour s'asseoir. Il ne lui faut pas moins de mon aide et celle d'Ashmara pour y parvenir. Lorsque nous l'aidons à descendre de la table, ses genoux se dérobent une fois, mais elle réussit à se redresser, l'air altier, dans sa combinaison noire ajustée, même avec un bras gauche mutilé.

– Oui, la clé, yeeshee… Tu sais, la clé que je vais certainement te voler. Et ce ne sera que justice ! Après tout, j'ai été capturée à cause de toi et tu n'as même pas de muuir à me donner, réplique Ashmara.

– Je ne t'ai pas demandé de te joindre à nous aux tables de mok bir ! s'exclame Manila. Si tu as été capturée c'est parce que tu fouines partout et que tu cherches les ennuis !

– Quoi ? Et qui tapait tranquillement la discussion avec Jerrock l'assassin ? Tu as vraiment cru que *Rhogan* était réel ? Il avait l'air totalement faux ! Il ressemblait à un hologramme de plaisir, pas à un mâle fait de chair et d'os.

– Elle n'a pas tort, je murmure. Par contre, est-ce qu'on peut se concentrer sur l'essentiel s'il vous plaît ? Il faut qu'on trouve les capsules de sauvetage ou les navettes de secours, ou peu importe leur nom !

Je tape du pied. Je suis submergée par l'irritation même si je devrais être plus paniquée à l'idée que nous sommes toutes sur le point d'être assassinées.

Cependant, il est difficile de se sentir paniquée alors qu'aucune des deux autres femelles ici présentes ne trahit son inquiétude, pas même Manila, avec son unique bras mutilé.

– Ontte. Allons-y… dit Manila en grimaçant alors qu'elle fait un pas de plus.

– Pas sans la clé ! s'écrie Ashmara.

– Tu as déjà la clé, putain ! crie Manila. Non, mais quelle pilleuse de…

– Quoi ?

Ashmara avons parlé au même moment. Nos mots se chevauchent dans différentes langues alors qu'ils filtrent à travers nos traducteurs.

– Je n'ai plus ma clé. Je n'aurais pas été assez stupide pour l'apporter sur le vaisseau. Quand l'explosion a touché les tables mok bir, j'ai atterri près de Gibli et je lui ai donné la clé. Les assassins de Sky m'ont pris mon bras parce que c'est là qu'ils l'avaient mise à l'origine, mais ils n'ont rien trouvé. Dès que tu m'as libérée de leur emprise, j'ai déplacé la clé. Je ne la voulais pas dans mon corps. Je l'ai transportée dans la poche de ma robe pendant les rotations. Je l'ai même perdue il y a quelque temps quand je me suis saoulée et que je suis tombée dans un étang. Bien sûr, mes drones l'ont récupérée...

Ashmara marque une pause, puis sa bouche s'ouvre

comiquement avant qu'une énorme rafale de rire n'en sorte. Le son est étonnamment candide – tout l'opposé d'Asmara – lorsqu'il traverse l'obscurité comme une torche flambante.

– Espèce de folle ! crie-t-elle. On atteint des sommets là, tu es complètement *cinglée* ma parole ! Même moi, je suis impressionnée, c'est dire...

Moi, ça ne me fait pas rire. Loin de là.

– Manila, ce n'est pas possible. Il y a *trois* signatures Sky sur ce vaisseau – celles des deux assassins qui nous chassent, et une autre. Si ce n'est pas ta clé, alors quelle est la troisième...

Ma voix s'interrompt tandis que je suis le regard de Manila. Elle sourit.

– Je l'ai vu partir après qu'il m'ait coupé le bras. Mais il est là, il est resté... Quel salopard...

Je ne vois pas ce qu'elle voit – au début – mais lorsque je fixe le coin d'ombre de la pièce, mon regard se calibre sur la lumière comme le faisceau d'une machine. Les ombres s'estompent jusqu'à ce que je puisse distinguer une silhouette parmi elles. Il est si bien camouflé dans l'obscurité que je ne peux pas dire quel membre il bouge. Je sais seulement qu'il en bouge un. Je perçois des éclairs argentés. Du rouge aussi. Mon regard surnaturel s'aiguise encore plus et ce n'est qu'à ce moment-là que j'aperçois l'arme qu'il tient dans sa main. C'est la même que celle qu'il a sortie de son poignet aux tables de mok bir. Je déglutis.

– Putain de merde.

– C'est Jerrockounet ? dit Ashmara en plissant les yeux.

– C'est bien Jerrock l'assassin, confirme Manila.

– Qu'est-ce qu'il fait ? demande Ashmara.

Je déglutis difficilement.

– Il pointe une arme sur ta tête – un blaster.

Il le braque sur le visage d'Ashmara. Son bras semble inébranlable, tout comme son regard, comme chaque once de sa concentration. C'est comme si Manila et moi n'étions pas dans la pièce.

– Qu'est-ce qu'il attend ?

Manila se redresse en titubant et lève son bras blessé, en grimaçant sauvagement, comme si elle avait oublié qu'il n'était plus là et qu'elle avait l'intention de s'en servir pour quelque chose. A-t-elle l'intention de le combattre ? La bonne blague. J'espère que non.

Pendant ce temps, Ashmara semble nourrir les mêmes illusions, car elle se tord le cou d'un côté à l'autre avec deux grands craquements, avant de se pencher en avant et de se planter dans l'axe de Manila. Elle vacille sauvagement en disant :

– Ne vous inquiétez pas les filles, je m'en occupe.

Elle fait craquer les jointures de ses deux mains à cinq doigts et salue le tueur dans le coin.

– Salut, Jer.

– Seigneur…

Je me demande comment j'ai fait pour me retrouver dans cette merde, avec les deux femmes les plus insouciantes de toute l'Histoire du cosmos, sur le point d'affronter le mâle le plus dangereux de la galaxie, et très probablement sur le point de mourir à cause de lui. Une farce, quoi…

Découragée, je m'approche en soufflant de l'autre côté de Manila et je lève mes poings ainsi que le couteau en radium que j'ai toujours dans ma paume droite.

– Ok, c'est parti, je suppose, je déclare en secouant la tête. Ashmara, tu vas à droite quand je pars à gauche.

Manila, toi, tu…

Ma voix s'interrompt et je regarde la blessée qui vacille sur ses pieds, puis Ashmara qui boite à sa droite.

– Contentez-vous de rester ici et ayez l'air intimidantes.

– Pas possible, dit Manila.

– Mais puisque je vous dis que je *gère*, les filles, laissez-moi faire !

C'est alors qu'Ashmara sort une poignée de ce qui ressemble à de la poussière blanche de sa poche de poitrine droite.

– Oh, merde. J'avais un patch sur moi pendant tout ce temps ?

– Ashmara, la *bombe*… fait remarquer Manila en grimaçant.

Le regard d'Ashmara est perdu dans le vide, elle n'est plus concentrée.

Manila s'élance sur le corps d'Ashmara et arrache une petite pierre verte parmi les peluches qui jonchent sa paume. Au même moment, Ashmara jette les débris de sa poche sur le sol. Elle ne garde avec elle que ce qui ressemble à un pansement translucide. Elle le déplie soigneusement.

– Eck ! Par toutes les comètes…

Elle soulève le pansement pour le mettre sur l'extérieur de son bras et crie lorsqu'une balle – un éclair de lumière sombre – lui transperce la main. Une deuxième balle éclate et désintègre le pansement qu'elle tenait et qui s'était mis à flotter dans les airs.

– Putain, Jerrock ! Va te faire foutre espèce de pourriture ! s'écrie Ashmara en tombant à genoux et en serrant sa main contre sa poitrine.

Elle a l'air décidément plus bouleversée par la perte

du pansement que par tout ce qui a pu se produire jusqu'à maintenant.

Elle lève la tête lorsqu'elle réalise qu'il a vraiment disparu. Son visage se contorsionne de rage et ses yeux... ses yeux deviennent d'un rouge vif et sanguinolent.

– ECK !

Elle se lève et fonce sur lui, mais une douzaine de choses, qui se produisent en même temps, l'empêchent de mener à bien sa vengeance.

La porte derrière nous explose et les deux assassins entrent en tirant. Ashmara est la plus proche de la porte et elle reçoit un coup sur le côté. Je m'élance et plaque les deux femmes au sol, juste après que Manille ait réussi à lancer la pierre verte d'Ashmara sur Jerrock. Il tire deux fois.

Deux tirs pour deux cibles. L'une évidente, l'autre... un peu moins.

Et Jerrock n'en rate aucune.

Il touche la pierre, même si elle est plus petite que l'ongle d'un pouce humain, et une explosion secoue toute la pièce. Elle *repousse* les parois en yeeyar.

La chaleur m'envahit le dos et je crie alors qu'elle transperce mes vêtements. L'odeur de cheveux brûlés – *mes* cheveux brûlés – emplit mes poumons. Je n'ose pas ouvrir les yeux, mais j'utilise les sens supplémentaires qui m'ont été donnés : il n'y a plus trois clés de Sky sur le vaisseau mais deux. Et seule l'une d'entre elles se dirige vers nous. L'autre – la *différente* – semble... s'enfuir. Je plonge la main dans le tas de membres sous moi, j'attrape Manila et Ashmara par les bras et je les tire vers le haut.

– Allez !

Je fonce vers la porte, elle est entrouverte. Le yeeyar

qui la formait autrefois est en lambeaux et s'effiloche comme les bords cassés d'une toile d'araignée. Je manque de trébucher sur le corps étalé sur le seuil. C'est le cornu. Il est mort.

Je peux voir ses vêtements carbonisés à travers le brouillard de fumée qui a envahi la pièce et se répand dans le hall. Le plus intéressant cependant, c'est la tache noire sur son front, le bourrelet en dessous et le sang rose qui s'échappe de son centre troué. Il est bien mort. *Il a été tué par un tir de blaster. L'explosion ne l'a pas tué. C'est un seul tir parfait, directement entre les deux yeux qui l'a achevé.* C'est intéressant…

Parce que Jerrock ne rate jamais sa cible.

L'assassin restant s'élance vers moi à travers la porte et je pousse un cri de guerre en laissant tomber les corps que je traîne et en m'élançant à sa rencontre. Nous nous battons au corps à corps. Mon entraînement au combat reprend le dessus. J'ai toujours été bonne au corps à corps. Je réussissais à battre Leanna presque à chaque fois, même si elle était plus âgée et qu'elle avait plus d'insignes sur la poitrine gauche de son uniforme. Mon père disait que c'était parce que j'étais plus rusée. Ma mère disait que c'était parce que j'avais plus de rage intérieure. Je pense que c'est ma mère qui avait raison.

Ils n'ont pas survécu à la guerre de l'eau. Leanna et son médecin les ont tués. Elle a appelé ça le sacrifice nécessaire.

Quelle salope.

La rage monte à l'arrière de mes bras et je rugis.

Son avant-bras de métal heurte le mien alors que nous nous battons. La douleur s'étend de mon poignet à mon coude, mais je ne la laisse pas prendre le dessus. Je donne un coup de pied dans sa jambe pour atteindre son tibia. Il ne montre aucune douleur, mais je n'ai pas besoin qu'il ait mal. J'ai juste besoin qu'il se déplace un peu sur la droite... et c'est ce qu'il fait. Je tourne et, profitant de l'espace supplémentaire qui m'est offert, j'allume la lame de radium et je l'entaille vers le haut en traçant une ligne du menton à l'œil qui lui reste.

Il me donne un coup de poing dans l'estomac assez fort pour casser une côte ou deux, mais je surmonte l'agonie et l'attrape par le devant de son armure noire. Je le traîne contre moi et lorsqu'il me donne un nouveau coup de poing, je prépare mon estomac à l'assaut et je le poignarde dans son orbite vide. J'enfonce la lame profondément. Des étincelles noires et argentées jaillissent pour me brûler les joues. Il n'y a pas de sang. Les robots ne saignent pas.

Je charge, j'appuie de tout mon poids sur l'avant, mais cet enfoiré est fort et lourd. Il se défend et me pousse... Oh, putain. Je suis sur le point de perdre pied et s'il me met à terre, je ne serai plus que poussière...

C'est alors qu'un poids s'abat sur mon dos. Mon estomac remonte dans ma gorge, pris au dépourvu par l'attaque. Seulement, ce n'est pas une attaque, au contraire. Ce sont *des renforts*. Un deuxième poids s'écrase contre le premier.

Le bras ensanglanté de Manila m'entoure alors qu'elle s'appuie de tout son poids sur ma colonne vertébrale. Elle pousse des grognements de douleur tandis que ses pieds s'enfoncent dans le sol. Elle s'appuie sur mon corps, le soutient, et j'entends derrière elle le rire rauque d'Ashmara, un rire eshmiri qui résonne encore plus fort. Je ris. Je ris. *Putain d'Ashmara... Putain de Manila.* Nous poussons ensemble jusqu'à ce que l'assassin soit plaqué contre un mur de yeeyar et nous continuons à pousser mais mes bras tremblent. Il ne veut pas mourir.

Ma main autour de la poignée de la lame est ensanglantée. Elle est peut-être cassée. Je n'ose pas relâcher la pression pour vérifier. Mais, alors que je regarde ma peau blanche, déchirée et rouge de sang, se heurter à son visage violet qui grésille et fait des étincelles alors qu'il se défend, d'autres couleurs apparaissent devant moi. Ce sont *des mains*. Un poing jaune orangé orné de griffes noires acérées suivi d'une paume marron foncé avec les mêmes ongles pâles et ébréchés que moi. Elles se déplacent autour de mes épaules et s'adaptent à l'arrière de ma propre paume de sorte que, lorsque nous poussons contre la poignée de la lame, nous poussons ensemble.

Nous poussons comme un seul homme sur l'extrémité émoussée de la lame et nous continuons à enfoncer le couteau dans sa tête jusqu'à ce que sa langue roule de façon révoltante hors de sa bouche et que ses narines commencent à faire un bruit horrible alors qu'il essaie d'inspirer de l'air sans y parvenir. L'œil de yeeyar qui lui reste se met à briller d'un rouge de plus en plus vif. J'ai l'impression qu'il se prépare à faire quelque chose et je n'ai pas envie de savoir quoi…

– Aaaaaah !

Je dégage ma main gauche de la pile de mains couvertes de yeeyar et de sang et je la plante dans son œil mou restant. Je l'arrache. Des étincelles de yeeyar jaillissent, et d'un seul coup, la lumière rouge qui se déplace sur le yeeyar s'éteint. Le mâle violet s'écroule sur le sol comme un rideau qui tombe. Je tombe sur lui et Manila et Ashmara tombent sur moi. Nous gisons là, dans un tas de sang, haletantes. Nous essayons de ne pas nous concentrer sur nos blessures. Du moins, c'est ce que je fais. Ashmara, elle, semble avoir deux longueurs d'avance.

– Sa clé… est-elle toujours active ? lance-t-elle.

Je marque une pause, j'essaye de réfléchir, et je finis par acquiescer.

– Elle fonctionne encore faiblement.

Elle me prend le couteau des mains et l'arrache de la tête du mort pour le libérer.

– Où est-elle ?

– Je ne sais pas. Je ne peux pas la sentir aussi précisément...

– Dans sa poitrine. Il n'a pas de bras complet, alors ils l'ont mise là, répond Manila.

Elle roule de la pile pour atterrir sur le dos en haletant et en dévoilant une partie couverte de la poitrine du mourant. Ashmara tire sur le cuir noir qu'il porte. Tout est bionique en dessous.

– Super.

Ashmara brandit la lame au-dessus de sa tête et la plante dans le corps. J'ai à peine le temps de me dégager de lui pour ne pas me faire empaler la main gauche.

– Espèce de tarée ! je lui crie en tombant sur le cul.

La douleur dans mes côtes me hurle de m'allonger, mais je ne suis pas encore convaincue que nous n'allons pas mourir.

– Yeeshee, yeeshee, murmure-t-elle.

La douleur s'insinue dans sa voix alors qu'elle s'efforce de scier la chair de sa poitrine pour atteindre le dessous des plaques de métal. Du sang cuivré brillant bouillonne autour de sa lame, le couteau au radium ne brûle plus lorsqu'il coupe.

– Si ça marche... ajoute-t-elle en grognant tandis qu'elle dégage une plaque. Je serai une tarée pleine aux as.

– Tu ne changeras jamais, siffle Manila en essayant de se lever.

Elle est mal en point. Nous le sommes toutes et je ne suis pas sûre que nous allons toutes les trois nous en sortir. Les blessures de Manila sont les plus critiques. Elle serre son flanc blessé avec le bras qui lui reste. Ses paupières papillonnent sur les côtés tandis qu'elle me regarde.

– Nous devons trouver la salle de contrôle.

J'acquiesce et me lève péniblement. Cela me prend beaucoup plus de temps que prévu. Je me retourne pour aider Manila et je la vois se frayer un chemin à coups de griffes le long d'un mur en yeeyar. Je l'attrape par le bras, elle tourne la tête et déglutit profondément.

– Merci, dit-elle en haletant.

– C'est moi qui devrais te remercier.

Je m'effondre contre le mur et elle prend place à mes côtés en serrant son bras coupé entre ses seins tandis que je plante mes mains sur mes côtes.

– Le signal de la clé est de plus en plus faible, je préviens.

Ashmara émet un son bourru et commence à taper plus sauvagement sur le cadavre du pauvre assassin, et juste avant que la lumière ne s'éteigne, elle parvient à dégager un dernier morceau de métal noir de sa poitrine. Il se trouvait à l'endroit où il aurait dû avoir un cœur.

– Ah ! s'écrie-t-elle en arrachant un petit cube noir de l'homme. Il est encore lumineux.

Elle secoue le petit cube, qui a à peu près la taille d'un Rubik's cube de l'ancienne Terre. Il est rempli de yeeyar et de fils de couleur, d'or, d'argent et de bleu.

– Ça veut dire que ça marche, c'est ça ? me demande-t-elle.

J'attends, je me concentre. Je sens que le pouls de la clé de Sky s'est intensifié.

— Oui. On dirait que tu l'as sortie à temps. Si le corps meurt autour de la clé, elle s'éteint aussi, mais est-ce qu'elle peut survivre toute seule ?

— Je crois, répond Manila en gémissant.

Elle s'écarte du mur et s'engage dans le couloir. Je la suis et finis par entendre la démarche irrégulière d'Ashmara derrière nous. Nous passons dans une volée de couloirs sombres, nous errons sans fin, jusqu'à ce que nous trouvions enfin une pièce complètement différente des autres.

Je frissonne en regardant à l'intérieur. Elle est d'un gris pâle au lieu d'être noire. Un tabouret est posé devant ce qui ressemble à un grand clavier, sauf que toutes les touches sont noires et changeantes. Encore du yeeyar. Un écran est suspendu au-dessus et des graphiques que je ne peux pas lire y sont affichés. Il y a en outre un siège supplémentaire à droite, appuyé contre le mur, qui donne sur une immense fenêtre. Il est recouvert d'un écran d'ordinateur portable.

— Un biplace, affirme Manila en se dirigeant vers les commandes principales et en s'installant dans le fauteuil derrière elles.

Ses doigts commencent à se mouvoir habilement sur le yeeyar, qui réagit à son toucher comme il réagissait à celui de Jerrock lorsque j'étais à bord de son vaisseau. Je la regarde travailler. J'ai beau être une pilote chevronnée, je ne sais absolument pas comment fonctionne ce putain de vaisseau.

— On dirait que toutes les nacelles d'évacuation sont toujours là, pourtant, il y a une trappe ouverte au niveau inférieur. C'est sûrement comme ça que Jerrock a dû partir. Tu es sûre qu'il est parti, n'est-ce pas ?

Elle me regarde par-dessus son épaule.

Je hoche la tête. Il n'y a pas d'autres clés de Sky à bord.

– Une écoutille ouverte, c'est dangereux ?

– Ça l'était, mais je l'ai scellée.

Je fronce les sourcils.

– Pourquoi nous a-t-il rendu les choses si faciles ? Pourquoi est-il parti ?

Manila baisse le ton et jette un coup d'œil en direction d'Ashmara. Assise à la fenêtre du portail, elle frappe des deux poings sur l'écran yeeyar étalé sur ses genoux en marmonnant des insultes.

– Moi, j'aimerais bien comprendre comment *elle* a réussi à survivre, murmure Manila en entrant ce qui ressemble à des coordonnées.

Je vois un petit point s'illuminer sur la carte devant nous et commencer à bouger, bien que je ne sente pas du tout le mouvement correspondant du vaisseau sous mes pieds. Ce vaisseau est étrangement silencieux. Tout comme l'était celui de Jerrock.

– Jerrock a eu son contrat pendant des rotations. Il réussit enfin à lui mettre le grappin dessus, il l'a toute à lui, et il la garde enfermée ici, inconsciente ? Il a eu tout le temps qu'il lui fallait. Il n'avait aucune raison de ne pas la tuer. Sky ne la veut pas vivante, contrairement à moi. Ou toi.

– Moi ?

Manila acquiesce.

– Tu es humaine, ça fait de toi une cible. Ça fait un moment qu'ils essaient de mettre la main sur une femelle humaine pour l'accoupler à leurs monstres. Ton espèce est connue pour être fertile.

– Seigneur…

– Seigneur ? C'est une insulte, d'où tu viens ?

– En quelque sorte, je réponds en haussant une épaule. Enfin, c'est plutôt une prière.

Manila sourit.

– Eh bien Nalia, prépare-toi à prier à nouveau. On dirait qu'un vaisseau nous a pris pour cible et je n'ai aucune idée de l'espèce qui se trouve à bord.

– Moi, je le sais, je grimace. Et je pense que nous allons avoir besoin d'armes. Beaucoup, beaucoup d'armes.

– Quoi ? Qu'est-ce qui se passe ? demandent les deux femmes en même temps.

Je titube jusqu'à l'épaule d'Ashmara et je regarde le vide de l'espace, parsemé d'étoiles sans fin. Il y a tant d'étoiles ! Et elles sont nombreuses à être *habitées*. Je pense momentanément à l'erreur que nous, les humains, avons commise, avant de secouer la tête et de me concentrer à nouveau.

– Je ne vois rien, et toi Ashmara ? fait Manila.

– Tu parles d'un vaisseau ? répond Ashmara en secouant la tête. Je ne vois rien non plus.

La voix de Manila se fait à nouveau entendre derrière nous, elle est maintenant plus sombre.

– Il n'y a qu'une seule espèce capable de voler sans être détectée. Nalia, tu sens une ou des clés de Sky ?

– Oui, et elles sont proches.

– Shrov !

– Eck !

– Putain ! Ce vaisseau est-il blindé ?

– Ontte, dit Manila. Bien sûr.

– Est-il équipé d'armes ?

– Eck yeeshee ! lance Ashmara avec un cri d'exaltation et de douleur.

Elle tient sa jambe gauche raide éloignée de son corps et s'y agrippe avec sa main.

– Je connais la réponse à cette question, et regarde – j'ai même trouvé comment allumer les armes.

Elle appuie de tout son poing sur l'écran et le fait claquer comme un enfant qui joue de la batterie. C'est efficace. Une petite lumière s'éloigne de nous depuis le pont supérieur du vaisseau et je vois un éclair de couleur, juste une étincelle verte, lorsqu'elle touche quelque chose.

– Toi, tu es du genre à tirer d'abord et à chercher à comprendre après, n'est-ce pas ? je murmure.

– Bien sûr, puisque c'est la conduite idéale à tenir, grogne-t-elle.

Je m'efforce de retenir un sourire et pointe mon menton vers un coin du panneau.

– Garde tous nos canons braqués sur leur vaisseau. Et fais feu.

– Ontte, dit Manille. Ils se rapprochent et tentent d'ouvrir une ligne de communication, probablement pour essayer de négocier avec nous afin de pouvoir monter à bord.

– Ça n'arrivera pas. Vas-y Ashmara.

Elle frappe à nouveau sur l'écran et des explosions jaillissent de notre vaisseau dans une symphonie flamboyante colorée contre un mur qui semble purement noir.

– Ça te va comme ça ? demande Ashmara.

– Bon travail, je réponds. Alors, notre attaque fait des dégâts Manila ?

– Centare, dit-elle nerveusement.

Je me retourne vers elle par-dessus mon épaule et je vois qu'elle est en train de basculer vers l'avant. Elle s'agrippe au bord pâle du tableau de commande devant elle comme si elle luttait pour rester assise.

Je m'approche d'elle et constate que son bras saigne toujours.

– Putain. Tu as été blessée ? Je veux dire... tu as encore été touchée ?

– Chut.

Ses yeux papillonnent.

– Ils ont forcé l'ouverture de notre ligne de communication. Ils peuvent nous entendre, dit-elle.

– Quoi ? Ils nous ont entendues ?

Elle hoche à nouveau la tête. Ashmara continue de frapper sur le tableau. Je serre la mâchoire et m'agrippe à l'épaule de Manila pour la maintenir debout tandis que je parle plus fort. Ma voix est enflammée et menaçante.

– Ok, bande d'enculés de Sky, puisque vous pouvez m'entendre : tirez-vous. À trois, nous allons vous montrer exactement à qui vous avez affaire.

Je me racle la gorge, je respire calmement et je fixe l'écran comme si je regardais Jerrock dans les yeux... et que je tenais un couteau sous sa gorge.

– Jerrock, espèce de malade, tu aurais dû nous tuer avant. Un...

Je marque une pause d'une seconde. Je n'ai pas l'intention de leur accorder plus de temps que ça.

– Deux...

Le bruit de pieds qui traînent me parviennent. Puis un sifflement et un juron...

-Trois...

20

Herannathon

– Shrov ! crie Deena en courant dans la salle de contrôle, les mains au-dessus de la tête.

Je suis aux commandes, j'essaie de manipuler le yeeyar. Pour une raison ou une autre, le vaisseau en face de nous ne nous entend pas. Ironie du sort, ses occupantes nous ont tiré dessus alors que nous étions à deux doigts de faire feu.

– Un…

La voix de Nalia résonne dans la salle de contrôle, elle est plus dure que d'habitude.

– Shrov ! Par toutes les comètes, Tev, qu'est-ce qui te prend tant de temps pour rétablir nos communications ?

Deena revient vers moi et pointe son doigt directement sur mon nez.

– Ta femelle est sur le point de nous faire exploser. C'est bien *ta* femelle, n'est-ce pas ?

– *Deux…*

Je souris. Je ne peux pas m'empêcher de sourire.

– Putain de shrov, c'est bien elle !

– Mes bébés sont à bord de ce vaisseau, murmure Deena en s'éloignant de moi pour rejoindre son compagnon assis aux commandes au centre du vaisseau.

Il cherche à renforcer nos boucliers tout en faisant rebondir un petit hybride sur son genou gauche. Le petit garçon rit à gorge déployée.

– *Trois…*

Je suis Deena jusqu'aux sièges de contrôle principaux. Il s'agit de quatre lourds sièges niahhorrus tournés vers l'intérieur. J'attrape Nikkowerranorru par la pointe supérieure de son hiannru et je le pousse du siège en face de Rhorkanterannu juste au moment où la première vague de munitions du vaisseau des cyborgs de Sky fait basculer notre vaisseau sur la droite.

Le petit sur les genoux de Rhorkanterannu hurle joyeusement. Ses petites pointes percent à travers les courtes boucles en forme de nuage qui poussent sur le sommet de sa tête. Ses yeux niahhorrus sont argentés et ils clignent de haut en bas, plutôt que de gauche à droite. Il est vraiment adorable.

Je lui adresse un petit sourire au moment où Tev s'écrie :

– C'est bon, j'ai réussi à ouvrir une voie de communication !

– Dis quelque chose, Herannathon ! siffle Deena.

Elle parait incroyablement petite dans l'énorme siège niahhorru qui l'entoure. Je me souviens que la dernière fois qu'elle s'est retrouvée dans un siège de ce type, elle a failli y accoucher.

Je me racle la gorge.

– Nalia, c'est moi, tu peux arrêter de tirer maintenant.

Le silence s'installe un moment, puis la voix claire et nette de ma femelle se fait entendre.

– Herannathon ? Où est Jerrock ? Est-ce qu'il t'a enlevé ? Tu vas bien ? S'il t'a fait du mal, je vais lui arracher l'œil stupide qui...

– Elle ne plaisante pas, elle va le faire, dit la voix de Manila. Elle l'a déjà fait deux fois.

– J'aime bien cette humaine, gronde Rhorkanterannu en ramenant le petit contre sa poitrine et en caressant son petit nez avec son doigt beaucoup plus gros.

Je croise son regard avec un sourire et lui adresse un léger hochement de tête. L'orgueil me gagne.

– Jerrock n'est pas à bord. Nous pensions qu'il serait avec vous.

– Non...centare, il n'est pas ici. Il s'est enfui. S'il n'est pas avec vous, pourquoi je sens la présence d'une clé de Sky à bord de votre vaisseau ? demande Nalia d'un air méfiant. Herannathon, c'est vraiment toi ?

Derrière elle, j'entends Ashmara siffler :

– *C'est un piège ! Vous ne vous souvenez pas que Jerrock s'est fait passer pour Rhogan ? Explosons-les tous !*

– Ce n'est pas un piège et Jerrock n'est pas là ! hurle Deena. Herannathon, fais quelque chose !

– Herannathon, dit Nalia en ignorant totalement l'intervention de Deena, si c'est bien toi, j'ai besoin que tu le prouves.

Je souris et je me penche en avant. J'appuie mes deux coudes inférieurs sur mes genoux.

– C'est bien moi et j'ai l'intention de te le prouver avec sept de mes frères. Ils sont tous impatients de participer au shekurr avec toi, le shekurr que je t'ai promis.

En face de moi, Deena cligne des yeux, choquée.

– C'est ce qu'elle veut ?

– *Hum... Je ne suis pas sûre que ce soit Herannathon. Herannathon m'a promis dix autres mâles, pas seulement sept* !

Les rires fusent dans le vaisseau et je sens que mes frères me regardent de tous les côtés de la salle de contrôle. Ils ne savent pas si je plaisante ou pas. Je les rassure d'un signe de tête et je vois leurs expressions passer de la curiosité à la convoitise. Tevbarannos trébuche et s'époumone :

– Elle… elle veut vraiment un shekurr ?

– Il n'y aura un shekurr que si je mène.

– *Oh ontte*, dit ma femelle.

Le son de sa voix est la plus douce des séductions, et le plus dur des stalyx.

– *C'est bien Herannathon*, reprend-elle.

– Alors qu'est-ce que c'est que cette autre clé ? s'enquiert Manila.

Quelque chose *ne va pas*. Elle semble souffrir. Je n'ai jamais vu une femelle souffrir et mes poings se serrent en pensant aux trois femelles et à ce qu'elles ont dû endurer.

– Comment as-tu réussi à quitter Evernor.? demande la femelle blessée avec méfiance.

– Il y a mille façons de quitter Evernor, je réplique. Jerrock l'a prouvé.

– C'est faux, affirme Manila. À moins que les rumeurs ne soient vraies… La machine de transport intra-quadrant des Niahhorrus est-elle réelle ? C'est aussi comme ça que vous occultez votre vaisseau ?

– Cette machine n'existe pas, gronde Rhorkanterannu. Et nous n'avons aucune idée de ce dont tu parles.

– Comme vous voulez. Gardez vos secrets...

– Et la clé ? demande Ashmara tandis que Manila grogne de mécontentement.

– Avant mon départ d'Evernor, un ami est venu me voir, j'explique.

– C'est moi, heelee ! crie Gibli depuis son siège sur le sol.

Assis devant le grand viseur à énergie yeeyar situé à l'avant de la salle de contrôle, il tient la clé de Sky dans sa paume. Il refuse de la serrer correctement, c'est comme si elle lui faisait peur. Il fait preuve d'un bon sens surprenant – pour un pilleur.

– Gibli, c'est toi ?

Gibli se contente de rire. Ashmara rit à son tour.

– Ne t'avise pas de laisser l'un de ces putains de shrov de pirates te voler cette clé.

Il grogne en direction du Niahhorru le plus proche. Ce dernier s'approchait de lui pour accomplir une tâche sans rapport avec la clé. Rhorkanterannu secoue la tête.

– Eh bien, qu'attendez-vous ? Montez à bord, les amis, déclare Deena en riant.

– Nous attendions une invitation, fait Ashmara.

Mes nerfs sont tendus lorsque nous parvenons à amarrer le vaisseau de Sky au nôtre. Il est conçu pour ne pas s'amarrer, ni être abordé; nous devons donc contourner ces obstacles en faisant entrer le vaisseau entier dans la baie de chargement. Heureusement, nous avons amené toute la puissance du vaisseau mère pour chasser les assassins, et notre vaisseau est donc assez grand pour accueillir le leur à l'intérieur du hangar.

Nous nous dirigeons tous vers l'aire de chargement. L'énergie et la tension sont palpables lorsque le vaisseau Sky s'ouvre enfin et que les trois femmes en sortent. Centare, elles ne sortent pas... elles rampent.

– Putain de comètes de Shrov ! crie Deena.

– Quintenanrret ! rugit Rhorkanterannu en même temps. Il faut emmener les femelles à l'infirmerie.

Je me précipite vers Nalia, anéanti. Je ne m'attendais

pas à la voir dans l'état dans lequel elle se trouve – je suis anéanti et furieux – mais ce qui me prend le plus au dépourvu, c'est la couleur de ses yeux. Ils étaient bruns avant – ils le sont toujours – mais pas sur toute la surface de son globe oculaire.

– *Shrov* ! Qu'est-ce qu'ils t'ont fait ?

Je la prends dans mes bras et tente de la soulever, mais elle gémit.

– Non, ne fais pas ça... mes côtes. L'enfoiré violet m'a cassé les côtes...

– Shrov…

– Je ne pense pas qu'il parlait de tes côtes, Nalia, dit Deena en se plaçant à mes côtés. Qu'est-ce qui est arrivé à tes yeux ? Ils n'ont pas l'air humains. Ils étaient comme ça avant ?

– Centare, je siffle.

– Ils l'ont soignée ! crie Ashmara.

Elle est allongée sur une civière. Gibli, à ses côtés, tient sa main avec l'une des siennes tout en tenant la clé du ciel en l'air dans son autre main.

Elle est couverte de sang rouge à cause d'une blessure grave au niveau de son flanc. D'après mes observations, ma femelle s'est battue, Ashmara a reçu au moins deux balles et le bras de Manila a été sectionné. Que leur est-il arrivé ? Que voulait dire Ashmara quand elle a dit « *ils l'ont*» ?

– Ils étaient plusieurs ? je demande.

Nalia acquiesce en acceptant la civière qu'on lui apporte. Elle soupire tandis que je l'aide à s'asseoir sur la surface en cuir gris tantu.

– Ils étaient trois.

– Vous avez tué *trois* assassins de Sky ? s'exclame Rhorkanterannu.

Il se déplace avec le groupe de pirates et de brancards alors que nous accompagnons tous les femelles à la salle de soins. Nous accompagnons les championnes.

– Deux, corrige Manila. Et Nalia a tout fait toute seule. Ou presque.

– Ha ha, la bonne blague ! T'es marrante, toi, l'éclopée, fait Ashmara.

– Tu es une vraie salope, tu le sais ça ? dit Nalia en riant.

Elle agit comme si elle connaissait ces femelles depuis des années, et pas seulement depuis quelques solaires.

Elle est tellement différente. Elle est couverte de sang... du sang dans tant de nuances et de couleurs différentes et pourtant... la majeure partie de ce sang n'est pas le sien.

– Je t'aime, Nalia, dis-je en la regardant.

Le coin de ses yeux se plisse lorsqu'elle me sourit.

– Je sais que je ne mérite pas ton amour en retour, après ce que j'ai fait...

– Tu n'as rien fait. Mon cerveau avait été brisé par *des humains*. J'étais un soldat, j'étais censée participer à une mission top secrète appelée Surante. J'étais un soldat sur Terre, mais c'est... Aïe !

Tevbarannos a pris le virage trop brusquement, ce qui la fait basculer au bord de la civière. Elle grogne.

Je donne une claque derrière la tête de mon camarade pirate et Nalia rit :

– C'est une longue histoire, poursuit-elle en souriant. Ils ont effacé mes souvenirs pour cette mission, et quand les assassins de Sky ont essayé de reprogrammer mon cerveau avec leur yeeyar, ils ont réparé le problème. Je me souviens de tout maintenant : je sais qui j'étais, je sais d'où je viens et je me souviens de toutes mes compétences au combat. Je me souviens aussi de mon réveil, je t'ai vu quand j'étais encore dans le réservoir. Je sais pourquoi tu m'as emmenée. Je le sais ici.

Elle touche le centre de sa poitrine.

– Je ne te connaissais pas à l'époque, mais j'étais liée à toi au-delà de toute raison. Et maintenant que je te connais, je t'aime au-delà de toute mesure.

Elle expire.

– Ça doit être le lien Xiveri, je suppose...

Je lui souris et je touche certaines des marques sur sa joue. J'effleure des taches, des traces de brûlures et du sang. Ses cheveux ressemblent à un feu de joie : ils sont à moitié noircis et inégalement coupés. Shrov, elle est magnifique.

– Les pirates ne croient pas au lien Xiveri. Comment en as-tu entendu parler ?

– Je suis un soldat humain, une pirate niahhorru et une championne de mok bir... J'entends des choses.

– Tu n'as pas gagné le tournoi ! crie Gibli devant nous.

Derrière nous, Manila gémit :

– Moi, je pense qu'elle a gagné. Qui vote pour ?

Je les ignore. Je garde mon regard rivé sur son visage tandis que mes frères transportent ma compagne à travers les portes de l'infirmerie.

Alors que je la pose avec précaution sur un lit plat que je recouvre d'une épaisse fourrure pour bloquer l'espace au milieu conçu pour accueillir les pointes d'un Niahhorru, une autre voix s'élève du lit voisin. Celle d'Ashmara.

– Tu en as oublié un, fait-elle remarquer.

– Un quoi ?

– Un titre.

– Ah bon ? Lequel ? demande Nalia avec un autre

grognement douloureux.

– Chasseuse de cyborgs de Sky, répond la pilleuse en riant. Ils cherchaient déjà à la capturer avant, mais attends de voir combien de contrats vont apparaître sur sa tête maintenant. Elle aura toute la flotte de Sky à ses trousses une fois qu'ils auront compris qu'elle est reliée à leur yeeyar.

– Parfait, je murmure en me penchant vers les lèvres de Nalia.

Je refuse d'être ébranlé par cette nouvelle ou par son nouveau don.

– Qu'ils viennent. Ils seront bien reçus, j'ajoute.

Je l'embrasse profondément, je glisse ma langue contre la sienne et je me délecte de sa vie et son essence. Je sais que peu importe le nombre de fois qu'elle est attrapée et capturée, je le suivrai toujours. Parce qu'elle a raison. Quelque chose nous lie. Peut-être est-ce le Xiveri. Peut-être est-ce cette chose qu'on appelle l'amour. Peut-être est-ce la folie.

Elle secoue la tête, se retire et ne laisse qu'un souffle d'espace entre nous, un souffle que j'ai l'intention d'avaler tout entier.

– Centare. Je ne veux pas attendre qu'ils viennent à nous. Tu as entendu Ashmara. Je suis une chasseuse de cyborgs de Sky, je sais où ils sont. Nous avons une clé de Sky. Nous pouvons trouver les architectes qui se croient en sécurité quelque part sur leur planète mouvante alors qu'ils volent, emprisonnent et torturent d'autres créatures; je veux aller les *chasser*. Je veux les arrêter.

– Hum… ma femelle assoiffée de sang, je grogne.

Ma bite se resserre dans mon habit en cuir à l'idée de la voir massacrer des assassins de Sky avec ses deux poings humains. Faible… Ai-je déjà employé ce mot pour parler d'elle ? Douce ? Ha ha. Laissez-moi rire.

– Dès que tu auras quitté cette table, nous chasserons les cyborgs de Sky et leurs architectes jusqu'à l'extinction, juste pour le plaisir de chasser.

– Humm, dit-elle en clignant des yeux.

Dans son regard de séductrice, le noir tourbillonne dans la partie colorée de son œil, comme si sa pupille au milieu était maintenant l'œil d'un orage.

– Tu oublies une chose, Herannathon...

– Tu sais que cette clé nous appartient, à Gibli et à moi, n'est-ce pas ? marmonne Ashmara.

La douleur de la pilleuse semble incommensurable et la souffrance se peint sur son visage quand Quintenanrret commence à soigner l'entaille sanglante au-dessus de sa hanche.

Les lèvres de Nalia se retroussent, mais elle garde son regard fixé sur le mien.

– Nous irons chasser, mais tu m'as promis un shekurr d'abord.

Épilogue
Le Shekurr

Je suis assise sur le bord d'une table haute, couleur gris clair. J'ai les nerfs à fleur de peau. Je n'étais pas aussi nerveuse lorsque j'ai affronté les trois assassins de Sky dans ce maudit vaisseau, ou lorsque j'ai plongé tête baissée dans la guerre mondiale pour l'eau sur l'ancienne Terre.

Je suis seule pour l'instant. La pièce est plongée dans un gris clair doux et apaisant. Elle est complètement différente de la plupart des autres pièces sombres et équipées de yeeyar des vaisseaux niahhorrus. Ce qui est normal, puisque nous ne sommes pas sur un vaisseau niahhorru. Nous sommes dans une tour sur Kor, une tour des *plaisirs*. La base et la cime de l'édifice sont bien gardés, de sorte qu'à l'intérieur, les pirates et les femelles niahhorrus peuvent s'accoupler en toute décontraction dans diverses pièces. Chacune abrite un shekurr distinct.

Herannathon est à côté, dans la salle de réception, en train de parler aux autres   mâles que nous avons sélectionnés pour l'événement. Il expose les règles.

Les mâles se relaieront.

C'est Herannathon qui déterminera l'ordre de passage.

Il n'y aura ni griffure ni morsure.

Tout mâle qui succombe à la folie du rut sera éliminé.

Tout mâle qui fera quelque chose que je n'aime pas sera éliminé.

Tout mâle qui fera quoi que ce soit qui déplaît à Herannathon sera éliminé, et perdra une ou deux pointes de son hiannru...

Je me mouille les lèvres, impatiente, tandis que mes cuisses se serrent sur la table. Je suis déjà mouillée, je dégouline sur la table lisse en dessous. Mes orteils se recroquevillent, j'ai hâte... Je m'accroche au bord de la table, le regard fixé sur la porte gris clair. Je me concentre avec une telle intensité sur elle que je sursaute lorsqu'elle s'ouvre enfin et qu'Herannathon la franchit.

Il porte un putain de pagne. Un pagne. Bon sang, je vais exploser. Son regard se pose sur le peignoir rouge clair que je porte et mes tétons se raidissent puis se dressent sous son regard. Il grogne :

– Es-tu sûre d'être prête ?

Je hoche la tête, nerveuse.

– Je suis prête.

Un grondement bas et profond émerge de sa poitrine, suivi d'un autre, plus fort cette fois. Il s'approche de moi et écarte mes genoux avec ses deux mains inférieures tandis que ses deux mains supérieures saisissent ma mâchoire de part et d'autre et relèvent mon menton. Il prend mes lèvres avec les siennes. Ses mains supérieures sont chaudes et douces, tandis que ses mains inférieures rugueuses remontent l'intérieur de mes cuisses, en les pétrissant et en les massant jusqu'à ce qu'il atteigne leur point de jonction.

Il écarte les bords de mon peignoir et fait glisser ses pouces sur mes lèvres inférieures. Il ne s'est pas contenté de rétracter ses griffes, il les a taillées pour l'occasion – juste au cas où. Tous les mâles l'ont fait.

Je gémis lorsque ses pouces épais fouillent ma moiteur tandis que sa langue entre et sort de ma bouche. Je gémis comme une demoiselle en détresse, même si je suis loin d'en être une. Je le sais maintenant. Je romps le baiser en mordant durement le bas de sa hanche.

– Ne me tente pas.

Il se redresse avec un sourire en coin et embrasse le bout de mon nez. Il retire ses pouces de ma chaleur et les lève entre nous. Il en suce un et place l'autre sur ma lèvre inférieure.

– Suce, souffle-t-il.

Je me penche en avant et prends son pouce dans ma bouche. L'odeur et le goût de ma propre excitation me rendent encore plus chaude. Sa bite s'allonge derrière son pagne et je l'attrape, mais il bloque ma main.

– Centare. Je veux voir mes frères te faire fondre avant de t'achever.

Oh mon Dieu. Mon cœur bat la chamade.

– Je suis un soldat, une pirate et une joueuse qui ne perd jamais.

– Chérie, tu ne risques pas de gagner cette fois-ci.

Il passe son pouce humide sur ma joue avant de retourner à la porte et d'appuyer sa paume sur le lecteur qui se trouve à côté. Je regarde, transie, la porte s'ouvrir silencieusement. Dix mâles niahhorrus entrent dans la pièce. Leurs regards lascifs et affamés sont rivés sur moi. Et ils portent tous des pagnes. *Oh, seigneur…*

Je gémis à leur vue et deux des mâles trébuchent. L'un tombe sur l'épaule d'un autre, qui pousse son frère à se redresser. Leurs bites sont toutes plus ou moins dures, et font pointer leurs pagnes comme des tentes.

L'atmosphère de la tour des plaisirs est calibrée pour permettre aux mâles de garder leur bite à l'air sans avoir besoin de les protéger dans un vagin synthétique. Quand je pense qu'il y a tant de plaisir pour les yeux caché derrière ces pagnes, cela me fait gémir de désir férocement. La table sous mon cul est déjà luisante. Les portes se referment en glissant et Herannathon revient vers moi, avec un air diabolique et un petit sourire en coin. Il doit mijoter quelque chose.

Il glisse ses bras autour de mon corps et je passe mes mains autour de son cou. Je le laisse me déplacer et me manœuvrer comme il l'entend. C'est lui qui commande. Je ne suis que la destinataire consentante du plaisir qu'il a à procurer.

Il me retire de la table et me retourne de façon à ce que je sois debout, pieds nus sur le sol, dos à sa poitrine. Ses mains inférieures entourent ma taille. Il défait le peignoir. Ses mains supérieures caressent mes cheveux; ils sont plus courts qu'ils ne l'étaient avant ma bataille contre Sky, j'ai dû les couper car une partie de ma chevelure avait brûlé. Il les place sur mon épaule, puis il ouvre enfin le peignoir et le laisse tomber. Je suis totalement offerte à la vue de tous.

Les mâles s'agitent, ils ne peuvent plus attendre. L'un d'eux en retient un autre et deux autres chuchotent avec le reste des mâles. Je ne reconnais pas la plupart des mâles. Il n'y a que trois visages qui me sont familiers. Herannathon appelle l'un d'entre eux.

– Tevbarannos, dit Herannathon. Viens.

Je souris au mâle qui s'avance vers moi en trébuchant et je regarde le gris de ses yeux tourbillonner follement tandis qu'il reste bouche bée.

– Moi ?

– Nalia voulait que tu sois son premier dans le shekurr.

Tevbarannos sursaute. Il est le plus jeune mâle ici et il n'a jamais été avec une femelle auparavant.

– Je... je suis *honoré*.

– Et moi, je suis excitée, je gémis en attrapant son pagne.

Je glisse mes doigts sous la ceinture et le tire vers l'avant. Je me penche quand il ne réagit toujours pas. Il place ses quatre mains le long de son corps, comme s'il ne savait pas quoi en faire. C'est mignon mais ce n'est pas ce qui m'emmènera au septième ciel... Je coule un regard vers Herannathon. Heureusement qu'il est là. Sa présence chaleureuse me rappelle ce dont je sais qu'il est capable. Sa présence me rappelle les merveilleuses tortures qui m'attendent...

– Touche-la, Tevbarannos, dit Herannathon.

Je lèche une ligne au centre de la poitrine de Tev et je sens son corps tout entier frémir. Sa peau est à la fois sucrée et salée sous ma langue. Des mains s'approchent de mes hanches, quatre par l'arrière, quatre autres par l'avant. Elles se placent les unes sur les autres et je ne sais pas à qui appartiennent les mains qui me caressent. Je sais seulement que je veux qu'elles continuent. J'en veux *plus*.

– Embrasse-le, ordonne Herannathon,

C'est à moi qu'il parle cette fois, son souffle est chaud dans mon oreille.

Je lève les yeux et les plonge dans ceux, immenses, de

Tevbarannos. Sa langue rose est pressée contre sa lèvre inférieure. Il a l'air complètement perdu. Je glisse une main sur les plaques rugueuses de sa poitrine et je tire sur son cou. Il se penche très bas, assez bas pour que je puisse presser ma bouche ouverte contre la sienne. Il pousse un grognement sauvage et se rapproche en titubant. Ses mains commencent à bouger frénétiquement. Il me caresse partout où il le peut. Il semble avoir peur de me toucher en dessous de la taille et je trouve cela délicieusement émoustillant. Il semble même hésiter à me toucher les seins.

Je gémis tout en continuant à savourer sa bouche.

– Tevbarannos, touche-la *partout* ! Elle a envie de toi. Tu ne l'entends pas gémir ? crie Herannathon.

Herannathon me contourne pour glisser une main de Tev sur mon sein droit, puis sur le gauche. Tev n'hésite pas à les pétrir brutalement. Je gémis plus fort.

– Voilà…

Herannathon pose un baiser léger sur ma nuque avant de s'éloigner de moi en laissant un frisson dans son sillage.

– C'est bien. Vas-y, gémis pour lui.

Je m'exécute. Je gémis bruyamment, tout ce que je souhaite, c'est obéir à chacun de ses ordres.

Pendant que j'embrasse Tev et qu'il continue de me caresser les seins, les épaules et les hanches, Herannathon appelle les autres mâles.

– Il faut la préparer pour que que son canal étroit puisse accueillir une longueur de sexe niahhorru. Qui aimerait lui donner des coups de langue sur le sexe ?

Plusieurs cris s'élèvent. Une seconde plus tard, je sens une présence chaude et imposante dans mon dos avant qu'elle ne s'abaisse... puis des mains se posent sur mes fesses et les écartent. Enfin, un visage se place près de mon cul et ma chatte. Une langue s'enfonce dans mon corps et je pivote au niveau des hanches. Mon corps se plie instinctivement pour donner au mâle – quel qu'il soit – un meilleur accès à mon sexe.

Je crie et Tev m'étreint plus fort. Je m'accroche à lui et gémis tandis qu'Herannathon lui ordonne d'embrasser mon cou. Tev fait ce qu'on lui demande, il suce ma peau partout où il le peut. Ses lèvres sont rugueuses – bien plus rugueuses que celles d'un humain – et elle est suffisamment râpeuse pour laisser une traînée de suçons du lobe de l'oreille à la clavicule, tant ses mouvements sont pressants. Je rejette la tête en arrière, ferme les yeux, et le mâle sous moi écarte encore plus mes jambes.

– Wrentennaret, occupe-toi de son trou arrière. Il sera difficile de la prendre là, alors nous devons mouiller cette zone pour faciliter la pénétration. Toi, rejoins Wrentennaret à genoux et mouille son entrée frontale.

Je manque m'évanouir lorsque le troisième mâle rejoint les deux premiers et qu'une langue pénètre mon trou du cul au moment où deux doigts plongent dans ma chatte alors qu'une bouche s'acharne sur mon clito.

– Putain de merde...

Herannathon continue de parler aux autres mâles. La *cochonne* que je suis en cet instant est aussi un réceptacle à plaisir.

– Ontte. Suce son mamelon, suce ce bout de peau gonflé.

Le mâle fait ce qu'Herannathon lui demande de faire et je commence à frissonner immédiatement.

– Regardez-la. Elle va jouir dans cinq... quatre... trois...

Il n'a même pas le temps de dire « deux » que je hurle

dans la bouche de Tev. Il capture tous mes cris sur sa langue, tandis qu'en dessous, mes jambes se dérobent. Je ne bouge plus. Des mains me soutiennent. Il y a tant de mains, putain... C'est trop. C'est trop bon. Et pour l'instant, il ne s'agit que de trois mâles sur onze.

– Tevbarannos, ça suffit. C'est le moment. Soulève-la et pénètre-la maintenant.

Douze mains. Je sais rationnellement qu'il n'y en a que douze qui me touchent, mais j'ai l'impression qu'il y en a bien plus. Elles me soulèvent et je m'accroche aux épaules de Tev. J'essaie de me concentrer alors que je redescends des étoiles. J'enlace ses hanches avec mes jambes et soudain, deux autres mâles apparaissent à mes côtés, ils tiennent mes mollets et mes cuisses. Je suis complètement encerclée. L'un d'eux passe la tête entre Tev et moi et lèche le bout de mon mamelon. Ma jambe gauche tremble et Herannathon encourage le mâle à me sucer les seins plus fort.

– Je veux voir des traces rouges sur sa peau blanche parsemée de points orangés quand ce sera fini, je veux voir des preuves qu'elle a été ravagée.

Je sursaute lorsque le mâle se met à sucer encore plus fort et passe mon bras dans son dos, en veillant à garder mon poignet entre ses pointes pour éviter tout risque de coupure. Pendant ce temps, Tev, devant moi, tâtonne un peu, alors je me glisse entre nous et je fais glisser ma main sur sa longueur lisse. Son sexe est complètement sorti, et quand je touche la peau douce de son érection ronde et lisse, il halète et gémit. Il peine à reprendre son souffle.

– Nalia… dit-il, l'air choqué.

Je le tire en avant par la queue et place son sexe contre ma chatte.

– Baise-moi, Tev, je murmure en jetant un coup d'œil à droite.

Je croise le regard d'Herannathon. Il me fixe. Ses frères à moitié nus forment un décor torride derrière lui. L'un de ses bras est croisé sur sa poitrine, un autre touche sa bouche et les deux mains en dessous se serrent et se desserrent. Il a un mal fou à se retenir de me sauter dessus.

– Baise-la, Tevbarannos. Empale-la brutalement.

La tête de la bite de Tev pénètre mes lèvres gonflées, tendres et ô combien *sensibles*, puis les franchit.

– Es-tu… sûre ? me demande-t-il avec hésitation.

J'acquiesce.

– S'il te plaît…

Je le supplie.

Il avance ses hanches d'un coup sec et je m'écrie :

– Oui !

Tevbarannos semble sur le point de s'effondrer. Sa visière s'agite follement sur ses yeux. L'un de ses frères s'approche de son dos.

– Baise-la, Tevbarannos, dit Herannathon.

Sa voix est plus grave, elle a changé. Je me tourne vers lui et l'éclat de désir pur qui recouvre ses yeux étincelants suffit à faire se crisper mes parois internes.

– Shrov, maugrée Tev.

Il commence à entrer et sortir de moi. Il secoue la tête, une expression torturée sur le visage.

– Je ne peux pas tenir… plus longtemps…

Il va et vient en moi, ses mouvements sont frénétiques et saccadés, mais cela n'a pas d'importance. Sa longueur est incroyable. Son sexe est énorme, dur et lisse et, comme Herannathon m'a préparée à cela, il peut me pénétrer jusqu'aux plaques durcies à la base de sa bite.

– Nalia ! crie-t-il.

Son corps se tend et se relâche dans un jaillissement. Je peux l'entendre. Je peux percevoir le son de sa semence qui gicle en moi, et quand je regarde vers le bas, je peux voir une crème grise épaisse qui jaillit autour de la base de sa bite et qui trempe mon buisson rouge.

Tevbarannos s'effondre sur moi. Ses lèvres rencontrent les miennes et il m'embrasse si tendrement que je souris.

– Merci pour cet honneur, dit-il.

Je peux voir toutes ses plaques se soulever de sa poitrine parce qu'il évacue de la chaleur. S'il était humain, il transpirerait abondamment.

– Tout le plaisir est pour moi, je réponds en chuchotant.

Il sourit et s'éloigne. Sa bite sort de moi suivie d'une pluie de liquide. Le mâle qui était près de ma jambe droite prend sa place. Sa bite est déjà dégoulinante de sperme. Je sens de la semence me recouvrir à plusieurs endroits, y compris dans mon dos. Je sens aussi qu'il se passe quelque chose derrière moi. Il y a des mouvements tout autour de moi alors que je passe de mains en mains. Tevbarannos recule et Herannathon envoie deux autres mâles en avant. L'un d'eux passe la main entre mes jambes et utilise du sperme – celui de Tev ou de quelqu'un d'autre, ou peut-être le sien – pour masser mon anus.

Devant moi, le mâle se penche et m'embrasse. Je lutte pour garder la tête droite. J'ai le souffle court et je transpire à grosses gouttes.

– Je suis honoré, murmure-t-il.

Je lui souris. Je trouve cette petite cérémonie du baiser très touchante de la part de redoutables pirates sanguinaires.

– Merci, je réponds d'une voix éraillée et rauque.

– Attendez ! aboie Herannathon.

Tous les hommes se figent en même temps.

– Donnez-lui de l'eau.

Un mâle debout contre le mur s'avance, un petit sachet d'argent à la main. Il me prend l'arrière de la tête, porte le paquet à mes lèvres et de l'eau fraîche et hydratante coule dans ma gorge. Je bois et cligne des yeux vers lui, reconnaissante.

– Merci.

– C'est bon, vous pouvez recommencer, lance Herannathon.

Contrairement à Tev, le mâle qui se trouve devant moi n'hésite pas. Il s'élance brutalement vers l'avant pour me pénétrer rapidement et merveilleusement.

– Touche son bouton. Je veux la voir exploser, ordonne-t-il au mâle à sa gauche.

Le mâle en question se penche et je jette un coup d'œil dans sa direction. Sa bite est sortie, son pagne a disparu. Il essuie le sperme qui coule de la tête de sa propre bite et le porte à mon clitoris. En même temps, je me penche vers lui et commence à le branler.

Nous nous branlons mutuellement pendant que le mâle qui me pénètre continue à aller d'avant en arrière en longs mouvements réguliers. Je me réchauffe lentement et régulièrement au fur et à mesure que je me remets de l'orgasme précédent. C'est le moment que choisit l'un des mâles derrière moi pour me surprendre en enfonçant un doigt long et émoussé dans mon trou du cul.

J'inspire bruyamment, je sursaute, un mâle mordille mon téton gauche et c'est fini. C'est fini. Je pousse un gémissement sauvage en jouissant, je serre fort la bite qui est en moi. Le mâle jure mille fois dans sa propre langue et je peux sentir qu'il lutte désespérément pour ne pas jouir, mais il échoue. Il s'écroule sur moi et l'un de ses frères doit intervenir car il est sur le point d'emporter tout le tas de mâles, et moi avec, sur le sol.

– Shrov ! Par toutes les shrov… Par toutes les comètes, halète-t-il.

Ses genoux se dérobent tandis qu'il recule en titubant.

– Je n'ai jamais...

Il me regarde comme s'il était abasourdi et je ne peux qu'acquiescer mollement tandis qu'il se penche en avant et me mordille la bouche de ses dents acérées.

– Je suis honoré, dit-il avant de s'éloigner de moi.

Un autre mâle s'apprête à prendre sa place, mais Herannathon l'arrête.

– Corvenarennu. Allonge-toi sur la table. Il est temps qu'elle nous montre ce qu'elle peut faire avec sa bouche.

Des grognements d'envie retentissent parmi les mâles. Un autre mâle s'avance. Tev et le deuxième mâle sont allés s'effondrer dans les sièges en filet suspendus au plafond. Ils halètent tous les deux très fort. Ils se masturbent tous les deux. Tous les hommes qui ne me touchent pas activement se caressent eux-mêmes. Quant au sperme... Il y a du gris qui scintille *partout*. J'ai envie de me rouler dedans.

Mon désir monte encore d'un cran lorsque les hommes me déplacent vers la table et l'abaissent légèrement. L'un d'eux enlève la couverture qui se trouvait sur la table et je vois une longue ouverture qui court en son centre. Il s'y allonge. Ses pointes s'insèrent dans les rainures vides. Ses quatre bras s'ouvrent grand pour m'attraper lorsque je suis retournée et mise à quatre pattes. Je rampe sur lui. Mes bras tremblent et je suis reconnaissante du soutien qu'il m'apporte en s'alignant sur mon corps.

Il se lève et m'embrasse profondément, plus sauvagement que les deux derniers mâles.

– Je suis honoré, déclare-t-il.

Il rompt le baiser, mais seulement pour un moment.

J'aime embrasser celui-ci et je me penche pour l'embrasser encore un peu plus tandis que sa bite s'insère dans mon corps et que je commence à rebondir de haut en bas sur lui. Des mains sur mon cul écartent mes fesses et étalent plus de lubrifiant sur moi et en moi. Trois doigts me pénètrent cette fois et je pousse un gémissement.

– Sa bouche. Maintenant ! grogne Herannathon.

Les bouches se détachent de la mienne et une bite fait son apparition. Je lève les yeux vers le mâle auquel elle appartient, impatiente d'obéir à Herannathon et prête à sucer. Avant que je ne commence, le quatrième mâle se penche vers moi et m'embrasse doucement.

– Je suis honoré.

J'acquiesce, stupéfaite et muette, tandis qu'une sensation nouvelle m'envahit. Je n'ai jamais ressenti cela. Jamais. Je repense aux hommes avec qui j'ai fait l'amour sur Terre. Ils me traitaient de pute parce que j'aimais le sexe. J'aimais beaucoup ça. Et c'était à l'époque, avant que je ne sache ce que c'est que d'avoir, de vouloir, de désirer, de prendre et d'être prise sans jugement. Non, ça va plus loin. J'ignorais qu'il pouvait y avoir de l'*honneur* à baiser. Quand je pense que j'ai, l'espace d'un instant, regretté de ne pas me retrouver sur Terre en me réveillant ! J'ai toujours aimé le sexe mais je n'aurais *jamais* pu imaginer, en mille ans, qu'on puisse se sentir aussi bien.

Et ce n'est même pas fini.

Je lève les yeux tandis que le mâle m'enfonce sa bite dans la bouche. Je croise le regard d'Herannathon. Il se tient un peu en retrait, à l'écart de la foule. Il surveille. *J'adore* le voir s'efforcer de ne pas se toucher alors que son pagne est si tendu qu'on a l'impression que sa bite va le déchirer. Le tissu de son habit flotte comme un putain de mât. J'ai envie de lui. J'ai envie de lui, et pas seulement parce que je l'aime de tout mon cœur, mais parce que je lui fais confiance avec toute mon âme.

Je ne le quitte pas des yeux lorsque les deux mâles finissent de me pénétrer. L'un est dans ma chatte, l'autre est dans ma bouche. Celui qui est dans ma bouche se retire et m'asperge le visage de sperme. Quelqu'un sort un chiffon de quelque part et essuie le sperme sur mes yeux. Des lèvres m'embrassent rapidement, deux fois de suite, avant qu'une autre bite n'entre dans ma bouche. Je suis à la verticale et un autre mâle sous moi me fait rebondir de haut en bas.

Il y a tant de mains sur mon corps et tant de mâles qu'ils se fichent bien de se gêner les uns les autres ou de croiser le fer. Le mâle qui a sa bite dans ma bouche se tient au-dessus du mâle qui a sa bite dans ma chatte. Une autre bite se frotte à mon sein droit par le côté tandis que ma main gauche branle un autre mâle en même temps.

Le mâle dans ma bouche jouit. Ma mâchoire commence à me faire mal. Je suis déjà pleine de cette douceur salée, alors, lorsque le mâle suivant vient sur mes lèvres, je secoue la tête.

– Elle est prête, Ewanrennaron. Prends son entrée arrière.

On me soulève. Je suis trempée de sperme et de sueur.

Une main lourde tourne mon visage sur le côté pour que les lèvres dures du mâle dans mon dos puissent m'embrasser fiévreusement. Il ne s'arrête pas. Il me maintient debout pendant qu'un autre homme passe entre mes cuisses.

Celui qui est devant moi taquine mon clito avec la tête plate de sa bite jusqu'à ce que je ne puisse plus rien faire d'autre que de m'écrouler, et alors que mon orgasme se calme, je sens quelque chose de beaucoup, beaucoup plus gros se diriger vers mon cul, qui continue de se contracter et de se relâcher sous la pression des spasmes insouciants de ma jouissance.

– Oh mon Dieu…

Je gémis tandis que sa bite me pénètre lentement par l'arrière. Bien qu'Herannathon et moi ayons déjà fait cela auparavant, ce n'est pas forcément plus facile de recommencer. Alors qu'il insère les premiers centimètres à l'intérieur, j'ai l'impression que c'est la première fois.

– Shrov, elle est serrée, siffle le mâle derrière moi. Comment dois-je la pénétrer ?

– Allonge-la, ordonne Herannathon.

La table est soulevée et je suis allongée dessus, bien à plat jusqu'à la taille; mes jambes pendent sur chaque côté. Quelqu'un saisit mon poignet et pose ma main sur une bite. Je commence à caresser le membre de haut en bas. Quelqu'un d'autre fait la même chose avec mon autre main.

Je masturbe deux mâles fébrilement. Les muscles de mes bras travaillent sans relâchent tandis que le mâle se penche sur moi, écarte mes fesses et glisse sa bite entre elles.

– Détends-toi, chuchote-t-il à mon oreille.

Je fais de mon mieux pour suivre sa directive et

bientôt, il entre et sort de moi facilement.

– Oh mon Dieu, je gémis.

Le liquide sur mes mains devient de plus en plus épais. Le mâle qui me baise le cul commence à aller de plus en plus vite. J'ai l'impression d'avoir au moins trente centimètres de bite dans les fesses. Ma chatte a des spasmes, elle envie mon cul, elle aussi, elle veut être remplie. Le mâle crie soudain sauvagement et ce seul son suffit à me faire basculer.

Je jouis. Il jure et la douleur inonde ma moitié inférieure alors qu'il grossit et que mon corps se contracte autour de sa bite. Le sperme gicle dans mon cul. Je peux le sentir partout en moi, sur moi. Il dégouline le long de mes cuisses. Le mâle est maintenant haletant. Je sens ses plaques se soulever contre mon dos alors qu'il se penche sur moi pour déposer un baiser sur ma joue.

– Je n'oublierai jamais ce moment. Merci, me dit-il.

Je hoche la tête et souris.

– Merci, je croasse.

Herannathon force les autres à s'arrêter pour que je puisse boire et il en profite pour me demander comment je vais.

– Je suis prête pour la suite, je réponds.

C'est un mensonge, je n'en peux presque plus; mais, submergée par l'adrénaline, je ne peux pas m'arrêter.

Il rit, ses yeux argentés brillent. Il a l'air d'un savant fou.

– Alors mes frères ne t'ont pas encore rassasiée ?

– J'en veux encore.

Je m'assois sur le bord de la table avant de boire le sachet d'eau argenté qu'Herannathon me tend.

Les mâles gloussent tous.

Herannathon demande aux deux derniers mâles qui ne m'ont pas encore pénétrée d'avancer.

– Dans ce cas, donnons à cette guerrière ce qu'elle veut. Placez-vous dans l'un ou l'autre des trous.

Je pousse un cri de plaisir lorsque le premier mâle me soulève et pénètre mon trou du cul. Installé, il commence à entrer et sortir lentement de moi. Le sperme qui enduit mes parois lui facilite les choses. Une fois qu'il a pris un bon rythme, l'autre mâle vient vers moi par devant. Les deux pirates m'embrassent et me disent leurs mots doux et apaisants. Au bout de quelques minutes, ils sont tous les deux enfoncés profondément en moi.

– Oh, shrov…

Je n'avais rien imaginé de tel. Je suis envahie par un sentiment de plénitude.

– Oh, je suis remplie, je suis comblée.

La plénitude est indescriptible.

Ils travaillent en rythme, ils bougent avec précaution pendant que d'autres mâles m'aident à garder une position confortable. Ils touchent mes seins, caressent mon clito et embrassent ma bouche. Deux mâles m'embrassent en même temps. Putain de merde. Leurs langues tournent autour de la mienne. Ils s'embrassent l'un l'autre autant qu'ils m'embrassent moi. J'essaie de suivre et j'échoue. Je suis trop stimulée par ce qui se passe en dessous de ma taille. Je ne peux pas… je ne peux pas tenir… Herannathon a vu juste.

Je suis au septième ciel.

Je n'ai jamais joui aussi fort qu'en ce moment. Jamais. J'explose dans un chaos d'étoiles. Je mords un mâle par accident et j'en griffe un autre sur la joue. Des rires, des jurons et des gémissements retentissent autour de moi tandis que le sperme remplit mes deux trous simultanément.

Ils se retirent et Herannathon prononce des paroles accablantes.

– Tu n'as pas encore fini, chasseuse. Je pense que maintenant, tu es prête pour trois mâles à la fois.

Il appelle trois autres mâles et je me retrouve à nouveau sur la table. Un mâle se positionne sous moi, un mâle se tient debout derrière moi et le dernier mâle tape sa queue contre ma joue. Je le prends dans ma bouche tandis que les deux autres hommes me pénètrent simultanément.

Nous jouissons ensemble, puis nous recommençons deux autres fois. Après deux autres séries de mâles, je suis prête… c'est le moment. J'ai joui trois fois de plus. Peut-être quatre. Je ne sais plus… c'est trop. Je suis couverte d'un liquide gris si épais que je pourrais le porter comme un manteau. Mes cheveux dégoulinent de sperme le long de ma colonne vertébrale.

Les mâles se retirent et m'embrassent. Je me laisse tomber en avant sur la table, seule, tandis que les dix mâles qui viennent de me prendre – de me baiser, de me ravager merveilleusement – se tiennent à l'écart et s'effondrent dans les filets. Ils ont l'air vidés et aussi ravagés que moi. Ceux qui sont restés debout, les mains sur leurs bites, continuent de se masturber avec frénésie comme s'ils étaient sur le point de succomber à la folie du rut.

Je ferme les yeux, prête à m'évanouir, mais une main frappe mon genou gauche et me fait rouler sur le dos. Je lève les yeux et vois Herannathon qui défait les liens de son pagne.

– Maintenant, c'est mon tour.

Il me couvre de son corps en s'agenouillant sur le

bord de la plate-forme. Il passe une main au centre de ma chatte, recueille le sperme puis l'amène à mes lèvres, un peu comme il l'a fait avec son pouce plus tôt, et je le lèche, désespérément, désireuse de le satisfaire, désireuse de me donner à lui.

– Alors, qu'as-tu pensé de mes frères, chasseuse ?

– Putain, Herannathon... Je t'aime.

Je caresse sa joue et me penche pour l'embrasser avec tout le souffle qu'il me reste.

Il me rend mon baiser avec force jusqu'à ce que je ne puisse plus me retenir et que je m'effondre en arrière. Il me pousse contre la table et fait courir sa main le long de sa bite.

– J'ai besoin de voir à quel point mes frères ont réussi à te préparer. Je vais m'enfoncer dans tous les trous pour voir s'ils ont bien travaillé. S'ils n'ont pas assez bien réussi à te satisfaire, je rappellerai un ou deux d'entre eux.

Je frissonne de crainte et d'excitation, incapable de décider quelle émotion est la plus forte.

– Oh mon Dieu, ontte... Prends-moi, Herannathon, je bafouille.

– Mets-toi à genoux et ouvre la bouche.

Il me faut une éternité pour me redresser. Mes bras et mes jambes tremblent. Lorsque j'y parviens, j'ouvre la bouche. Je tire la langue et je le regarde. Il grimace, comme s'il essayait de garder son sang-froid et de se maîtriser, mais sa bite le trahit. Il dégouline sur moi, sa bite est presque en train de *vibrer*.

– Pauvre chéri, je murmure. Tu as mal, n'est-ce pas ?

Je lèche une ligne sur le dessous de son érection.

Sa main s'enfonce dans mes cheveux et les enserre.

– Doucement, prévient-il.

Je le taquine à nouveau.

Il n'aime pas ça.

Il saisit ma mâchoire et me pénètre jusqu'au fond de la gorge. Il me baise fort, il me baise sans pitié. Je ne recule pas pour autant, je continue à sucer.

– Rhegaran, viens. Je veux qu'elle jouisse ! ordonne-t-il.

Une seconde plus tard, un mâle se glisse à l'envers sous mon corps et commence à lécher ma chatte avec frénésie. Je gémis autour de la bite d'Herannathon et Herannathon jure au-dessus de moi. Je tremble violemment et je ne tiens pas longtemps. J'échappe à tout contrôle, j'entre dans un autre monde. C'est dans une semi conscience que je constate qu'Herannathon fait de même. Il me tient par la gorge afin d'utiliser mon corps pour se vider.

– *Pu… tain* ! maugrée-t-il au-dessus de moi.

Je souris lorsqu'il me fait redescendre jusqu'aux coudes et aux tibias. Le mâle qui s'occupait de ma chatte s'en va et Herannathon prend sa place.

Ses plaques se soulèvent et s'abaissent par vagues sur sa poitrine à chacune de ses inspirations et expirations laborieuses.

– Voyons à quel point mes frères t'ont bien baisée…

Il se déplace derrière moi et relève mes hanches de la table. Mon front vient alors se poser sur l'épaisse couche de sperme qui recouvre la table. Il tient mon cul entre ses mains, et le tire contre lui pour pénétrer mon trou serré – enfin, *autrefois* serré – et froncé. Ce trou est maintenant béant et prêt à le recevoir.

– Shrov ! Mes frères ont assuré, dit-il en se déhanchant follement.

Je suis exténuée. Je n'ai plus la force de bouger. Il faut

que deux de ses frères s'avancent pour me maintenir fermement en place. Herannathon passe la main autour de mon corps pour toucher mon clito sensible. Il le frotte si légèrement – je ne peux pas en supporter plus – que je me jette sur lui et pousse un cri strident sur la table en dessous de moi.

Herannathon éjacule en moi et ne s'arrête pas là. Il continue de jouir en passant de mon cul à ma chatte. Il glissant à l'intérieur de mon sexe et me baise profondément avant de glisser à nouveau dans mon cul.

– Je ne sais pas lequel de tes trous j'aime le plus… sussure-t-il.

Il grogne; il a l'air fou et en colère. Comme ses visières sont soulevées, je peux voir que ses yeux sont passés de l'argent au gris, puis au charbon; et quand je le regarde par-dessus mon épaule, je peux admirer mon propre reflet dans ses yeux. *Putain, je suis magnifique.*

– Je t'aime, dis-je en levant les yeux vers lui.

Son expression change, il frissonne. Il ouvre la bouche, comme pour répondre, mais au lieu de cela, il gémit et éjacule dans ma chatte. Ce faisant, il m'achève complètement, comme il avait promis de le faire.

– Aaaah ! Nalia…

Il s'effondre sur mon corps et ses frères s'éloignent après m'avoir offert mille caresses respectueuses et apaisantes.

– Par les étoiles, Nalia, dit Herannathon en gémissant dans ma gorge. Je t'aime.

Il lèche une ligne qui remonte jusqu'à mon oreille avant de se frayer un chemin sur ma mâchoire et d'atteindre enfin ma bouche. Il m'embrasse. J'ai le goût de tout le sperme de ses frères, mais il s'en fout : il suce ma langue tandis que ses hanches se pressent contre mon ventre. Il se retient de peser sur moi autant qu'il le peut, il s'appuie à moitié sur ses avant-bras sur la table. L'effort qu'il fournit pour se maintenir debout sur le sol fait trembler ses jambes. Il peut se relâcher, je m'en fiche. Cela ne me dérange pas d'être écrasée sous un amour comme celui-ci.

– Es-tu rassasiée ?

Son murmure me chatouille la gorge.

– Ontte…

Je suis à peine consciente, mais je sens un sourire s'emparer de mes lèvres.

– Et toi ? Tu l'es ?

– Centare.

Il respire à pleins poumons.

– Je ne suis pas rassasié, je suis honoré.

Je l'enlace en passant mes mains autour de sa tête et de l'une de ses pointes acérées.

– Je suis ravie que tu aies ouvert mon réservoir. Je suis là où j'ai toujours voulu être – je suis ce que j'ai toujours voulu être.

Il glousse et se glisse entre mes seins. Il embrasse chacun d'eux avant de se hisser sur ses quatre bras tremblants.

– Tu as toujours voulu être couverte du sperme de onze mâles ?

J'éclate de rire tandis que les autres pirates à portée de voix gloussent autour de nous.

– Centare.

– Qu'est-ce que tu as toujours voulu être ?

Je ferme les yeux et soupire tandis qu'un rayonnement pur parcourt mes membres. C'est peut-être le lien Xiveri, ou peut-être que c'est juste le yeeyar.

Quoi qu'il en soit, c'est une certitude. Je me sens absolument et irrévocablement...

— Libre.

Merci beaucoup d'avoir rejoindre Nalia et Herannathon sur Evernor! Si vous avez apprécié l'histoire de Nalia et Herannathon a n'hésitez pas à me le faire savoir avec un avis sur Amazon, ou vous pouvez me contacter sur:

Instagram: @estephensauthor
TikTok: @elizabethstephensauthor

Vous pouvez également faire partie de ma mailing list à
www.booksbyelizabeth.com

En attendant d'avoir de vos nouvelles, je vous souhaite d'aimer sans détour et d'aimer toujours !

Elizabeth

¤º´*`º¤,,,¤º*º¤,,,Ø

Poursuivie par le Cyborg de Sky

Neuvième tome de la passion xiveri
(Ashmara et Jerrock)

La plupart des créatures de ce cosmos pensent que Jerrock est le chasseur de primes le plus sadique et le plus efficace de Sky. Cela fait des rotations qu'il poursuit et menace Ashmara. Pour s'en débarrasser, elle devra peut-être le libérer et devenir elle-même chasseuse de primes.

Disponible en livre relié et en version ebook sur Amazon ou sur toute autre plateforme proposant des ebooks.

Prologue
Ashmara

Afin de ne pas vous gâcher la surprise des révélations du chapitre 1, cette petite mise en bouche commence avec le chapitre 2...

2

Jerrock

– Plus.

L'architecte devant moi s'exprime non pas par des gestes ou des mots, mais par des sensations. Toutes produisent de la douleur. C'est bien, mais ce n'est pas suffisant pour me faire oublier mon échec.

Alors que la brûlure s'estompe de mes membres et que mes os infusés de stalyx se calment, je répète :

– Plus.

Ils répètent le processus.

– Encore.

L'architecte et moi continuons cette boucle atroce jusqu'à ce que la vision de l'œil biologique qui me reste commence à s'estomper. Cet œil est une nuisance. Je l'aurais bien fait enlever, mais c'est sa qualité organique qui m'a permis de me déguiser. Certains peuvent percevoir le déplacement de la matière à travers mon bouclier et ceux qui le peuvent regardent toujours d'abord les yeux. *Elle, elle regarde toujours mes yeux en premier. Peu importe l'habileté avec laquelle je protège mon apparence, elle me reconnaît toujours.*

– Encore.

Ma voix est éraillée, tendue; elle ressemble à un rugissement. L'architecte ne se préoccupe pas de mon changement de ton, cependant; il l'interprète probablement comme de la douleur. Et il commet une erreur. Ce n'est pas de la douleur. La douleur est sans importance. C'est de la rage. La rage est une émotion dangereuse. La rage pousse à commettre des erreurs. Heureusement, les architectes ignorent tout des erreurs que j'ai pu commettre.

Des impulsions ioniques parcourent mon corps, provoquent le grippage des muscles sinueux et l'éparpillement de mes pensées aussi rapidement que le yeeyar qui les contient. L'architecte s'envole vers la porte. Sa main, si on peut l'appeler ainsi, disparaît dans le mur noir du yeeyar et enregistre quelque chose dans les commandes du yeeyar que je ne peux pas sentir car une vague chargée d'énergie me traverse. Je ne vois plus rien.

L'architecte me relâche et je m'affaisse en avant contre ma cage thoracique. La porte devant l'architecte s'ouvre. Ils disparaissent tous sans bruit. Les seuls sons audibles sont ceux produits par ma respiration et par le vent qui s'écrase contre l'extérieur de la tour. Il souffle avec la même régularité que les vagues qui s'abattent contre les rochers.

Je me concentre sur le son jusqu'à ce que la douleur s'estompe suffisamment pour que je puisse bouger les bras. Je me sers de mon bras renforcé de stalyx et de yeeyar pour redresser ma poitrine. Je me lève, irrité par la rapidité avec laquelle les sensations de douleur s'estompent. La douleur est la seule chose qui me permette de m'ancrer dans le réel. Sans elle, je suis instable.

Les architectes ont créé un assassin aux capacités infiniment terribles. Ils ne connaissent même pas eux-mêmes certaines de ces capacités. J'ai réussi à leur cacher mes pensées même si nous échangeons par télépathie. *Hésiter, échouer, trahir…* Voilà ce dont je suis aussi capable. Les architectes n'en savent rien. Ils ne doivent pas l'apprendre. S'ils connaissaient ma trahison, je serais désactivé.

Je devrais me désactiver. Je *l'aurais déjà fait* si je n'avais pas toujours un contrat en cours. J'ai terminé tous les autres et j'ai refusé d'en accepter d'autres. Il ne m'en reste qu'un. Je ne me désactiverais pas avant que celui-ci ne soit terminé. Je refuse de la laisser vivre. Elle ne *peut pas* rester en vie. Elle est trop puissante. Il y a quelque chose en elle que je ne comprends pas. Elle est mon plus grand échec, mon seul échec, alors que… Je. N'échoue. Pas. Je suis l'assassin le plus redouté de Sky. Je suis leur plus grande création, je suis un défi des Architectes lancé à la Mort elle-même et pourtant…

Elle vit.

J'ai tué un assassin pour elle. Arrivé à la porte, j'hésite. Je ne la franchis pas. Je pense à celle que j'affronte, je pense à cette adversaire pathétique qui est devenue ma plus grande ennemie. Mon ennemie jurée. La seule ennemie que j'ai jamais eue, car tous ceux qui m'ont défié ont été décimés. Son destin est tout tracé, mais… je ne suis pas certain d'être capable de la tuer. Je me suis donc créé une assurance. Une assurance qui l'empêchera d'échapper à son destin. Si elle a raison de moi et parvient à me présenter à la Mort avant que je puisse l'éliminer, tous les assassins le sauront. Toutes les forces de Sky seront alors à ses trousses.

Je respire profondément avant d'ordonner à la porte de s'ouvrir.

Un vent violent s'abat sur mon corps. Il est possible qu'il ait fait tomber un être inférieur de la plate-forme. Je reste debout, mes cheveux blancs s'agitent autour de mon visage. J'observe les autres tours de Sky, qui s'élèvent dans le ciel violet pâle. Les tours noires ressemblent à des falaises de scréa déchiquetées qui contrastent avec la lumière du soleil. Mon œil biologique souffre de toute cette luminosité.

Tandis que j'admire le paysage, des rafales de vent orange s'élèvent à travers le violet et s'enroulent autour des pointes des plus hautes tours. Je ne suis pas sur l'une de ces tours. Elles sont réservées aux expériences. J'ai été une expérience autrefois.

Mais maintenant, je suis parfait.

Presque parfait.

Mon vaisseau est posé sur le bord de la plate-forme. Il n'y a pas de garde-fou, il n'y a que le yeeyar noir se déplace sous mes pieds. Tout en bas, beaucoup plus bas, se trouvent les bidonvilles de Sky, où les misérables natifs de cette planète se battent pour les quelques ressources qui leur restent.

Je ne les vois pas d'ici, mais mon ouïe est excellente. Je distingue les cris des êtres inférieurs qui succombent à la douleur. Ces créatures tentent parfois de se rebeller mais elles ne font pas le poids face aux architectes et à leurs assassins. Je ne comprends pas leur volonté de défier la Mort. La Mort est souveraine. Il y a ceux qui la servent, comme moi, et ceux qui plient le genou devant elle. Il n'y a pas d'autres possibilités.

Mais elle. Elle ne plie le genou devant rien ni personne. Non, c'est faux… Elle vénère le muuir. Quand je pense que je n'arrive même pas à l'attraper alors qu'elle est accro à cette substance infâme qui altère l'esprit.

Penser au muuir m'échauffe, me met en colère. Non. Je ne sais pas. Je ne comprends pas ce qui m'arrive. Son addiction au muuir devrait me réjouir. C'est la seule chose qui la ralentit. Elle est obligée de faire de nombreux arrêts dans les ports de la zone grise pour se procurer cette drogue illicite. Je me demande lequel d'entre eux elle a choisi maintenant.

À bord de mon vaisseau, j'allume le localisateur. Mes doigts se déplacent habilement sur le panneau yeeyar devant moi, même si les doigts de ma main rouge – un reste de la biologie Drakesh – sont raides. Je les plie et regarde l'écran tourner et se tordre. Le gris du yeeyar se mêle au rouge, au jaune et au bleu.

N'importe qui d'autre verrait le yeeyar se déplacer de façon aléatoire, en s'élevant et en s'abaissant du panneau de contrôle. Mais avec mon œil de yeeyar, je vois tout : je vois l'ensemble des quadrants et, au milieu, une balise allumée qui ne devrait pas l'être.

Mes bras s'agitent et je m'agrippe aux bords de la table. Quelque chose ne va pas. Ses boucliers sont baissés. Les Eshmiris sont connus pour leurs boucliers de protection. Elle ne serait pas aussi négligente. Elle peut être négligente sous l'influence du muuir, mais les membres de son équipage ne laisseraient pas les boucliers baissés. Ce sont des Eshmiris, ils cherchent à se protéger. C'est la seule Eshmiri à être aussi négligente.

Pourquoi sa balise de détresse est-elle allumée et pourquoi ses boucliers sont-ils éteints ?

Je me rapproche pour déterminer où elle se trouve exactement et mes orteils se recroquevillent dans mes bottes. Elle est sur la planète de plaisir Tiringdam. Mon vaisseau se sépare de la plate-forme en suivant des directives que je n'ai pas données consciemment. Mon subconscient est actif et il ne devrait pas l'être. Il ne devrait même pas exister. Et pourtant...

Le vaisseau décolle malgré tout et je ne fais rien pour l'en empêcher.

3

Jerrock

Sa voix stridente et traînante ne me dérange pas. Elle ne me dérange pas du tout.

– Et quand le bateau s'en va... au port de Pianzaaaaa... tous les pécheurs crient....

– Attrapez le hibi ! Cachez vos jetons ! À Tiringdam tout est bon, les bars à bières et les jambes dénudées sont toujours ouverts !

Les cris et les chants de la foule ne me dérangent pas. Cela ne me dérange pas du tout.

La cheville de la femelle eshmiri Ashmara se trouve dans ma main rouge. Je l'ai attrapée. Je devrais la tenir avec ma main stalyx, mais je ne le fais pas. Je devrais... mais je n'en fais rien.

Sa peau est chaude – je dirais même brûlante – contre ma paume rugueuse. Sa peau n'est pas particulièrement douce. Les poils de ses jambes piquent ma main. Elle n'est pas nécessairement douce mais elle est lisse. Elle est tendre. Facile à déchirer. Je me souviens de la facilité avec laquelle le tir de mon blaster avait transpercé sa main lorsqu'elle avait attrapé le muuir à bord du vaisseau Sky où je l'avais arrêtée. Le vaisseau dans lequel elle aurait dû rencontrer la Mort. Je n'ai pas fait mon devoir ce solaire-là et je lui ai laissé une chance. Pas cette fois.

Je n'ai pas eu de mal à la trouver sur la planète des plaisirs. Elle chantait à tue tête lorsque je me suis approché d'elle. Elle était allongée sur un divan flottant, elle buvait au milieu d'un groupe disparate d'espèces toutes aussi enivrées qu'elle. Elle est toujours en état d'ébriété. Elle a une tache de muuir derrière l'oreille et ses yeux sont d'un jaune-gris-brun brumeux, ce qui, dans les crêtes voraxianes, refléterait la maladie; sauf que ses yeux se remplissent de taches d'autres couleurs : principalement du bleu et du violet. Ils représentent respectivement le plaisir et la satisfaction.

Elle est droguée.

Mes doigts se crispent autour de sa cheville et elle lance son autre jambe en l'air en entamant un deuxième refrain de la même chanson. Elle la chante encore et encore, en changeant subtilement les mots à chaque fois, comme si elle était incapable de s'en souvenir. Son corps traîne sur le sol crasseux derrière nous, ses cheveux blancs se salissent en se frottant aux substances collantes qui s'y trouvent.

— ... sur une carte ne peut être trouvé, mais une fois que vous y serez, vous serez piégés et vous n'échapperez pas...

— Aux plaisirs du pianzaaaaaa... reprend le refrain, crié par les êtres qui bordent la passerelle.

L'eau s'agite sous les plateformes synthétiques en formant un labyrinthe sans fin de cascades si puissantes que l'eau se précipite sur les pierres près du centre de l'île avant de redescendre en trombe sur l'île extérieure. Rien ne vit dans cette eau. Rien n'existe ici en dehors de l'eau et la plateforme sur laquelle nous marchons maintenant.

Personne ne se soucie de ma présence ici. Les clients se fichent tous qu'il y ait un assassin parmi eux. Même Ashmara, prisonnière de ma poigne, ne semble pas s'en préoccuper. Elle n'a jamais peur de moi quand elle est en ma présence. C'est comme si elle savait quelque chose que j'ignore. C'est comme si elle me faisait confiance. Peut-être est-elle amie avec la Mort.

Les pensées ravagent mon esprit et je me concentre sur le bruit de l'eau qui tombe en contrebas pour ne pas tuer tous ceux qui se trouvent sur cette plate-forme lorsque leur chant collectif reprend. Un couple de Voraxians tendent leurs verres vers Ashmara alors que je la traîne devant moi et qu'elle rit sauvagement, profondément. Dans ses yeux, danse une hilarité bleu-vert. Elle tend les doigts vers la femme voraxiane. Cette dernière donne son gobelet à Ashmara qui y boit – enfin, qui essaie. Elle finit par renverser la plus grande partie du liquide sur son visage, son cou et sa poitrine.

– Woohoo !

Elle jette sa tasse sur le côté. L'objet retombe sur les ailes d'un Rekkaru qui se retourne et lui lance un jeton de mok bir. Le jeton se dirige droit sur son visage. Je tressaille, je regarde le jeton naviguer dans les airs au ralenti. Ma main. Ma main parfaite se comporte de manière imparfaite. Elle lance une petite fléchette sans que je l'y ai autorisée – non, alors même que je lui demande expressément de ne pas le faire. La fléchette entre en collision avec le jeton et le dissout en plein vol.

Ashmara ne semble pas s'en apercevoir. Elle rit et crie

au Rekkaru :

– Tu peux pas faire mieux, heelee ? Viens que je te montre de quoi je suis capable.

Son terme affectueux fait sourire le Rekkaru.

– Tu as l'air d'avoir d'autres soucis à régler, pilleuse, répond le Rekkaru en me lançant un regard incertain.

Elle rit.

– Qu'est-ce que tu racontes ? C'est la fête !

Elle continue à rire tandis que je la traîne à travers le port de plaisance de Pianza, le long de la rampe menant aux salles de plaisir inférieures où l'on s'occupe principalement de créatures aquatiques. Le pont de bois branlant mène aux docks et va jusqu'au plus grand hangar où les vaisseaux restent stationnés sans ordre. Le chaos est la seule constante en dehors des quadrants connus. Le chaos, c'est ce à quoi je me suis habitué. Mais en ce moment, alors que je regarde autour de moi, je suis pris de court.

Mon vaisseau n'est pas là où je l'ai laissé. Avec mon œil de yeeyar, je cherche sa signature, et j'en trouve des traces là où je l'ai laissé, entre deux vaisseaux dorés du premier quadrant. Je me rends sur place, entraînant Ashmara avec moi. Je peux sentir la présence de plusieurs autres espèces, des Eshmiris pour la plupart. Je jette un coup d'œil par-dessus mon épaule à Ashmara, étendue sur le sol. Elle m'ignore totalement, elle plane.

Qu'a-t-elle fait ?

Je ne sais pas pourquoi, mais j'ai envie de le lui demander. Toutefois, elle n'a pas tous ses esprits et je n'ai pas l'intention de lui soutirer des informations. Je n'ai qu'un objectif : la désactiver. Quand nous serons seuls.

Je suis la piste olfactive laissée par les Eshmiris jusqu'au bord de la plate-forme. La fragile barrière de bois a été brisée. Je m'approche du bord et regarde les eaux qui brillent d'un blanc iridescent et d'un bleu tranchant. Là, éparpillées sur les rochers jaunes, gisent des traces de yeeyar. Seulement des traces. L'eau est trop forte et trop rapide pour que je puisse identifier d'autres morceaux plus importants de ce qui fut mon navire.

Je me retourne. L'odeur des Eshmiris va jusqu'au centre du hangar, puis à droite. Je continue à la suivre facilement – elle a été déposée en couche épaisse – jusqu'à ce que j'atteigne ce que je sais être le vaisseau d'Ashmara. L'engin putride est plus grand que la plupart de ceux qui sont entassés à ses côtés, mais il semble plus vieux de trente rotations que n'importe quel autre vaisseau ici. En métal rouillé, la chose émet de la vapeur à partir d'une valve d'échappement droite. Le fait qu'il possède de telles valves est déplorable. Il sent le pétrole. Un carburant ancien. Et en plus il fuit. Sa horde d'Eshmiris s'est-elle débarrassée de mon vaisseau avant de s'envoler vers les cieux ? Leur vaisseau s'est-il brisé avant qu'ils ne le fassent ? Ou est-ce ce qu'ils voudraient me faire croire ?

Je jette un coup d'œil à Ashmara. elle me regarde. Sous le cuir synthétique noir qui la recouvre, ma poitrine entière ondule – le stalyx et tout ce qui s'y trouve s'agite. Elle sourit. Ses dents sont blanches. La rangée inférieure de ses dents est tordue, les deux dents de droite se chevauchent légèrement.

Elle porte des haillons eshmiris et, à cause de la façon dont je l'ai traînée, ils se sont soulevés pour dévoiler son ventre. Sa peau est d'un brun foncé dont la teinte rappelle celle des Rekkarus ou des Lemorans. Cette couleur réveille quelque chose dans mon subconscient, mais je ne peux pas y accéder et c'est ce qui la rend dangereuse. J'ai corrompu le yeeyar pour qu'il puisse cacher des informations aux architectes, mais j'ai l'impression qu'il y a quelque chose en moi, encore plus profond que ce yeeyar corrompu, qui se protège même de moi.

– Je te tuerai ce solaire, lui dis-je.

Le son de ma voix est étrange. Je n'ai parlé à personne sous cette forme depuis des rotations. Avec les architectes, je ne communique que par le yeeyar qui nous lie. Sinon, mes boucliers de déplacement de matière me permettent de parler dans d'autres tons, plus proches des créatures dont je porte les traits pour les tromper. Le son de ma voix maintenant est... Non. Pour être honnête, il ne me dérange pas. Pas plus que sa réponse.

– Tu as aimé ma chanson ?

Elle cligne lentement des yeux et tente de se redresser sur ses coudes. Je la tire en avant et elle s'effondre en arrière comme une poupée de chiffon. Elle vit à peine. Comment une personne aussi proche de la Mort a-t-elle pu être si difficile à tuer ?

La rampe de son vaisseau est fermée, mais je me dirige vers le bloc de métal qui protège le panneau de contrôle et le dégage rapidement. Je tends mon poignet de stalyx vers les câbles noirs et cuivrés et une série d'aiguilles se détachent de mon bras. Je les plante au centre du boîtier de commande et je laisse le yeeyar agir. Il me faut moins d'un battement de cœur pour pénétrer dans son vaisseau. Un battement de son rythme cardiaque, pas du mien. Son cœur bat si lentement. Serait-ce un effet des drogues ? N'a-t-elle vraiment pas peur de moi ou de la mort ?

La monstruosité métallique qu'elle nomme « vaisseau » s'ouvre en produisant un vacarme insoutenable. Mes lèvres se crispent et je fronce les sourcils. De la vapeur s'échappe de l'obscurité. Elle sent la sueur et la nourriture avariée. Je monte à bord en entraînant Ashmara derrière moi. Je laisse la porte ouverte et jette un coup d'œil autour de moi. L'odeur des Eshmiris est prégnante mais il n'y a aucun Eshmiri en vue.

J'écarte des objets bizarres, des boîtes métalliques, des bacs remplis d'équipements et d'armes mis au rebut qui semblent ne pas avoir fonctionné depuis des lustres, et je me dirige vers la salle de contrôle. Elle se trouve à l'avant du vaisseau, devant une grande baie vitrée au style désuet. La plupart des vaisseaux modernes s'inspirent des vaisseaux niahhorrus ou lemorans : les commandes sont situées au centre de la salle de contrôle et les fenêtres se trouvent soit partout, soit nulle part.

Il ne s'agit pas d'un navire moderne. Six sièges occupent la salle de contrôle. Il y avait un semblant d'organisation, autrefois – je peux le voir aux marques brûlées et carbonisées sur le sol à l'endroit où les sièges de contrôle étaient placés, mais ils ont été déplacés. Aujourd'hui, ils sont dispersés dans ce qui semble être un ordre aléatoire, quatre tournés vers l'avant, un tourné vers la droite, un autre tourné vers la gauche. L'un d'eux est incliné. Un siège n'a plus d'accoudoir gauche.

Je me place au centre et je lève la jambe d'Ashmara. Elle ne prend pas la peine de bouger, mais reste allongée là. Ses dents blanches qui brillent vers moi et ses yeux blancs tourbillonnant d'une émotion indécise me distraient un peu. Dans la symphonie de couleurs qui illuminent ses yeux, j'aperçois un éclair, une couleur qui, je le sais, évoque la douleur chez les Voraxians. Souffre-t-elle ? Pourquoi ? Je ne l'ai même pas encore touchée...

J'ouvre la bouche. Elle entrouvre les lèvres.

– Azza, murmure-t-elle.

Mon esprit s'embrase de confusion, mon subconscient monte comme la marée avant de s'effondrer avec violence. Quel est ce mot ? Pourquoi m'appelle-t-elle ainsi ? Qu'est-ce qu'elle vient de dire ?

– Azza ! crie-t-elle à nouveau.

Cette fois-ci, elle prononce le mot comme s'il s'agissait d'un coup de poing, alors qu'auparavant, elle l'avait prononcé comme une caresse. Il y avait plus de douleur la première fois.

Un loquet s'ouvre dans le sol et un pilleur eshmiri passe la tête par là et me pique dans ma jambe biologique à travers mon cuir. Il vient de me poignarder avec une aiguille, c'est peut-être la seule raison pour laquelle l'outil pénètre, car les cuirs de mes habits sont doublés avec du fer ionyx'ix. Je pointe mon bras de stalyx vers la créature mais Ashmara, agissant avec une rapidité dont je ne l'aurais pas crue capable vu son état d'ébriété, fait rouler son corps sur le sien au moment où je tire. Je la touche sur le côté. Pas dans la colonne vertébrale, pas là où je visais. Pas dans la colonne vertébrale...

Un autre panneau s'ouvre dans le mur devant moi et je tire dessus, mais il est vide. Plusieurs autres panneaux s'ouvrent. À chaque fois, il en sort un pilleur qui cherche à me distraire. Ces pilleurs ne sont peut-être pas aussi stupides que je le pensais. Leur plan fonctionne. Lorsqu'un panneau s'ouvre au-dessus de ma tête, je ne m'attends pas à ce qu'un Eshmiri en tombe sur moi et me plante une autre aiguille sur le côté du cou.

Ashmara roule sur le dos, sort ce qui semble être un sifflet rudimentaire de sous sa tunique et commence à y souffler de l'air fébrilement. Le son aigu n'a aucun effet sur mes oreilles, mais je pourrais presque sourire devant l'ingéniosité de cette technologie. Je l'ai déjà vue : elle est rudimentaire et il existe des moyens plus efficaces pour une créature de mon niveau de mettre hors d'état de nuire ou de tuer.

Ces créatures ne sont pas de mon niveau, cependant, le dispositif inséré dans mon cou est relié à l'autre inséré dans ma jambe. Lorsqu'elle siffle, des vibrations chargées d'énergie circulent entre eux et immobilisent la plupart des stalyx de mon corps. Je m'élance vers elle sur ma jambe Drakesh et, alors que mon angle de vision se rétrécit dans mon œil yeeyar, j'attrape sa gorge avec mon bras rouge.

Je la soulève du sol. L'effort fourni pour y parvenir est dur à maintenir maintenant que mes membres stalyx ont été affaiblis, mais je me bats contre l'agonie pulsée dans mon corps par les dispositifs à l'œuvre et je serre le cou maigre d'Ashmara jusqu'à ce que le son de son sifflet s'arrête. Mes muscles se relâchent.

– Azza, murmure Ashmara.

Elle tend la main et touche ma mâchoire. Ses doigts... Mes pensées... Je sens une deuxième piqûre sur le côté de mon cou et je vois l'excitation se refléter dans ses yeux. Maintenant je sais...

Je la laisse tomber. Elle atterrit accroupie, ses yeux ne quittent pas les miens.

Je sais…

Je me laisse tomber contre l'un des fauteuils de commandement, tandis que le yeeyar dans mon esprit se bat pour prendre le contrôle et que la houle de mon subconscient prend de l'ampleur.

Je ne quitte pas son regard, mais je la regarde se lever

et je sais...

Alors que l'hybride Eshmiri ivre et droguée, s'approche de moi avec un regard inquiet... je sais que j'ai perdu.

¤°´*`°¤, ,♪¤°*°¤, ,♪Ø

Poursuivez votre lecture sur ebook ou sur livre relié sur Amazon.

Découvrez les autres livres d'Elizabeth Stephens

Titres disponibles en Français :

Passion Xiveri : Unis Pour La Vie – Des extraterrestres. De la sensualité. De nouveaux mondes.
Capturée par le Roi de Voraxia, tome 1 (Miari et Raku)
Convoitée par le Seigneur de guerre de Nobu, tome 2 (Kiki et Va'Raku)
Bannie de Nobu, tome 2.5 (Lisbel et Jaxal)
Kidnappée par le Métamorphe de Sasor, tome 3 (Mian et Neheyuu) *l'intrigue se situe hors du Quadrant 4
Prisonnière du Sauvage de Heimo, tome 4 (Svera et Krisxox)
Possédée par un Pirate de Kor, tome 5 (Deena et Rhorkanterannu)
Piégée par le Chef de Lemora, tome 6 (Essmira et Raingar)
Enlevée par le Barbare Pikosa, tome 7 (Halima et Ero)
Désirée par le Gladiateur d'Evernor, tome 8 (Nalia et Herannathon)
Poursuivie par le Cyborg de Sky, tome 9 (Ashmara et Jerrock)
Pourchassée par le Dragon de Revatu, tome 10 (Latanya et Grizz)

Disponible en Anglais :

Berserker Kings – Enemies to lovers. With magic.
Dark City Omega, Book 1 (Echo and Adam)
more to come!

Population – Battles and Heroes that Bite.
Lord of Population, Book 1 (Abel and Kane)
Monster in the Oasis, Book 2 (Diego and Pia)
Immortal with Scars, Book 3 (Lahve and Candy)
more to come!

Twisted Fates – Mafia. Brotherhood. Murder.
The Hunting Town, Book 1 (Knox and Mer, Dixon and Sara)
The Hunted Rise, Book 2 (Aiden and Alina, Gavriil and Ify)
The Hunt, Book 3 (Anatoly and Candy, Charlie and Molly)

Xiveri Mates – Aliens. Heat. New Worlds.
Taken to Voraxia, Book 1 (Miari and Raku)
Taken to Nobu, Book 2 (Kiki and Va'Raku)
Exiled from Nobu, Book 2.5, a Novella (Lisbel and Jaxal)
Taken to Sasor, Book 3 (Mian and Neheyuu) *standalone
Taken to Heimo, Book 4 (Svera and Krisxox)
Taken to Kor, Book 5 (Deena and Rhork)
Taken to Lemora, Book 6 (Essmira and Raingar)
Taken by the Pikosa Warlord, Book 7 (Halima and Ero)
*standalone
Taken to Evernor, Book 8 (Nalia and Herannathon)
Taken to Sky, Book 9 (Ashmara and Jerrock)
Taken to Revatu, Book 10, A Novella (Latanya and Grizz)
*standalone

Livres audio

Xiveri Mates – Aliens. Heat. New Worlds.
Taken to Voraxia, Book 1 (Miari and Raku)

Taken to Nobu, Book 2 (Kiki and Va'Raku)
Taken to Sasor, Book 3 (Mian and Neheyuu) *standalone
More to come!

Collections

Xiveri Mates – Aliens. Heat. New Worlds.
Collection 1: Books 1–3 + Exiled from Nobu
More to come!